古典詩歌研究彙刊

第二二輯

龔鵬程 主編

第 4 冊

唐詩中的梁宋齊魯
——以外來詩人為主軸的地域書寫

郭 俐 君 著

國家圖書館出版品預行編目資料

唐詩中的梁宋齊魯——以外來詩人為主軸的地域書寫／郭俐君
著 — 初版 — 新北市：花木蘭文化事業有限公司，2017〔民
106〕
目 6+238 面；17×24 公分
（古典詩歌研究彙刊 第二二輯：第 4 冊）
ISBN 978-986-485-115-7（精裝）
1. 唐詩　2. 詩評
820.91　　　　　　　　　　　　　　　　106013424

ISBN-978-986-485-115-7

9 789864 851157

古典詩歌研究彙刊
第二二輯　第四冊　　　　　　ISBN：978-986-485-115-7

唐詩中的梁宋齊魯——以外來詩人為主軸的地域書寫

作　　者　郭俐君
主　　編　龔鵬程
總 編 輯　杜潔祥
副總編輯　楊嘉樂
編　　輯　許郁翎、王筑　美術編輯　陳逸婷
出　　版　花木蘭文化事業有限公司
社　　長　高小娟
聯絡地址　235 新北市中和區中安街七二號十三樓
　　　　　電話：02-2923-1455／傳真：02-2923-1452
網　　址　http://www.huamulan.tw 信箱 hml810518@gmail.com
印　　刷　普羅文化出版廣告事業
初　　版　2017 年 9 月
全書字數　173417 字
定　　價　第二二輯共 14 冊（精裝）新台幣 22,000 元

唐詩中的梁宋齊魯
——以外來詩人為主軸的地域書寫

郭俐君　著

作者簡介

郭俐君，畢業於國立成功大學中國文學所碩士班，現爲國立清華大學中國文學所博士候選人。曾發表〈論宋人審美觀——以胡仔《苕溪漁隱叢話》杜甫卷爲例〉，《第二十四屆南區中文系碩博士生論文發表會會後論文集》，2010 年 12 月；〈李杜齊魯詩作比較研究〉，《東吳中文線上學術論文》第 12 期，2010 年 12 月，頁 25-44；〈兩京驛道至梁宋齊魯的路線意義——以盛唐詩人詩作爲例〉，《淡江中文學報》第 34 期，2016 年 6 月，頁 309-339 等著作。

提　　要

　　本文以梁宋齊魯爲主要的研究地域，並選擇唐代的外來詩人作爲整部論文的研究主體。內容主要關注在梁宋齊魯與唐代詩人，兩者彼此間的情感凝聚和文化建構，所呈現的詩歌書寫取向。

　　全文共分爲五章：

　　第一章爲「緒論」，說明本論文的研究動機，回顧並探討目前學界的研究成果，並以人文地理學爲主要的研究方法。並界定論文主題「梁宋齊魯」的範圍，「在地」與「外來」詩人的擇取，以及論文中預期展開的「地域書寫」。

　　第二章爲「梁宋齊魯的歷史文化與唐代發展」，首從梁宋齊魯的歷史背景及文化起源，建構梁宋齊魯的地域特色。進而探究唐代梁宋齊魯，政治、經濟、社會、地理、氣候環境的發展概況。最後論及梁宋齊魯的在地詩人與外來詩人群體，以及在地域書寫上的失衡現象。

　　第三章爲「追尋與失落——外來詩人去留之間的蕩漾」，從外來詩人遷移／旅遊的方式、條件、路線、時間，觀察外來詩人遷移／旅遊的選擇。並從外來詩人對梁宋齊魯生活描繪的層面，分析外來詩人至梁宋齊魯的追尋與離開的失落感。

　　第四章爲「外來詩人筆下的梁宋齊魯」，先從宏觀的角度記錄外來詩人筆下的梁宋齊魯，對自然景觀的描繪，風土民情的書寫，歷史記憶的刻畫，以及離開梁宋齊魯的記憶。再微觀考究外來詩人們選擇記錄和回憶這些主題的內心世界。

　　第五章爲「結論」，以本文的研究成果歸納詩人群體的交融、追尋與失落的抉擇、當下與回憶的書寫三面向總結。

誌　謝

　　開始動筆寫論文時，誌謝是在心中最早完成的篇幅，沒想到眞正完成論文的此刻，卻是帶著極爲複雜的心情，深思許久後才寫下了誌謝。在成大碩士生涯三年的時間，除了修課也完成了這本論文，回想這三年的時間，心情五味雜陳般，但這些記憶都成了碩班生涯的回憶片段。

　　在成大中最令我感謝和尊敬的老師就是指導教授廖老師，與老師有一段特殊的緣分。當我較晚到成大報到時，第一堂課就是老師的課，老師除了專業認眞的授課外，更是一位貼心爲學生著想的好老師，上了一學期的課，我完全臣服於老師的專業和教學魅力。很幸運地成爲廖老師的門生，在與老師相處的日子裡，不僅是人生的道理，抑或是專業的領域，都讓我受益良多。撰寫論文的過程，老師是我的一盞明燈，更是我精神上的支柱，沒有老師的提點和幫助，我一定無法完成這本論文以及順利考上博士班。廖老師的用心、愛心、細心和耐心，身爲學生的我備感幸運，因爲有老師您，我在學涯生活中脫胎換骨，在人生旅途中有了更深層的體會。更因爲有廖老師，讓我更加確信自己最終選擇成大，是明智至上的決定。

　　這本論文的完成，除了廖老師的無私付出，口考老師蔡老師、施老師的周全建議，更是讓我的論文更加完備的重要人物。口考前與蔡

老師的通信，深感老師是一位極爲耐心和善的好老師，口考時老師細心和耐心的建議，讓我學會重新思考論文中更細微之處，更注重以往所忽略的地方。曾在碩一時就上過施老師的課，老師以台灣古典詩研究的專業，給予我的提點和思考的方向，使我懂得以更多元的角度思考論文的周全。非常感謝三位老師的建議，讓我的論文經修改後能更加豐富的呈現。

除了感謝師長們的教導，在碩士生涯中還有許多親友的支持，陪伴我走過這段日子。感謝我最好的朋友宥伶、榆惠，因爲總有妳們陪我聊天、聽我訴苦，不斷地盡心幫忙，從不嫌我麻煩，一路支持和鼓勵我，才讓我在壓力中找到出口，妳們的體貼和用心，更讓我確認了妳們是我生命中一輩子的朋友。也謝謝師門的翊良學長和怡云學姊，一直以來我總是不斷地麻煩你們，你們也總是不厭其煩的幫我解決很多問題，真的覺得自己很幸福可以身在這個充滿關懷和溫暖的師門。還有在我碩士生涯前就結交的摯友曉莉、小玫、西瓜，雖然我們都爲將來不同的目標而努力，但一路上有妳們適時地關心和鼓勵，真的讓我覺得有妳們真好！還要感謝我生命中最重要的人，我的家人和大寶。學涯旅途中，如果沒有家人的支持，我不會走得如此無後顧之憂，能夠全力地衝刺完成我的學位。尤其是這段日子以來大寶的付出，你的支持和體貼，一直都是我向前最大的原動力，有你在身旁的鼓勵和陪伴，讓我減少了孤獨和辛苦的感受。

這本論文可以說是暫時的完成了一階段，誠心感謝在成大生活三年中，曾經幫助過我的老師和朋友們，沒有你們大家的付出，一定不會有今天的我，謝謝你們！

目

次

第一章　緒　論

第一節　論題的提出與文獻回顧

一、論題的提出

　　李白（701〜762）、高適（704〜765）、杜甫（712〜770）三人的梁宋之遊以及李白、杜甫的齊魯相會，在文學圖譜上銘記重要的歷史刻度，是相當重要的文學饗宴，也因爲他們的到來，讓梁宋及齊魯之地蓬蓽生輝，不僅提升梁宋齊魯的文學能量，更在地域中開展出各具意義的生命詮釋與文本創作，凝聚與建構梁宋齊魯的地域文化，宛如此地域再一次的文化復興。唐代重要詩人李白、杜甫、高適等，都曾到過梁宋、齊魯之地，他們以外來者的身分，重新詮釋梁宋齊魯文化，留下許多膾炙人口的詩作，甚有詩作更成爲認識梁宋齊魯地域的重要媒介，具有不容小覷的影響力。唐代梁宋雖處於鄰近都畿地區，在全國有一定重要的地位，但與國都長安相較之下仍顯遜色許多。又齊魯當時已不是重要的政治文化核心地，與京畿之地相比之下，地處偏遠，經濟條件更非吸引外來者進入地。在綜觀所有條件下，唐代京師長安、東都洛陽或江南等地，應該都具備更有利的條件，足以吸引外來者紛紛移入，但李白、高適、杜甫等外來詩人，卻選擇進入梁宋

齊魯地域，這也是開啓筆者想要更進一步深入探討的原因。

選擇地方的取向與人們心中的歸屬感是極爲重要的，因爲人類常藉由這種歸屬感，來界定自我，尋找自我。〔註1〕這些外來詩人各自擁有迴異的生命條件，但他們卻在人生的旅途中，都選擇了梁宋齊魯，當作他們暫時休憩的停靠站，他們各自追尋的是甚麼？在暫歇的過程中，他們關注的又是甚麼？期待著甚麼？最終他們選擇離開梁宋齊魯，繼續前往下一個地點，是甚麼樣的原因促使他們的離開？離開梁宋齊魯的他們，是否留下了甚麼？筆者想探討這些問題的答案，希望藉由唐詩中的梁宋齊魯，分析外來詩人群筆下的梁宋齊魯呈現的地域特色。由此再將地域書寫的研究面向拓展，延伸至當地詩人群體以及外來詩人群體地域書寫的比較，期許在數個點的問題意識下，能順利開展到線、面的研究，讓梁宋齊魯地域書寫的研究，呈現多元立體的成果。

二、文獻回顧與討論

地域書寫的研究，學術界早有不勝枚舉的豐碩成果，但專以「梁宋」、「齊魯」爲考察對象的專書、論文等相較之下較少。筆者試蒐集資料，以下將採分類的方式呈現，將羅列對本論文有直接啓發與相關的研究成果，並進一步略述研究內容。

（一）地域書寫

筆者於此所指的地域書寫是以整體論之，並非專指某地域的文化研究，舉凡與地域文化研究且與本論文有直接相關者，皆屬於本類。詳列如下：

戴偉華：《地域文化與唐代詩歌》（北京：中華書局，2006 年）。

李孝聰：《唐代地域結構與運作空間》（上海：上海辭書出版社，2003 年）。

〔註1〕Mike Crang 著：王志弘、余佳玲、方淑惠譯：《文化地理學》（臺北：巨流圖書公司，2003 年），頁 136。

　　李豐楙：〈空間、地域與文化——中國文化空間的書寫與闡釋〉，《中國文哲研究通訊》第 4 期，2002 年 12 月，頁 203～218。

　　此類研究成果皆將地域、空間與文化三者視為同等重要的向度，在文學創作的研究中，這三者並非各自獨立存在，反而是經常性的在文學作品中出現，可以說是創作者在地域書寫中，作品表現出特殊的空間意象，而形成專屬的地域特色。除此之外，更提醒研究者文化區域的範圍，在每個朝代都有不同的地理意象，這將關係到研究者研究地域書寫時，地域範圍的劃分問題。在確立地域範圍後，如何運用地域文化的研究材料以及理論和方法，不論是從籍貫、創作地點、區域文化意識、生存的地域空間等，以不同的關注角度，來論析地域文化與中國文學的研究。此類研究成果扮演研究地域書寫領導者的角色，嘗試在交叉科學中，去聯繫地域文化與中國文學的關係，並開啟日後研究者相當多的研究視角與方法，讓中國文學的書寫和闡釋，有了更多面向的表現形態。

（二）梁宋地域

　　關於梁宋文化的研究，多散落在中原、中州文化叢書中，數量甚多，故筆者於此將不一一羅列，單就論述與本論文有直接相關的研究。如下：

　　王彥明：《高適宋中三十年研究》，西藏民族學院碩士論文，2007 年 4 月。

　　程遂營：《唐宋開封生態環境研究》（北京：中國社會科學出版社，2002 年）。

　　王增文：〈關於李白、杜甫梁宋之游若干問題考証〉，《商丘師範學院學報》第 18 卷第 3 期，2002 年 6 月，頁 20～23。

　　鄺健行：〈杜甫、高適、李白梁宋之游疑於開元二十五、六年說〉，《杜甫研究學刊》第 2 期，2001 年，頁 59～65。

　　程子良、李清銀：《開封城市史》（北京：社會科學文獻出版社，1993 年）。

　　此類研究李白、高適、杜甫的梁宋之遊，以及高適在宋中的寓居生活，成了此地域主要的關注焦點，舉凡時間、交遊考證的問題，以及三人情誼的探究，都是研究者主要的論題。此類的研究，不僅證明三人的梁宋之遊在文學史上的重要性，也幫助日後研究者以此研究成果爲基礎，掌握研究的焦點，延伸更多面向關於梁宋的地域文學探究。對一地域生態環境的研究，如氣候、水文、土壤、植被等相關論題，都有助於我們了解生態環境與社會發展的關係。除了從生態環境著手研究，小從城市發展，大至歷史文化與當代發展，都是研究地域書寫重要的材料。此類的研究成果，對於地域環境的形成背景有相當詳細的論述，不僅掌握了時代性的意義，更關注到生物與環境科學的概念，此等對本論文的研究相當有裨益。

（三）齊魯地域

　　關於齊魯文化的研究，多散落在齊魯文化叢書中，數量甚多，故筆者於此將不一一羅列，單就論述與本論文有直接相關的研究。如下：

　　陳元鋒：《唐代詩人與山東》（濟南：山東文藝出版社，2004年）。

　　（日）上田武文、李寅生譯：〈論杜甫在東魯時期與李白的交友及詩作〉，《杜甫研究學刊》第 1 期，2004 年，頁 52～57。

　　蔡德貴、劉宗賢：〈智者樂水，仁者樂山——論齊魯兩種文化的不同氛圍和特點〉，《哲學與文化》24 卷第 1 期，1997 年 1 月，頁 47～52。

　　王伯奇：〈李白來山東，家居在兗州〉，王運熙等編：《謝朓與李白研究》（北京：人民文學出版社，1995 年），頁 374～386。

　　徐葉翎〈李白寓家東魯考辨〉，王運熙等編：《謝朓與李白研究》（北京：人民文學出版社，1995 年），頁 387～400。

　　此類研究李白占了相當大的比例，李白客寓山東時間甚長，關於李杜兩人在東魯的會面時間與地點考究、李白在東魯生活概述記

載和杜甫與李白在東魯交遊部分詩作的探析，以及李白寓居東魯的相關考辨等，都是此類研究關注的焦點論題。唐代詩人除了李白，杜甫、高適、駱賓王等，都與齊魯有很深的淵源關係，他們的詩作更爲齊魯文學帶來不少正面效應。不論是唐代齊魯的當地詩人以及外來詩人，有關齊魯的詩作分析，都可在此類研究成果中明瞭有序的呈現。雖概說齊魯地域，但從文化分野的角度來說，兩地原先是屬於不同的文化體系，經過歷史的演變才成爲齊魯文化圈，若能回歸齊魯兩種文化的不同特點，更有助於我們認識齊魯文化圈的沿革。此類研究緊扣齊魯文化以及詩人群的研究，搜集詳盡的詩人資料，將人文表現與歷史文化密切結合，對於研究地域文化者，具有相當大的啓示和助益。

　　從文獻資料回顧整理中，前人有關於梁宋齊魯的地域研究，大多局限於某單一詩人和詩作的分析，或單一論題的考辨，整體而言，較無全面性的探討和研究。本文企圖以前人研究爲基礎，從時間、詩人群、地域作品三大面向統籌而論，進一步從多元視角切入探究，呈現梁宋齊魯的地域文化特色，希望能藉由站在前人的研究成果上有所嶄新的開拓。

第二節　論題的界定與取材

　　本文筆者以唐代的「梁宋齊魯」作爲主要的研究地域，將以到此地域的「外來詩人」爲主軸，以及「在地詩人」爲輔，探究「梁宋齊魯」的地域書寫。以下將分別界定「梁宋齊魯」的地域範圍，說明「在地」與「外來」詩人擇取的標準，並開展「地域書寫」的研究視野。

一、「梁宋齊魯」的範圍

　　隨著歷史的發展，各時期疆域和政區沿襲與變革的範圍，都不甚相同，故筆者於此將先界定本論文中所指「梁宋齊魯」的範圍。首先先界定「梁宋」的範圍。梁，又稱汴、汴梁，簡稱汴。汴州，隋滎陽

郡之浚儀縣。天寶元年（742 年），改汴州爲陳留郡。乾元元年（758年），復爲汴州。〔註2〕相當於今日河南省開封市一帶。宋州，隋之梁郡。武德四年（621 年），置宋州。天寶元年，改宋州爲睢陽郡。乾元元年，復爲宋州。〔註3〕相當於今日的河南省商丘市一帶。不過有學者對學術界「梁宋」一詞，認爲是指今天的河南開封和商丘兩個地方，梁指汴州，宋指宋州，這種說法並不認同，他認爲「梁宋」就是指當時的宋州，也就是今天的商丘，並不包括汴州（今河南開封）。〔註4〕但另有學者郁賢皓認爲唐代梁（今河南開封）、宋（今河南商丘）之間雖相隔二百餘里，但因水陸交通發達，來往方便，士子遊梁往往亦遊宋，遊宋亦往往遊梁，故常以梁宋連稱，或以「梁」概稱梁宋。所以李杜的「梁宋遊」必然包括了梁（今河南開封）和宋（今河南商丘）兩地的遊覽。〔註5〕郁賢皓以李杜「梁宋遊」爲例，明確指出「梁宋」應包括今開封和商丘兩地，筆者於本論文將參考此種說法爲「梁宋」地域範圍的結論。

「齊魯」的範圍，相當於今日的山東地區。山東作爲行政區的專名，始於金代，但以「山東」指稱齊魯一帶地區，早在唐以前就以出現，到唐代已相當流行。從歷史地理沿革的軌跡來看，「山東」一詞所指的地域，從秦漢至唐宋，範圍漸漸在縮小，逐漸由華山、函谷關以東，又進一步縮小至太行山以東，又進一步縮小到專指齊魯地區，即今山東省的範圍。〔註6〕不過，唐人使用「山東」這一概念時，地域的範圍有廣義和狹義之分，其內涵不甚確定。廣義是指恒山、太行

〔註2〕〔五代·晉〕劉昫：《舊唐書·地理一》（北京：中華書局，1975 年），冊 2，卷 38，頁 1432。

〔註3〕〔五代·晉〕劉昫：《舊唐書·地理一》，冊 2，卷 38，頁 1439。

〔註4〕王增文：〈關於李白、杜甫梁宋之游若干問題考証〉，《商丘師範學院學報》，第 18 卷第 3 期，2002 年 6 月，頁 21。

〔註5〕郁賢皓：《天上謫仙人的秘密──李白考論集》（臺北：臺灣商務印書館股份有限公司，1997 年），頁 139。

〔註6〕葛景春：〈略考「山東李白」之由來〉，《李白研究管窺》（保定：河北大學出版社，2002 年），頁 15。

山、崤山以東，淮水以北的廣大地區，其中包括河南、河北。狹義的
「山東」則僅指河南或河北二者之中的一個地域。〔註7〕也有學者認
爲廣義上大體指今河南、河北、山東省和蘇北徐州一帶；狹義上專
指今河南、山東和蘇北徐州一帶。〔註8〕對於唐人使用「山東」這
一概念，學者們對其定義不完全相同。「齊魯」原是兩個國家的合
稱，分別代表西周分封的齊國和魯國，隨著兩國歷經政治、文化、
經濟、社會的發展，兩國之間及與他國相互融合與交流，形成今日
的「齊魯文化圈」。「齊魯」的概念不再局限於政治的涵義，而是拓
展到文化圈的地域概念。「山東」的地域範圍，隨著朝代的更替，
經常有所變化，唐代大部分屬河南道，而今日的山東省範圍，大約
相等同古齊魯之地。所以筆者於本文所界定的「齊魯」範圍，相當
於今日山東省的範圍。

二、「在地」與「外來」詩人的擇取

　　欲了解地域文化的特色，可以藉由史書、方志、詩文集、筆記、
出土文獻、墓志等材料，有助於研究地域文化，戴偉華在《地域文化
與唐代詩歌》一書中，特立一小節論地域文化研究材料，羅列了很多
相關的資料。〔註9〕筆者於本論文將唐代梁宋齊魯「在地」與「外來」
詩人作爲研究對象，其與梁宋齊魯相關詩作，作爲研究底本，以此觀
察詩人們是如何在作品中表現地域的文化特色。以下將說明筆者如何
擇取梁宋齊魯「在地」與「外來」詩人。

　　首論「在地」詩人，筆者先確立詩人的籍貫，籍貫所指包含詩人
的出生地、祖籍及其郡望。不過考究詩人的籍貫須花費甚多的考古工

〔註7〕張偉然〈唐人心目中的文化區域及地理意象〉，李孝聰：《唐代地域結
　　　構與運作空間》（上海：上海辭書出版社，2003 年），頁 342。
〔註8〕翁俊雄：《唐代人口與區域經濟》（臺北：新文豐出版公司，1995 年），
　　　頁 406。
〔註9〕戴偉華：《地域文化與唐代詩歌》（北京：中華書局，2006 年），頁 5
　　　～13。

夫，此並非本論文主要的研究目標，故筆者以周祖譔主編的《中國文學家大辭典——唐五代卷》﹝註10﹞一書爲主，並以曾大興《中國歷代文學家之地理分布》﹝註11﹞、陳尙君《唐代文學叢考》﹝註12﹞、郭墨藍等著《齊魯歷史文化大事編年》﹝註13﹞、張茂華等著《齊魯歷史文化名人》﹝註14﹞、陳元鋒《唐代詩人與山東》﹝註15﹞等書爲輔，彙整羅列出屬於梁宋齊魯籍貫的詩人。但籍貫考究並非容易之事，故學者們對某一詩人的籍貫，偶爾出現考證結果相異的結論，筆者爲不造成詩人擇取上的困擾，便排除籍貫有二說以上的詩人，單純擇取籍貫明確無異議的詩人。確認詩人籍貫後，又爲研究梁宋齊魯詩人詩作內容，故另一擇取條件爲有詩作收錄《全唐詩》﹝註16﹞及《全唐詩補編》﹝註17﹞者才加以羅列，部分詩人詩作散佚，或詩作散落它書者，筆者於此將暫不列入擇取對象。總而言之，「在地」詩人兩大擇取條件，其一：只選擇籍貫明確爲梁宋齊魯，未有二說以上爭議的詩人；其二：確認詩人籍貫後，擇取有詩作收錄《全唐詩》及《全唐詩補編》者，此二者爲筆者「在地」詩人的擇取範圍。

再論「外來」詩人，筆者以唐代詩人爲擇取範圍，包含初、中、盛、晚唐詩人，五代詩人並不在此範圍中。除此之外，並限定唐代詩人遷移、旅遊至梁宋齊魯的原因爲依親、客寓、漫遊、省親、求官與途經等，其中若爲仕宦、因公到梁宋齊魯者，將屏除在選擇範

﹝註10﹞周祖譔主編：《中國文學家大辭典——唐五代卷》（北京：中華書局，1985 年）。

﹝註11﹞曾大興：《中國歷代文學家之地理分布》（湖北：湖北教育出版社，1995 年）。

﹝註12﹞陳尙君：《唐代文學叢考》（北京：中國社會科學出版社，1997 年）。

﹝註13﹞郭墨藍等著：《齊魯歷史文化大事編年》（濟南：山東文藝出版社，2004 年）。

﹝註14﹞張茂華等：《齊魯歷史文化名人》（濟南：山東文藝出版社，2004 年）。

﹝註15﹞陳元鋒：《唐代詩人與山東》（濟南：山東文藝出版社，2004 年）。

﹝註16﹞〔清〕聖祖輯：《全唐詩》（北京：中華書局，1960 年）。

﹝註17﹞陳尙君：《全唐詩補編》（北京：中華書局，1992 年）。

圍之外。〔註 18〕而「外來」詩人的詩作選擇，首挑選在梁宋齊魯當地所作的作品，以及雖離開梁宋齊魯，但詩作內容的書寫仍與梁宋齊魯相關者，主要以此標準作爲詩作的選擇，若有特殊的寫作情形，筆者將於論文提及詩作中再另作說明。唐代詩人至梁宋齊魯者人數頗多，故筆者雖會統整唐代詩人至梁宋齊魯的詩人，並一一羅列，但論文寫作中只會針對重要的八位詩人，對其相關作品逐一分析。整體而言，唐代初、中、盛、晚唐詩人至梁宋齊魯的原因，並非仕宦、因公者，以及這些詩人與梁宋齊魯當地有關的創作，皆爲筆者擇取的研究對象。

第三節 研究視角與方法

一、「地域書寫」的開拓

戴偉華在《地域文化與唐代詩歌》一書中，整理出以往唐代文學研究中地域文化主要的視角有六，如下：本貫或占籍、隸屬階層、南北劃分、文人移動的路線（交通）、詩人群和流派、文化景觀等成果。〔註 19〕這些前賢研究的豐碩成果，都是對日後欲開拓「地域書寫」研究的我們，有相當大的裨益，本論文筆者希望可以吸收與結合前人研究的成果，以此爲研究基礎，開展「地域書寫」的不同視野。

筆者於本論文中將以籍貫分布，首先從占籍的視角切入，以地方詩人爲主體，探討地域文化與文學創作的關係。並分析外來詩人遷移／旅遊的方式、路線、條件，在各種不同元素的組合下，成就多個獨特的個體，形成外來的詩人群。綜合在地詩人群與外來詩人群，兩者在同一地域中，即產生另一個可切入的新視角，相較兩群體在地域書寫上的差異。

〔註 18〕本論文中排除唐代詩人仕宦、因公到梁宋齊魯者，原因有二：其一，遊宦詩人與詩作較不豐富；其二，筆者欲探討詩人以主動式而非被動式至梁宋齊魯者。

〔註 19〕戴偉華：《地域文化與唐代詩歌》，頁 20～22。

本文主要探討外來詩人的地域書寫，舉凡外來詩人對自然景觀的描繪、風土民情的書寫、歷史記憶的刻畫等都是筆者視為切入的視角。不僅僅局限於外在自然和人文之美，外來詩人在地域的生活景況，對地域的追求抑或是失落，離開地域的回憶等，這些內在的情感，都是在某特定地域中產生的獨特情感，在地域文化的影響中，詩人的心理層面表現在文學作品中，由此又開啟地域書寫的另一視角。筆者嘗試站在前賢研究成果的基礎上，吸取各研究者的研究精華，在研究梁宋齊魯的地域書寫中，開拓更多元的視角，期許自己能在地域文化的研究領域中有所貢獻。

二、研究方法

地域文化的相關研究，學術界至今已有相當豐碩的成果和經驗，筆者很幸運地能站在前人的基礎上，選擇符合本文研究目標的理論和方法著手進行研究。人文地理學的範疇，是貫穿本文重要的研究理論和方法，主要貢獻是理解人類和我們置身其中的自然世界之間的關係，[註20]以下茲就筆者運用的研究方法詳盡論述。

人文地理學是書寫人類與自然的關係，書寫社會與空間的關係，是理解人類生活的所有面向，包括經濟、環境、政治、社會、文化、歷史和其他面向，如何與空間和地方或「空間性」的問題緊密相關。[註21]筆者吸收人文地理學的研究成果和方法，將此運用到討論梁宋齊魯的歷史文化及唐代發展，與在地詩人及外來詩人的關係。梁宋齊魯有其各別的歷史背景、文化起源、形成的地域特色等，在唐代政治、經濟、社會、地理、氣候的發展概況不盡相同，在這些不同的生活面向中，也在不同的空間中形成不同的詩人群體，呈現不同的書寫取向。

〔註20〕Paul Cloke、Philip Crang、Mark Goodwin 編；王志弘等譯：《人文地理概論》（臺北：巨流圖書公司，2006 年），導論，頁 6。

〔註21〕Paul Cloke、Philip Crang、Mark Goodwin 編；王志弘等譯：《人文地理概論》，導論，頁 6。

　　人文地理學也關注人文的遷移與空間的分布，遷移的動機與預測未來的遷移流動，是主要的探究焦點。〔註 22〕筆者將此運用到探究外來詩人至梁宋齊魯的遷移／旅遊方式，具備何種遷移／旅遊條件，以及遷移／旅遊的路線和時間。並更進一步聚焦外來詩人遷移／旅遊至梁宋齊魯的原因，以及可能形成離開的影響分子。遷移的行爲產生，便還涉了地方、認同、歸屬和家的問題，〔註 23〕這也是筆者想藉由此理論探究外來詩人爲追尋何種歸屬至梁宋齊魯？在梁宋齊魯的生活中，是否產生認同抑或是排斥感？地方對外來詩人產生了何種意義？以遷移的行爲模式爲探討基點，逐一解開這些疑惑。

　　人文地理學的分支學科文化地理學，其注重不同過程在特定地方集結的方式，還有這些地方如何對人產生意義，涉及世界、空間和地方如何爲人所詮釋與利用；以及這些地方如何因此而有益於當地文化的延續。〔註 24〕筆者運用此理論至外來詩人的詩作中，記述他們筆下的梁宋齊魯，從中歸納出人與自然、人與風土、人與歷史記憶的關係等。詩人的創作是生命的表現，他們所詮釋的梁宋齊魯，正是此地域對他們產生的意義，也因爲外來詩人在梁宋齊魯的移入和移出，將當地的文化傳播出去，延續了的發展。站在文化的視野，觀察地方與人文建構成有意義的空間，不論文化一詞定義多麼繁雜，終歸只是現實生活中的記錄。

　　綜上列所述，論文篇章安排將依序先論梁宋齊魯的歷史文化與唐代發展，再論外來詩人去留之間的蕩漾，最後論外來詩人筆下的梁宋齊魯，希冀在此研究方法下，能周全又細膩地表現出唐詩中的梁宋齊魯。

〔註 22〕Paul Cloke、Philip Crang、Mark Goodwin 編：王志弘等譯：《人文地理概論》，頁 385。
〔註 23〕Paul Cloke、Philip Crang、Mark Goodwin 編：王志弘等譯：《人文地理概論》，頁 384。
〔註 24〕Mike Crang 著：王志弘、余佳玲、方淑惠譯：《文化地理學》，頁 3～4。

第二章　梁宋齊魯的歷史文化與
　　　　　唐代發展

前　言

　　唐代國勢昌榮，文化也達到前所未有的盛況，除了現今利於唐代發展的優勢條件外，必當回溯於歷史的遺跡，有過去歷史的發生，才能累積成今日的大唐文化。筆者本章將論述梁宋齊魯的歷史文化與唐代發展，探討一地域的特色，必當回顧當地過往的歷史事件，在時代層層的堆砌下，超越空間代代相傳，方能成就當今的地域特色。除此之外，唐代梁宋齊魯的發展概況，舉凡政治、經濟、社會、地理都是需要列入討論的範圍，文化不僅僅是一歷史遺跡，更是一個社會現象的呈現，與政治和經濟相互對應，成為一股強大的力量。緊扣著唐代梁宋齊魯的發展，影響到詩人群體的存在模式，不論是在地詩人，抑或是外來詩人，他們在中國文學史上的影響力以及詩作的表現，都與梁宋齊魯的歷史文化與唐代發展息息相關。故本章筆者將分成四大部分：一、歷史背景與地域特色，二、唐代梁宋齊魯發展概況，三、唐代梁宋齊魯的詩人群體，四、在地／外來詩人在地域書寫上的失衡現象，據此加以論析。

第一節　歷史背景與地域特色

　　一地域的歷史背景有助於研究者探究地域的特色，地域過去發生的重大事件，都有其時代性的意義，更能影響此地域往後的發展。歷史的發生往往與人群有關，除了自然界渾然天成的景觀特色，其餘多半是人文與聚落間活動事件的發生，地域的特色更是由他們共同創造形成的，歷經漫長的歲月，經過無數的變動，自然條件與人文內涵的融合，演變成爲當今我們所看到的地域特色。可見地域內部的特色形成是有其連續性的發展關係，故本節筆者將回溯梁宋齊魯地區的歷史背景，論述文化的形成，以及地域的優勢和特徵。

一、梁宋地區

　　梁宋地區相當於今日的河南開封、商丘區域。河南簡稱豫或中州，《尚書・禹貢》將當時天下劃分爲九個區域，稱九州，其中「荊、河爲豫州。」〔註1〕河南是豫州的主要部分，所以後來以豫爲名，中州則取義位於九州之中。〔註2〕中原文化是一個統一的整體，但其內部也存在著很大的地區性差異，可再細分爲六個小文化區，即豫西、豫東、豫南、豫北、豫中和南陽文化區，其中開封和商丘即屬於豫東文化區。〔註3〕以下則細論中原文化的歷史背景、文化的形成以及地域特色。

（一）歷史背景

　　中原文明的肇興始於夏禹治國，夏代的開國君王禹，完成了建立國家，以文明時代來代替過去的原始社會。左丘明《國語・周語上》：「昔夏之興也，融降於崇山。」〔註4〕崇山，即指今日的河南嵩山。大禹治水的有功，司馬遷《史記・夏本紀》記載：

〔註1〕〔漢〕孔安國傳、〔唐〕孔穎達等正義：《十三經注疏・尚書》（臺北：藝文印書館，1978年），冊1，卷6，頁85。
〔註2〕張志孚等著：《中州文化》（瀋陽：遼寧教育出版社，1995年），頁1。
〔註3〕單遠慕：《中原文化志》（上海：上海人民出版社，1998年），頁6～7。
〔註4〕〔春秋〕左丘明：《國語》（臺北：里仁書局，1981年），卷1，頁30。

禹乃遂與益、后稷奉帝命，命諸侯百姓興人徒以傅土，行
山表木，定高山大川。禹傷先人父鯀功之不成受誅，乃勞
身焦思，居外十三年，過家門不敢入。〔註5〕

禹建立歷史上第一個具有完善機構的國家，更使中原文化在眾多原始
文化中脫穎而出，率先完成文明社會的轉換，從而使中原文化在中華
文化的核心地位得到初步的確立。〔註6〕從神本走向人本，歷經了夏
商周三代，進入了最關鍵的春秋戰國時期。

開封，戰國時期的魏，司馬遷《史記·魏世家》記載：

魏之先，畢公高之後也。畢公高與周同姓。武王之伐紂，
而高封於畢，於是為畢姓。其後絕封，為庶人，或在中國，
或在夷狄。其苗裔曰畢萬，事晉獻公。〔註7〕

魏國的始祖是畢公高，國力在魏文侯和武侯時，達至巔峰狀態。文侯
尊儒門學者為師，司馬遷《史記·魏世家》載：

文侯受子夏經藝，客段干木，過其閭，未嘗不軾也。秦嘗
欲伐魏，或曰：「魏君賢人是禮，國人稱仁，上下和合，未
可圖也。」文侯由此得譽於諸侯。〔註8〕

統治者知人善用，納賢尊儒的施政態度，使魏國盛極一時。至魏惠王
時，遷都大梁，為完成中原霸業，卑禮厚幣以招賢者，如鄒衍、淳于
髡、孟軻皆至梁。〔註9〕

商丘，周朝是微子的封地，微子開者，殷帝乙之首子而帝紂之庶
兄也，〔註10〕殷商將滅亡之際，曾多次力諫紂王，卻未得到接納，後
周公代天巡狩，封微子於宋地，故微子建立宋國。司馬遷《史記·
宋微子世家》載：

〔註5〕〔漢〕司馬遷：《史記》（臺北：鼎文書局，1984年），冊1，卷2，
　　　頁51。
〔註6〕王國保：《中原文化與中國文化的形成》（上海：上海古籍出版社，2008
　　　年），頁30。
〔註7〕〔漢〕司馬遷：《史記》，冊3，卷44，頁1835。
〔註8〕〔漢〕司馬遷：《史記》，冊3，卷44，頁1839。
〔註9〕〔漢〕司馬遷：《史記》，冊3，卷44，頁1847。
〔註10〕〔漢〕司馬遷：《史記》，冊2，卷38，頁1607。

> 武王崩，成王少，周公旦代行政當國。……周公既承成王
> 命誅武庚，殺管叔，放蔡叔，乃命微子開代殷后，奉其先
> 祀，作《微子之命》以申之，國于宋。微子故能仁賢，乃
> 代武庚，故殷之餘民甚戴愛之。〔註11〕

微子嫡子卒後，根據殷兄終弟及的宗法，讓其弟子衍繼位，是爲微
仲。

（二）文化形成

中原文化發展持續，源遠流長。經考古證明，早在二十萬年前的
舊石器時代中原就是南北文化交匯所在，新石器時代的考古學文化，
如裴李崗文化、仰韶文化及大汶口文化也都有中原融匯的痕跡，而這
些文化融於一體，成爲夏文化的先驅。夏商周時期，在統治者更替之
間，彼此之間文化的同化、繼承和發展，文化勢力弱者，終究傾於強
勢文化，最後融爲一文化體系。春秋戰國時期，在各大諸侯的爭霸和
鬥爭中，人口出現了大量的流動，民族融合的過程中，造成了文化上
的融合和播散。秦漢大一統的封建文化，奠基了中原文化在傳統文化
中的核心地位，在大一統的文化政策下，中原文化出現了大規模的改
造，以接納、融匯儒學，視儒學爲文化的主體內容，在轉型後越來越
趨於政治儒學的演化。〔註12〕從文化特徵來看，中原文化既是一種區
域文化，又是一種以政治爲主要依托的政治文化，它以傳達執政者的
政治意圖爲基本的使命。從地理上來講，中原地區又是個區域的、各
民族文化交匯頻繁的地方，爲中原文化融合各文化元素提供了便利
性。整體來說，我們可以說中原文化是與周邊的文化不斷交流，在相
互影響中，彼此融合而發展壯大，最終形成中國傳統文化。〔註13〕

（三）地域特色——政治要地

司馬遷《史記・貨殖列傳》言：

〔註11〕〔漢〕司馬遷：《史記》，冊2，卷38，頁1621。
〔註12〕王國保：《中原文化與中國文化的形成》，頁113～114。
〔註13〕王國保：《中原文化與中國文化的形成》，頁210。

> 夫三河在天下之中，若鼎足，王者所更居也，建國各數百
> 千歲，土地小狹，民人眾，都國諸侯所聚會。〔註14〕

自古以來中州便被視為天下之中，是帝王選擇都城的理想位置，故有
鮮明的都城文化色彩。如夏定都洛陽城（今河南登封），後遷至陽翟
（今河南禹州），雖後又屢移都城，但基本上都在中州境內。商朝先
定都亳（今河南商丘），後遷至西亳（今河南偃師），成湯至盤庚歷經
五次遷都，其中有四次都在中州境內。周初建都於關中，西周末年周
平王遷都洛邑（今河南洛陽）。〔註15〕中州是中國歷史上帝王京都最
集中的一個地區，如周代的封國都城確鑿可考的，在中州就有幾十
處，其中商丘也是其中之一。又開封自古就有七朝都會之稱，共有七
朝三百五十九年在開封建都。〔註16〕這些都說明中州都城文化的特
色，更是一國的政治要地。在戰國秦漢時期梁宋地區經濟發展的環境
優勢條件分析下，有四大優勢條件，其中有利的政治、歷史因素就是
其中一項。〔註17〕都城可以說是國家的縮影，具有許多有利的條件，
吸引外來者的進入，這些被吸引而來的商賈、士人、官員等理所當然
成為當地的生產力，是提升經濟發展的助力。全國性的文化機構主要
集中在都城，又是吸引文儒會聚的地方，促進文化發展的條件也比較
優越，更大肆增加了文化傳播的機會，全國政治中心的位置，對中原
文化的發展成為重要的因素之一。〔註18〕

二、齊魯地區

　　齊、魯地區，相當於今山東省的區域範圍。西周時期齊、魯為
兩諸侯國，周武王為酬謝兩大功臣呂尚與周公旦，各別分封於齊、

〔註14〕　〔漢〕司馬遷：《史記》，冊4，卷129，頁3262～3263。
〔註15〕　黃宛峰：《吳越文化與中州文化比較研究》（北京：中國社會科學出
　　　　　版社，2009年），頁17。
〔註16〕　張志孚等著：《中州文化》，頁51～70。
〔註17〕　王朝陽：《戰國秦漢時期梁宋地區經濟發展與環境條件研究》，河南
　　　　　大學碩士論文，2005年5月，頁40～51。
〔註18〕　單遠慕：《中原文化志》，頁16。

魯兩地。齊魯地區從西周時期的歷史背景，歷經悠久的傳統文化洗禮，發展至今成爲「齊魯文化圈」，山東更是文化古都的代表。於此筆者從歷史背景、文化形成、地域特色三部分探究齊魯地區的歷史與地域文化。

（一）歷史背景

齊、魯均爲西周諸侯國。周初建立封國，姜太公尚封於齊，都營丘（今淄博市臨淄區一帶）；周公旦封於魯（今曲阜）。周公留周都輔佐成王，由其子伯禽赴魯執政。姜太公、伯禽都是周文化的政治代表，齊、魯所執行的也都是周王朝的典章制度，但兩國統治者對地的執行政策卻有不同。〔註19〕姜太公封齊與姜太公治齊，是齊文化主要的形成條件。〔註20〕司馬遷《史記・齊太公世家》記載：

> 太公望呂尚者，東海上人。其先祖嘗爲四嶽，佐禹平水土
> 甚有功。虞夏之際封於呂，或封於申，姓姜氏。〔註21〕

姜太公因先祖曾助禹平水有功，而受封於呂。姜太公在文王與武王時期，就功勞崇高備受重用，故武王在進行分封時首被封爲諸侯。司馬遷《史記・周本紀》云：「於是封功臣謀士，而師尙父爲首封。封尙父於營丘，曰齊。」〔註22〕姜太公治理齊國，以舉賢上功、〔註23〕因俗簡禮爲治國方針，穩定社會秩序，得到許多人民的擁護。〔註24〕姜太公以人民爲施政的考量中心，爲了給人民安定的生活，適地適性的發展經濟，司馬遷在《史記・貨殖列傳》中說：

> 太公望封於營丘，地潟鹵，人民寡，於是太公勸其女功，

〔註19〕李伯齊：《山東文學史論》，頁7。

〔註20〕邱文山等著：《齊文化與先秦地域文化》（濟南：齊魯書社，2003年），頁44～55。

〔註21〕〔漢〕司馬遷：《史記》，冊2，卷32，頁1477。

〔註22〕〔漢〕司馬遷：《史記》，冊1，卷4，頁127。

〔註23〕「昔太公始封，周公問『何以治齊？』太公曰：『舉賢而上功。』」〔漢〕班固：《漢書》（臺北：鼎文書局，1977年），冊2，卷28上，頁1661。

〔註24〕「太公至國，修政，因其俗，簡其禮，……而人民多歸齊，齊爲大國。」〔漢〕司馬遷：《史記》，冊2，卷32，頁1480。

　　極技巧，通魚鹽，則人物歸之，繦至而輻湊。故齊冠帶衣
　　履天下，海俗之間斂袂而往朝焉。〔註25〕

經濟發展穩定，百姓生活無所憂慮，社會必安定無亂，這也是姜太公
的治國思想，也難怪太史公曰：「以太公之聖，建國本，……洋洋哉，
固大國之風也！」〔註26〕

　　周公與姜太公可以說是周武王得力的左右手，司馬遷《史記·魯
周公世家》記載：

　　周公旦者，周武王弟也。自文王在時，旦爲子孝，篤仁，
　　異於群子。及武王即位，旦常輔翼武王，用事居多。武王
　　九年，東伐至盟津，周公輔行。十一年，伐紂，至牧野，
　　周公佐武王，作牧誓。〔註27〕

周公封於魯，由其子伯禽赴魯執政。不同於姜太公保留齊地傳統的土
著文化，循序漸進的推行新文化，讓齊地保有濃厚的夷文化色彩，有
別於周文化的鮮明特色。

　　魯公伯禽則是採取「變其俗，革其禮」〔註28〕的方式，用周文
化來改造魯地的土著文化，改變了魯地原有的風俗、禮儀。「尊尊親
親」〔註29〕是伯禽的治國基礎，爲鞏固周文化的宗法社會，伯禽將
儒家所謂階級之分的禮以及等差親疏的愛，擴大到社會政治領域
上。除了伯禽以周文化治國爲主，魯國還享有天子禮樂，司馬遷《史
記·魯周公世家》云：「成王乃命魯得郊祭文王。魯有天子禮樂者，
以褒周公之德也。」〔註30〕故魯國可以說是宗周的代表，此地也是
保留周文物制度最完整的地方，這也是晉國執政者韓宣子至魯（？
～前 514）有了「周禮盡在魯矣，吾乃今知周公之德，與周之所以

〔註25〕〔漢〕司馬遷：《史記》，冊 4，卷 129，頁 3255。
〔註26〕〔漢〕司馬遷：《史記》，冊 2，卷 32，頁 1513。
〔註27〕〔漢〕司馬遷：《史記》，冊 2，卷 33，頁 1515。
〔註28〕〔漢〕司馬遷：《史記》，冊 2，卷 33，頁 1524。
〔註29〕「周公始封，太公問『何以治魯？』周公曰：『尊尊而親親。』」〔漢〕
　　　　班固：《漢書·地理志》，冊 2，卷 28 下，頁 1662。
〔註30〕〔漢〕司馬遷：《史記》，冊 2，卷 33，頁 1523。

王也」〔註31〕的感慨。雖說姜太公和伯禽都是周文化的代表，但因兩人對當地土著文化的態度和施政的方針不同，故發展到後期齊、魯兩地各呈現出不同的文化特色。

（二）文化形成

　　所謂的「齊魯文化」，實際上有兩層含義。廣義上，從地域文化圈來講，它與中原文化、秦晉文化、燕趙文化、吳越文化、荊楚文化、巴蜀文化等相並提，是一個別於這些文化的獨立的文化體系；其地域範圍，當以古齊、魯領地，即今山東地區爲主；時限上則貫穿古今。狹義地講，「齊魯文化」是指先秦時期齊、魯兩國的文化，是各自獨立又互相參透融匯，各有特點的兩種文化。〔註32〕齊魯文化發韌於東夷文化。西周初年，通過大分封在今山東地區建立了齊魯兩大諸侯國，標誌著齊魯文化區域的初步建立。戰國時期的發展與整合，爲漢代齊魯文化躍升爲主流文化打下了堅實的基礎。〔註33〕齊文化與魯文化，兩地不僅地緣相近，而且歷史基本相近，東夷文化的基礎、夏、商文化的底蘊、周文化的影響三者，是它們共同的文化淵源。只因兩國的開國之君姜太公和周公之子伯禽對原有文化採取了不同的態度，致使兩地文化受到周文化影響深淺度不同，對原有文化保留的多少不同，形成了各自的文化特色。〔註34〕齊魯文化，從戰國後期至兩漢，有一個融合過程。在這個過程中，齊魯文化也與中原文化、荊楚文化以及三晉文化融合，從而形成中國的傳統文化。在融合的過程中，仍然保有它的某些內容和特徵，從而對齊魯故地的文學藝術產生廣泛而深刻的影響。〔註35〕至秦代以前，齊文化和魯文化皆獨樹一

〔註31〕〔春秋〕左丘明：《十三經注疏・左傳・昭公二年》，冊6，卷42，頁718。
〔註32〕黃松：《齊魯文化》（瀋陽：遼寧教育出版社，1991年），頁94。
〔註33〕孟祥才、胡新生：《齊魯思想文化史（先秦秦漢卷）——從地域文化到主流文化》（濟南：山東大學出版社，2002年），序，頁1～8。
〔註34〕邱文山等著：《齊文化與先秦地域文化》（濟南：齊魯書社，2003年），頁214～215。
〔註35〕李伯齊：《山東文學史論》，頁10。

幟，各呈現鮮明的地方特色。秦統一後，在大一統的情勢之下，齊、魯兩國文化相互影響而融爲一體，形成了統一的文化圈，也與其他地域文化圈交相匯合，發展爲「齊魯文化」的地域概念。此地域與現今的山東省區範圍相當，山東地域的歷史文化俗稱爲齊魯文化。

（三）地域特色──文化古都

齊魯地區文化悠久，對中華文化的發展和形成有深遠的影響。雖然齊文化與魯文化呈現的文化特徵並不完全相同，但在傳統文化長久的孕育下，已然成爲一文化基礎精深的地區，稱爲文明之邦亦不爲過。曾大興認爲文明之邦，是指那些文化傳統悠久、文化根基深厚的地區。文明之邦的形成需要相當長的時間，一旦形成之後，則有相當的穩定性，不會因政治、經濟和地理等外在環境的改變而立刻改變。中國古代的文明之邦，在北方當就首推曲阜、臨淄、濟南及其附近地區（即齊魯地區）。〔註36〕所以山東地域的特色整合後，可謂一文化古都。齊、魯兩國的地域相鄰，因地理條件因素，兩地在文化層面交互影響下，具有很多相似之處，從實質上來說，崇周禮、重教化、尚德義、重節操等都是兩地人民共有的風尚。經過不同的統治者和國家發展後，兩國文化上的不同之處更多，齊人的務實開放，魯人重視禮樂，使齊、魯兩國在文化上各具特色，並且位居當時華夏文化的領先或者中心地位。〔註37〕

第二節　唐代梁宋齊魯發展概況

本論文筆者欲探討重心爲唐代梁宋齊魯的當地詩人及外來詩人與此地域的關係，不論是本地詩人數量的增減，亦或是外來詩人的去留抉擇，都與唐代梁宋齊魯的發展概況有很大的關連。曾大興於《中國歷代文學家之地理分布》書中載：

〔註36〕曾大興：《中國歷代文學家之地理分布》，頁488。
〔註37〕楊朝明：《魯文化史》（濟南：齊魯書社，2001年），頁6。

> 京畿之地、富庶之區、文明之邦與開放之域，是影響中國
> 歷代文學家的分布重心的形成絕大因素，實際上正是關係
> 到文學家的地理分布格局的政治、經濟、文化和地理的四
> 大要素。〔註38〕

誠如曾大興所言，這四大要素都是影響文學家分布的主要原因，故
筆者於此小節再據此分爲政治、經濟、社會、地理、氣候五因素，
分別以此五種環境論述唐代梁宋齊魯的發展概況。

一、政治環境

唐王朝（618～907）建立於唐高祖李淵（565～635），開國之期
國勢並未眞正鞏固，直到唐太宗（599～649）即位後，完善的吏治、
政策，知人善任，鼓勵眾臣直諫等施政制度，使貞觀時期成爲唐代第
一個治世。唐代史學家吳兢《貞觀政要‧政體篇》載：

> 商旅野次，無復盜賊；囹圄常空，馬牛布野，外戶不閉。
> 又頻致豐稔，米斗三四錢。行旅自京師至於嶺表，自山東
> 至於滄海，皆不賚糧，取給於路；入山東村落，行客經過
> 者，必厚加供待，或發時有贈遺。此皆古昔未有也。〔註39〕

唐太宗治世後，社會秩序趨於安定，生產活動逐漸恢復，人民安居樂
業，地方治安良好，也難怪歷史上稱爲「貞觀之治」。唐代國力至開
元時期達至巔峰，宋代司馬光《資治通鑑》云：

> （開元四年）姚、宋相繼爲相，崇善應變成務，璟善守法
> 持正；二人志操不同，然協心輔佐，使賦役寬平，刑罰清
> 省，百姓富庶。唐世賢相，前稱房、杜，後稱姚、宋，他
> 人莫得比焉。〔註40〕

在唐玄宗改革吏治，舉賢用才，提倡文教的施政下，政治清明，社會
穩定，百姓生活富庶。天寶末年，唐代國勢逐漸走下坡，又逢安史之

〔註38〕曾大興：《中國歷代文學家之地理分布》，頁 501。
〔註39〕〔唐〕吳兢編、葉光大等譯注：《貞觀政要‧論政體篇》（貴陽：貴
州人民出版社，1995 年），卷 1，頁 41。
〔註40〕〔宋〕司馬光撰、〔宋〕胡三省注：《新校資治通鑑》（臺北：世界書
局，1962 年），冊 11，卷 211，頁 6725。

亂的衝擊，一改唐王朝盛世之貌，是唐朝由盛至衰的轉捩點。但在唐代建國二百多年的時間中，我們無法忽略全盛時期中，不論政治、經濟、文化、外交等都達到顛峰的盛況，是中國歷史上的盛世之一。唐朝時期梁宋齊魯的政治情勢爲何？以下茲就政治狀況加以探析。

（一）梁　宋

河南地區在隋代的社會動亂下顯得殘破不堪，劉昫《舊唐書》記載當時的情況：

> 今自伊、洛以東，暨乎海岱，灌莽巨澤，蒼茫千里，人煙斷絕，雞犬不聞，道路蕭條，進退艱阻。〔註41〕

在河南百姓需要休養生息的時刻時，唐代的統治者懂得以人民爲重，太宗更言「爲君之道，必須先存百姓；若損百姓以奉其身，猶割股以啖腹，腹飽而身斃。」〔註42〕穩定政局的安定爲首要考量。唐代河南地方行政機構，基本上是州縣兩級，今天的河南省在唐代大部分屬於河南道。河南地區在經過唐代的整頓和治理，社會混亂的局面有所改變，人口也逐漸增加，生產也恢復發展，使它再度成爲統治重心之一。〔註43〕以開封爲例，唐代是開封城市由衰弱逐漸走向復興的轉折點。特別是宣武軍節度使治所移汴州之後，對汴州城的發展影響極大。睿宗延和元年（712年），開封縣被升格爲汴州的附郭縣，德宗建中二年（781年），汴州節度使李勉（717～788）又對汴州城進行了擴建和重築。〔註44〕安史之亂的爆發，對河南地區產生了極大的影響，如睢陽（今商丘）雖在張巡（709～757）、許遠（709～757）苦守下，保衛了唐代的大半江山，但也在長期戰亂中飽受摧殘。唐詩人耿湋〈宋中二首〉其二詩云：

〔註41〕〔五代·晉〕劉昫：《舊唐書》，冊3，卷71，頁2560。
〔註42〕〔唐〕吳兢編、葉光大等譯注：《貞觀政要·論君道》，卷1，頁3。
〔註43〕程有爲、王天獎編：《河南通史——第二卷》（鄭州：河南人民出版社，2005年），頁394～408。
〔註44〕程子良、李清銀：《開封城市史》（北京：社會科學文獻出版社，1993年），頁42。

> 百戰無軍食，孤城陷虜塵。爲傷多易子，翻弔淺爲臣。漫
> 漫東流水，悠悠南陌人。空思前事往，向曉淚霑巾。〔註45〕

張繼〈送鄒判官往陳留〉詩亦云：「齊宋傷心地，頻年此用兵。」
〔註46〕詩中寫出宋中爲戰地，戰亂的景況不堪入目，可想而知經過
安史之亂的河南地區，必當一片蕭條，社會發展必當出現嚴重的停
滯和衰退。在安史之亂以後，出於保護汴運通暢，屛藩王室及防遏
河北、山東驕藩南下和西進需要，建中二年（781 年），汴州刺史、
永平軍節度使李勉開始對汴州城進行大規模的擴建。〔註47〕從唐初
至安史之亂前，河南地區在統治者的重視之下，不論經濟、文化、
社會都較隋朝更爲發展，成爲唐代重要的京畿所在。

（二）齊　魯

在唐代前期，山東與大多數地區一樣，局勢比較穩定，政府對當
地採取的措施如興修水利、遣使巡察、寬簡刑法、減省勞費、捕蝗除
災、賑救災民、減免賦稅、設置義倉等。司馬光《資治通鑑‧唐紀九》
記載貞觀四年的情形：

> 是歲，天下大稔，流散者咸歸鄉里，米斗不過三、四錢，
> 終歲斷死刑才二十九人。東至於海，南及五嶺，皆外戶不
> 閉，行旅不齎糧，取給於道路焉。〔註48〕

又劉昫《舊唐書》記載：「時累歲豐稔，東都米斗十錢，青、齊米斗
五錢。」〔註49〕政治清明穩定，經濟恢復發展，生產力提升，百姓
的生活逐漸改善，社會秩序相對安定。雖唐代前期大致上政治穩定，
但也發生了幾起叛亂鬥爭的事件，有的發生在山東，有的則是發生
在其他地區但波及山東地域。如齊王李祐（？～643）、琅邪王冲（492

〔註45〕〔清〕聖祖輯：《全唐詩》，冊8，卷268，頁2998。
〔註46〕〔清〕聖祖輯：《全唐詩》，冊8，卷242，頁2720。
〔註47〕程遂營：《唐宋開封生態環境研究》（北京：中國社會科學出版社，
　　　　2002年），頁112。
〔註48〕〔宋〕司馬光撰、〔宋〕胡三省注：《新校資治通鑑》，冊10，卷193，
　　　　頁6085。
〔註49〕〔五代‧晉〕劉昫等撰：《舊唐書》，冊1，卷8，頁189。

～567）、安史之亂等，不過因違背統治者的根本利益，也不符合人民的期待，皆一一被平息。安史之亂後，唐國勢衰微，中央勢力驟減，河北、山東、河南、湖北、山西一帶的藩鎮，形成了藩鎮割據的局面。唐政府與這些藩鎮進行了長期的鬥爭，藩鎮與藩鎮間也時常發生激烈的鬥爭，甚而出現戰爭，不過最終仍舊被平定。唐朝末年山東地區土地兼併激烈，又受到長期戰亂的破壞，統治者殘暴腐敗，賦役負擔加重，以及災荒頻仍下，造成人口大量的逃亡，農民起義活動四起。王溥《唐會要》記載：

> 元和十五年正月二十三日，平盧州軍奏，當管五州，共二十九縣，內四縣錄戶口雕耗，計其本縣稅錢，自供官吏不足。〔註50〕

天災人禍雙重的摧殘下，造成人口大量流失，也促成起義的條件成熟。〔註51〕整體而論，唐代前期貞觀、開元年間山東政治局勢穩定，到了後期才在戰亂中逐漸衰微。

二、經濟環境

唐代國家長期穩定發展，社會相對安定，有助於經濟活動的成長。杜甫〈憶昔二首〉其二詩云：

> 憶昔開元全盛日，小邑猶藏萬家室。稻米流脂粟米白，公私倉廩俱豐實。（頁1163，節）

又言「九州道路無豺虎，遠行不勞吉日出」（杜甫〈憶昔〉，頁1163），杜甫記述了當時唐代開元時期天下大治，政府財政豐裕，全國糧食充沛的盛世，百姓生活安定，社會治安良好，沒有盜賊叛亂之事，遠行之人安全無慮。唐代對水利事業的重視，以及農業生產工具的改進，增加了糧食的總產量，連帶促進經濟作物的成長。隨著唐王朝的富強，除了農業的興盛，手工業、商業等都有一定程度的提升。唐張鷟

〔註50〕〔宋〕王溥：《唐會要》（臺北：世界書局，1968年），下冊，卷70，頁1253。

〔註51〕安作璋主編：《山東通史・隋唐五代卷・通紀》（北京：人民出版社，2009年），三～六整理。

《朝野僉載》云：

> 定州何名遠大富主，官中三驛。每於驛邊起店停商，專以
> 襲胡為業，貲財巨萬，家有綾機五百張。〔註52〕

據張鷟的記載，唐代已有發展規模較大的手工業坊，更成為百姓主要的經濟來源，甚而家財萬貫，繁榮之況可想而知。唐代水陸交通網的完備，是帶起都市經濟發展的主要原因，如宋人王讜《唐語林》言：「凡東南郡邑，無不通水，故天下貨利，舟楫居多。」〔註53〕唐代在政策的推動，水利、交通的設施的完備下，商業發展繁榮，社會生產力不斷提高。唐王國在當時是世界版圖最大，勢力最強，最富庶文明的國家之一，更是世界經濟文化交流的中心。除了安史之亂發生後經濟受到摧殘，由興盛走向衰敗，是唐朝盛衰轉變的樞紐，〔註54〕但就整體而言唐代的經濟是呈現穩定發展的局面。至於梁宋齊魯地域的經濟發展又是為何？討論如下。

（一）梁　宋

梁宋位於天下之中心，兩州均處要道之處，又有汴河路通過，〔註55〕商業活動極為發達，相關文獻如下云：

> 今自九河外，復有淇汴，北通涿郡之漁商，南運江都之轉
> 輸，其為利也博哉。（皮日休〈汴河銘〉，節）〔註56〕

> 萬艘龍舸綠絲間，載到揚州盡不還。應是天教開汴水，一

〔註52〕〔唐〕張鷟：《朝野僉載》（臺北：臺灣商務印書館股份有限公司，1966年），卷3，頁41。

〔註53〕〔宋〕王讜：《唐語林・補遺》（臺北：臺灣商務印書館股份有限公司，1979年），卷8，頁225。

〔註54〕武金銘：《中國隋唐五代經濟史》（北京：人民出版社，1994年），頁2～3。

〔註55〕運河除了在南北物資交流上起了重大的作用之外，在輸送旅客方面的作用也不能忽視。唐前期和德宗興元後，運河暢通，南來北往的人們大致經由汴河路。翁俊雄：《唐代人口與區域經濟》，頁554～556。

〔註56〕〔唐〕皮日休：《皮子文藪》（臺北：臺灣商務印書館股份有限公司，1967年），卷4，頁28。

千餘里地無山。（皮日休〈汴河懷古二首〉其一，節）〔註57〕

今之天下之鎮，陳留為大。屯兵十萬，連地四州，左淮右
河，抱負齊楚，濁流浩浩，舟車所同。（韓愈〈送汴州監軍俱
文珍序并詩〉，節）〔註58〕

汴州為自運河至長安所必經之路，唐時商業活動已經很繁榮，宋朝李
昉《太平廣記》記述：

唐李宏，汴州浚儀人也，兇悖無賴，狠戾不仁。每高鞍壯
馬，巡坊歷店，嚇庸調租船綱典，動盈數百貫，彊貸商人
巨萬，竟無一還。商旅驚波，行綱側瞻。〔註59〕

當時汴州的流氓敲詐商人，積累巨萬，可見汴州商人資力之厚。汴州
以中原之樞，當一代的首都，四方貨賄匯集之盛，水路交通之盛，四
夷之民、異域奇珍匯萃之盛。〔註60〕地理位置險要，交通發達完善，
商業興起，都市繁榮，曾親身到過此地的杜甫描述：「邑中九萬家，
高棟照通衢。舟車半天下，主客多歡娛。」（〈遣懷〉，頁1447）人物
殷盛，有大城的屋宇建築與交通建設，通衢大道可通往各地，盛況非
凡。

　　劉禹錫亦有多首詩記述梁宋都市的景況，如〈令狐相公見示河中
楊少尹贈答兼命繼聲〉詩云：「四面諸侯瞻節制，八方通貨溢河渠。
自從郤縠為元帥，大將歸來盡把書。」（頁1163）、又「天下咽喉今
大寧，軍城喜氣徹青冥」（〈客有話汴州新政書事寄令狐相公〉，頁
1161）、〈酬令狐相公早秋見寄〉詩云：「公來第四秋，樂國號無愁。
軍士遊書肆，商人占酒樓。」（頁1170）又宋祁《新唐書·李勣傳》
載：「宋、鄭商旅之會，御河在中，舟艦相屬，往邀取之，可以自資。」

〔註57〕〔清〕聖祖輯：《全唐詩》，冊18，卷615，頁7099。
〔註58〕〔唐〕韓愈、馬其昶校注：《韓昌黎文集校注》（臺北：世界書局，
　　　　1967年），外集上卷，頁391。
〔註59〕〔宋〕李昉：《太平廣記·李宏》（臺北：文史哲出版社，1987年），
　　　　冊3，卷263，頁2057。
〔註60〕白壽彝：《中國交通史》（臺北：臺灣商務印書館股份有限公司，1987
　　　　年），頁138～139。

〔註61〕梁宋成爲都會中心，匯聚眾多商賈，經濟昌盛，通貨蓬勃，地理位置優越，交通網路四通八達，社會安定無亂，將士們得以有休憩閒暇時刻，透過劉禹錫詩中對梁宋之地城市繁華的描述，當時盛況可以想見。除了商業活動發達，河南地區更是全國的大糧倉，開封周圍土壤的母質爲黃河沖積、沉澱物，含有較豐富的碳酸鈣。如黃潮土土質疏鬆，耐旱耐澇，保水保肥性強，養分含量較高，是農業生產的理想土壤。〔註62〕此地在良好的天然環境下，農業發展興盛，糧食儲備充裕，天寶八載（749）更列全國之冠，僅次於河北。當時有數百萬石甚至上千萬石糧食儲藏，反映這地區糧食之充裕。〔註63〕梁宋位於南北漕運的中轉樞紐，交通十分便捷，天然資源豐富，成爲商業繁榮的大都會，更曾爲全國賴以爲生的大糧倉。

（二）齊　魯

齊魯擁有優越的自然條件，司馬遷《史記·貨殖列傳》記載：「宜桑麻，人民多文綵布帛魚鹽，臨菑亦海岱之閒一都會也。」〔註64〕又曰：「夫天下物所鮮所多，人民謠俗，山東食海鹽，山西食鹽鹵。」〔註65〕齊魯的地形和土壤，利於桑麻之業，東漢王充《論衡·程材》更言：「齊部世刺繡，恒女無不能；襄邑俗織錦，鈍婦無不巧。」〔註66〕山東的桑蠶絲織業成爲當地的主要產業，不論是在產量或是質量都有相當的水準。依傍海濱的地形，讓齊魯有豐富的漁鹽資

〔註61〕〔宋〕宋祁等撰：《新唐書》（臺北：鼎文書局，1985年），冊5，卷93，頁3000。

〔註62〕程遂營：《唐宋開封生態環境研究》，頁85～86。

〔註63〕杜瑜：《中國經濟重心南移：唐宋間經濟發展地區》（臺北：五南圖書出版股份有限公司，2005年），頁160～161。此處所謂河南地區，還包括今山東省黃河以南及江蘇、安徽的淮河以北地區。這也說明當時淮河以北的黃河中下游地區農業經濟確實比較發達。

〔註64〕〔漢〕司馬遷：《史記》，冊4，卷129，頁3265。

〔註65〕〔漢〕司馬遷：《史記》，冊4，卷129，頁3269。

〔註66〕〔漢〕王充著、韓復智等譯注：《論衡》（臺北：國立編譯館，2005年），卷12，頁1336。

源，據《漢書‧地理志》載：

> 太公以齊地負海舄鹵，少五穀而人民寡，乃勸以女工之業，
> 通魚鹽之利，而人物輻湊。後十四世，桓公用管仲，設輕
> 重以富國，合諸侯成伯功，身在陪臣而取三歸。故其俗彌
> 侈，織作冰紈綺繡純麗之物，號爲冠帶衣履天下。〔註67〕

齊地魚鹽的發展，再加以交通的便利，商品流通無阻，帶動齊國商業
的發展，成爲富國強兵的基礎。桑麻業的發展，在春秋時已獲得「冠
帶衣履天下」的美名，在悠久歷史的薰陶下，發展至唐代已成爲全國
主要的產絲區，如鄆、齊、曹、青、兗等州生產的絲織品，都列爲貢
品。〔註68〕除此之外，齊魯的農業發展除了擁有土壤資源的優勢，且
湖澤廣大，南通洙、泗，北連青、齊，〔註69〕水利設施亦頗爲重視，
司馬遷《史記‧河渠書》云：「自是之後，用事者爭言水利。……泰
山下引汶水：皆穿渠爲溉田，各萬餘頃。」〔註70〕齊魯不僅水資源充
足，又配合水利資源的開發，唐代農業發展興盛。司馬遷《史記‧貨
殖列傳》載：「沂、泗水以北，宜五穀桑麻六畜，地小人眾，數被水
旱之害，民好畜藏，故秦、夏、梁、魯好農而重民。」〔註71〕

清代顧祖禹《讀史方輿紀要》言：「蓄濰水灌田，……旁有稻田
萬頃，斷水造漁梁，歲收億萬，號萬匹梁。」〔註72〕具備充沛的水資
源，琅邪郡稻城縣（今山東高密縣西南）在漢代時期，更被稱爲東方
的穀倉。漢唐時期山東地區是古老傳統農業區，農桑都很發達，是漢
唐時期京師漕糧基地，也是衣被之鄉，在鹽、鐵等礦冶方面也很突出，
漢代三分之一的鹽官和四分之一的鐵官設在這裡，足見這地區的經濟

〔註67〕　〔漢〕班固：《漢書》，冊2，卷28上，頁1660。
〔註68〕　〔宋〕宋祁等撰：《新唐書》，冊2，卷38，頁981～998。
〔註69〕　〔宋〕王欽若等編：《冊府元龜》（南京：鳳凰出版社，2006年），頁
　　　　　5323。
〔註70〕　〔漢〕司馬遷：《史記》，冊2，卷29，頁1414。
〔註71〕　〔漢〕司馬遷：《史記》，冊4，卷129，頁3270。
〔註72〕　〔清〕顧祖禹：《讀史方輿紀要》（臺北：新興書局，1956年），冊6，
　　　　　卷36，頁1546。

富庶。〔註73〕礦冶業具有遠久的歷史發展,司馬遷《史記·貨殖列傳》
載:「魯人……以鐵冶起,富至巨萬。」〔註74〕在春秋戰國時期早有
魯人因礦冶業致富,可見當時的礦冶發展,也有一定的基礎,至唐代
此地仍爲重要的礦冶中心,淄、沂、萊、兗等州都有產鐵。〔註75〕齊
魯之地在先天的有利條件以及重視後天的建設開發,桑蠶業、手工
業、畜牧業、農業、礦冶業等都有一定程度的規模發展,經濟發展繁
榮。中唐以前,中國的經濟重心在北方黃河流域,山東的淄博一帶最
爲富庶,也因此這地區的文學家分布最多,經濟發達區也成爲外來文
學家主要考量的原因之一。〔註76〕

三、社會環境

　　唐代在政局鞏固,經濟發達,社會安定的情形下,人口也呈現穩
定的成長。唐高祖武德(618～626初)中,戶二百萬。太宗貞觀(627
～649)中,戶不滿三百萬。到了高宗永徽三年(652),計戶三百八
十萬,人口在直線上升。玄宗天寶十四載(755),戶至八百九十餘萬,
口至五千二百九十餘萬,就是唐人所謂的全盛時期。〔註77〕當然唐代
在安史之亂後,人口數字急速下降,但整體而論天寶年間前的唐代
盛世,社會環境的安定,可以在人口數字上表現出來。以下筆者茲
就梁宋齊魯的人口、民風來討論當地的社會環境。

(一)梁　宋

　　梁宋地區經濟發達,人口密集,唐玄宗〈論河南河北租米折留本
州詔〉云:「大河南北,人戶殷繁,衣食之原,租賦尤廣。」〔註78〕

〔註73〕杜瑜:《中國經濟重心南移:唐宋間經濟發展地區》,頁186。
〔註74〕〔漢〕司馬遷:《史記》,冊4,卷129,頁3279。
〔註75〕〔宋〕宋祁等撰:《新唐書》,冊2,卷38,頁981～998。
〔註76〕曾大興:《中國歷代文學家之地理分布》,頁484。
〔註77〕王仲犖:《隋唐五代史》(上海:上海人民出版社,1988年),頁377。
〔註78〕〔清〕董誥等編:《全唐文》(北京:中華書局,2001年),冊1,卷
　　　　31,頁346。

貞觀中，河南、懷州、陝州三地，仍然是河南、河北一帶人口最集
中的地區。隋大業元年修通濟渠，唐時謂之汴水。而鄭、汴、宋、
亳諸州，就是汴水流經的地域。唐時河南道的人口，主要就集中在
沿黃河一線的河南、陝、懷等一府二州，以及汴河上游的鄭、汴二
州。隨著南北各地經濟的恢復和發展，運河的日益繁忙，沿汴水各
州的經濟也日益發達，因而這一線上的文化也隨之發展起來。〔註 79〕
從河南河北地區分布狀況來看，除了京畿道河南府因是東都所在
地，人口達到一百一十八萬多；其次是位於河北道的懷州，也有一
百一十萬之多；再次是宋州、相州、汴州等，人口有八十九萬、五
十九萬、五十七萬，說明這些地區較邊地的陝、唐、鄧等州人口都
只有十多萬，人口更爲密集，經濟也更發達一些。〔註 80〕從城市方
面發展來看，汴州、宋州已經是盛唐時期規模宏大的城市，聚集了
大量的人口，對商業發展創造了有利的外在條件。〔註 81〕梁宋兩州
相鄰，關鍵的地理位置，交通網路的完整架構，再加以汴河的開通，
商業都市經濟發達，自然成爲人口密集處和吸引外來者的移入。除
此之外，梁宋自古受到周文化的薰陶，司馬遷《史記‧貨殖列傳》
載：「其俗猶有先王遺風，重厚多君子。」〔註 82〕又清代葉澐撰《商
邱縣志》云：「宋土平衍，民風菖樸，昔之君子多敦信義、重廉恥，
雅好經術，喜通賓客。」〔註 83〕梁宋社會風氣純樸，好迎行旅之人
並守望相助，在周文化禮樂的教化下，人民重視倫理道德，以儒家
思想爲宗，崇忠孝，尚仁義，好禮儀，在傳統美德的教育下，形成
了和諧的社會環境。

〔註 79〕　曾大興：《中國歷代文學家之地理分布》，頁 141～144。
〔註 80〕　杜瑜：《中國經濟重心南移：唐宋間經濟發展地區》，頁 158。
〔註 81〕　王雙懷：《唐代歷史文化論稿》（香港：香港教育圖書公司，2003 年），
　　　　頁 240～241。
〔註 82〕　〔漢〕司馬遷：《史記》，冊 4，卷 129，頁 3266。
〔註 83〕　〔清〕劉德昌修、葉澐纂：《河南省商邱縣志》（臺北：成文出版社，
　　　　1968 年），卷 1，頁 112。

（二）齊　魯

　　山東各地的人口分布較不均，以天寶年間為例：登州戶二萬二百九十八，口一十萬八千九百；萊州戶二萬六千九百九十八，口七萬一千五百；青州戶七萬三千一百四十八，口四十萬二千七百四；齊州戶六萬二千四百八十五，口三十六萬五千九百七十二；兗州戶八萬八千九百八十七，口五十八萬六百八；鄆州領戶三萬八千七百四十九，口二十一萬六千九百七十九。〔註 84〕以此數據可以歸納出，若以青州為界，青州以東如登、萊等州人口數少於西部的齊、兗、鄆等州。據宋祁《新唐書・地理志》記載，天寶元年（742 年）山東人口有五百七十三萬人，雖遠不及河南、河北之多，但也算是人口相對密集的地方。〔註 85〕齊魯除了有先天具備的環境條件，社會文化層面的優勢，更是吸引外來者重要的原因之一。班固《漢書・地理志》記載：

> 其民有聖人之教化，故孔子曰「齊一變至於魯，魯一變至於道」，言近正也。瀕洙泗之水，其民涉度，幼者扶老而代其任。……是以其民好學，上禮義，重廉恥。〔註 86〕

崇尚儒學教育，重視做人的品格和操守，儒家的禮法、德信、孝義可以說是孕育當地人民的搖籃。司馬遷《史記・貨殖列傳》載：「而鄒、魯濱洙、泗，猶有周公遺風，俗好儒，備於禮。」〔註 87〕齊魯文化可以說是移植和改造周文化而來，文化氛圍充滿濃厚的周公遺風，孟浩然〈書懷貽京邑同好〉詩云：「維先自鄒魯，家世重儒風」，〔註 88〕孔孟儒學對齊魯當地傳統文化的形成和發展，有極深遠的影響，甚至成為中國傳統文化的主體，齊魯的民風、習俗當就受到流風餘澤。隋唐五代齊魯文化繁榮的原因，除了有發達的山東地區經濟為基礎以及交

〔註 84〕〔五代・晉〕劉昫：《舊唐書》，冊 2，卷 38，頁 1432～1456。

〔註 85〕杜瑜：《中國經濟重心南移：唐宋間經濟發展地區》，頁 181。

〔註 86〕〔漢〕班固：《漢書》，冊 2，卷 28 上，頁 1662。

〔註 87〕〔漢〕司馬遷：《史記》，冊 4，卷 129，頁 3266。

〔註 88〕〔清〕聖祖輯：《全唐詩》，冊 5，卷 159，頁 1619。

通的便利，山東地區的士族文化以及注重儒學的傳統是影響齊魯文化的主要因素。〔註89〕在齊魯之地生活超過十年的李白明言「白以鄒魯多鴻儒，燕趙饒壯士」（〈春於姑熟送趙四流炎方序〉，頁 4075），劉禹錫更指出：「畫野在下，魯爲儒鄉。故其人知書，風俗信厚。」（〈天平軍節度使廳壁記〉，頁 183），文化昌盛的齊魯之地，儒風遺澤，鍾靈毓秀，吸引不少文人客居於此，也留下許多佳篇名作。山東自先秦以來不斷積累的豐厚文化和文學積澱，這不僅成爲本地詩人成長的土壤，而且也給客遊山東的作家提供了創作的靈感和藻思。〔註90〕

四、地理環境

隋唐五代時期整體而言交通發展繁榮，從陸路方面來說：隋唐交通幹路之長，至少應在二萬五千里以至二萬六千四百里之上。然依唐有驛一千六百三十九所，大抵驛三十里一置，則應有驛路四萬九千一百七十里。若置驛之處，皆臨大道，則唐代的交通幹路，不只在二萬六千四百里以上，幾乎有五萬里的路線了。〔註91〕再從水路方面來看，李林甫《唐六典・尚書工部》記載：

> 凡天下水泉三億三萬三千五百五十有九，其在遐荒絕域，殆不可得而知矣。其江、河自西極達於東溟，中國之大川者也；其餘百三十有五水，是爲中川者也；其千二百五十有二水，斯爲小川者也。若渭、洛、汾、濟、漳、淇、淮、漢，皆互達方域，通濟舳艫，徙有之無，利於生人者矣。其餘陂澤，魚鼈、莞蒲、秔稻之利，蓋不可得而備云。
> 〔註92〕

隋唐五代是水陸交通網格局形成的重要時期，陸路交通非常繁榮，

〔註89〕楊蔭樓、王洪軍：《齊魯文化通史——隨唐五代卷》（北京：中華書局，2004 年），頁 3～9。

〔註90〕陳元鋒：《唐代詩人與山東》，頁 3。

〔註91〕白壽彝：《中國交通史》，頁 111～112。

〔註92〕〔唐〕李林甫等撰、陳仲夫點校：《唐六典》（北京：中華書局，1992 年），卷 7，頁 225～226。

國內交通發達，道路上廣泛設置了館驛、旅店、義堂。隋代修浚和開鑿的大運河與自然形成江河湖海一起，構成了隋唐五代水上交通繁榮的局面。〔註93〕杜佑《通典·食貨》云：「南詣荊襄，北至太原、范陽，西至蜀川、涼府，皆有店肆以供商旅。遠適數千里，不持寸刃。」〔註94〕社會安定的因素，交通網路的便利，促使處處皆有旅店的設置，有利於旅遊者的廣布。故能呈現「天下諸津，舟航所聚。洪舸巨艦，千軸萬艘。交貨往還，昧旦永日」的盛況之象。〔註95〕以唐代整體而論，水陸交通網發展興盛，至於梁宋齊魯區域各別的發展又是如何？其地理位置與交通條件又是如何相繫發展？詳細論述如下。

（一）梁　宋

古稱梁（又稱汴、汴梁）、宋之地，即指今日的河南開封及商丘二地。司馬遷《史記·貨殖列傳》載：「夫自鴻溝以東，芒、碭以北，屬巨野，此梁、宋也。陶、睢陽亦一都會也。」〔註96〕汴州位於洛陽之東，洛陽作爲陪都，四通八達，東面可以通到青（治所在今山東益都縣）、齊（治所在今山東濟南市）、徐（治所在今江蘇徐州市）、海（治所在今江蘇連雲港市海州）。〔註97〕汴州之東爲宋州（治所在今河南商丘縣），宋州亦瀕汴渠，與汴州相距僅三百里，故論當地形勢，輒梁、宋並舉。宋州能夠成爲一方的都會，固然是由於瀕著汴渠，其他方面的交通，特別是通往徐、兗（治所在今山東兗州市）、曹、亳（治所在今安徽亳州市）諸州的道路。〔註98〕梁宋位於兩京

〔註93〕吳玉貴：《中國風俗通史——隋唐五代卷》（上海：上海藝文出版社，2001年），頁261～282。

〔註94〕〔唐〕杜佑：《通典》（杭州：浙江古籍出版社，2000年），卷7，頁41。

〔註95〕〔宋〕王溥：《唐會要》，冊15，頁1579。

〔註96〕〔漢〕司馬遷：《史記》，冊4，卷129，頁3266。

〔註97〕史念海：《唐代歷史地理研究》（北京：中國社會科學出版社，1998年），頁319。

〔註98〕史念海：《唐代歷史地理研究》，頁321。

道與江南州郡的轉折點上，成爲通往南方的交通樞紐，北通河北、山東，東南舟行，沿淮汴至淮南、江南，直通揚潤蘇湖等經濟文化繁榮區。〔註99〕梁宋的地理位置具有相當的重要性，以汴州而言，葉澐纂《商邱縣志》云：

> 南控江淮，北臨河濟，彭城居其左，汴京連於右，形勝聯絡，
> 足以保障東南，襟喉關陝，爲大河南北之要道焉。〔註100〕

又白居易〈授韓宏許國公實封制〉曰：「梁、宋之交，水陸合會。」（頁3132）、岑參〈送張秘書充劉相公通汴河判官便赴江外觀省〉詩云：「劉公領舟楫，汴水揚波瀾。萬里江海通，九州天地寬。」〔註101〕皆指出以梁宋地理位置爲中心所建構的交通網路，不論在水路或是陸路都極爲發達，故劉寬夫〈汴州糾曹廳壁記〉言：「大梁當天下之要，總舟車之繁，控河朔之咽喉，通淮湖之運漕。」〔註102〕梁宋居天下中心之位，周圍運河密布，利於漕運，唐宋時期運河擔負著南北物資交流的重大使命，官私船隻，滿載各種物資，來來往往，穿梭不息。〔註103〕長安至汴州、襄荊、太原驛路是唐代行旅最盛的幾條路線，使客來往頻繁，由於此道溝通兩京，巡幸、封禪兩項大型集體性行旅都集中在此。〔註104〕由於梁宋具有優勢的地理位置，促成發展商業主要的有利條件，水陸路的交通方便，吸引人群聚集，也成爲行旅之人必經之地，此處成爲重要的經濟都會區。

（二）齊　魯

　　齊魯地域，今概指山東省區域範圍。齊地自古就顯現出地理位置的優勢，除了司馬遷《史記・貨殖列傳》所指稱：「齊帶山海，膏壤千里」，〔註105〕《史記・高祖本紀》更記載：

〔註99〕李德輝：《唐代交通與文學》（湖南：長沙人民出版社，2003年），頁23。
〔註100〕〔清〕劉德昌修、葉澐纂：《河南省商邱縣志》，卷1，頁79。
〔註101〕〔清〕聖祖輯：《全唐詩》，冊6，卷198，頁2035。
〔註102〕〔清〕董誥等編：《全唐文》，冊8，卷740，頁7649。
〔註103〕翁俊雄：《唐代人口與區域經濟》，頁546。
〔註104〕李德輝：《唐代交通與文學》，頁45。
〔註105〕〔漢〕司馬遷：《史記》，冊4，卷129，頁3265。

> 夫齊，東有琅邪、即墨之饒，南有泰山之固，西有濁河之
> 限，北有勃海之利。地方二千里，持戟百萬，縣隔千里之
> 外，齊得十二焉。故此東西秦也。〔註106〕

既有山河之固、臨海之利，再加上土地遼闊，戰力雄厚，自是逐鹿者
所不敢忽視。這種情況，至唐不變。結合齊魯，更具競爭優勢，司馬
光《資治通鑑・唐紀三・高祖武德二年》即指出：「禹貢之兗州，東
南據濟，西北距河，封域廣矣。」〔註107〕又李白〈任城縣廳壁記〉
云：

> 魯境七百里，郡有十一縣，任城其衝要，東盤琅邪，西控
> 鉅野，北走厥國，南馳互鄉。……況其城池爽塏，邑屋豐
> 潤。香閣倚日，凌丹霄而欲飛；石橋橫波，驚彩虹而不去。
> 其雄麗塊圠，有如此焉。萬商往來，四海縣歷，實泉貨之
> 彙篝，爲英髦之咽喉。〔註108〕（節）

齊魯位居重要的地理位置，地控四方交通樞紐，依山傍海的美景，城
市風貌壯麗，商業貿易活動興盛，吸引群英聚集，發展成爲經濟和文
化兼具的區域特色。山東地處黃河下游，山東半島伸入黃海。中南部
地區是丘陵地帶，北部爲沖積平原，山東半島中部有膠萊平原，這裡
除黃河、濟水外，尚有源自魯中山地的中小河流，本地區水資源十分
充裕。〔註109〕特殊的地理位置和水系的發達，除了利於商業活動的
熱絡，連帶興起齊魯農業的發展。

五、氣候環境

氣候的環境與變遷影響著人文、社會、經濟等的相關發展，從
未經人類改造過的天然環境，以及經人類加工改造後，所產生的氣
候災害，都是值得我們注意的議題。以下茲就梁宋齊魯的氣候環境

〔註106〕〔漢〕司馬遷：《史記》，冊1，卷8，頁382～383。
〔註107〕〔宋〕司馬光撰、〔宋〕胡三省注：《新校資治通鑑》，冊10，卷187，
　　　　頁5859。
〔註108〕詹鍈：《李白全集校注匯釋集評》（天津：百花文藝出版社，1996年），
　　　　頁4284～4288。
〔註109〕杜瑜：《中國經濟重心南移：唐宋間經濟發展地區》，頁177。

加以論述。

（一）梁　宋

　　今日河南的地理位置，大致跨暖溫帶和北亞熱帶兩個熱量帶，具有較為典型的大陸型季風氣候特點。冬季寒冷少雨雪，春季乾旱多風沙，夏季炎熱多雨，秋季晴和高爽。〔註 110〕大約在五六十萬年前，開封周圍氣候溫和、濕潤，林草茂盛，活動著大象、鴕鳥等動物，氣候有類亞熱帶的特徵。〔註 111〕又據文獻記載，戰國時期的氣候較現在溫暖得多，《孟子・告子上》：

> 今夫麰麥，播種而耰之，其地同，樹之時又同，浡然而生，至於日至之時，皆熟矣。雖有不同，則地有肥磽，雨露之養、人事之不齊也。〔註 112〕

在戰國時期溫濕的氣候特徵，帶給梁宋地區農作物一年兩熟的優勢。不過河南省地處黃河下游，黃河的氾濫既能帶給河南地區富庶的自然資源，但也可能帶來極為重大的災害，成為主宰當地社會經濟發展的主要因素之一。故梁宋水災是發生頻率較高的一種氣候災害，其中較大的如高宗永徽六年（655 年）秋、高宗永隆二年（681 年）八月、玄宗開元十四年（726 年）秋。〔註 113〕又王溥《唐會要・水災下》文獻記載，如：「貞元三年（787 年）閏五月，東都河南江陵大水，壞人廬舍。汴州尤甚，揚州江水泛漲。」、「寶曆三年（827 年）七月，宋亳水害秋稼。」〔註 114〕整體而言，唐代梁宋地區較大的水災並不多，加上其他零星的氣候災害，多少都會一定程度上影響梁宋地區的發展，但並非完全磨滅溫濕的氣候優勢。

（二）齊　魯

〔註 110〕李潤田主編：《河南省經濟地理》（北京：新華出版社，1987 年），頁 7。
〔註 111〕程子良、李清銀：《開封城市史》，頁 3。
〔註 112〕〔漢〕趙岐注、〔宋〕孫奭疏：《十三經注疏》，冊 8，卷 11，頁 196。
〔註 113〕程遂營：《唐宋開封生態環境研究》，頁 20。
〔註 114〕〔宋〕王溥：《唐會要》，冊中，卷 44，頁 783～785。

　　以今日山東省而言，山東氣候是屬於半濕潤季風氣候。降水多集中在夏秋兩季，冬春少雪水，雨熱同季，最冷多至到立春，最熱夏至到立秋。〔註115〕不過現今的山東地區氣候，與遠古時代的氣候並不相同。古齊與魯接壤，地理位置相近，氣候條件優越，是濕熱的亞熱帶氣候，雨量充沛、濕熱、草木茂盛、四季長青的綠州，山東各地生長著許多性喜濕熱的亞熱帶動植物。〔註116〕據文獻記載齊魯地區竹木茂盛，《左傳・襄公十八年》載：「（晉）率諸侯之師（圍齊），焚申池之竹木。」〔註117〕司馬遷《史記・齊太公世家》載：「謀與公游竹中，二人殺懿公車上，奔竹中而亡去。」〔註118〕竹木主要分布在熱帶、亞熱帶和暖溫帶地區，必需生長在土質肥沃及充足的水份供給處，這也是齊魯農業發達的主要因素之一，故《爾雅・釋地》言：「魯有大野。」〔註119〕災害的現象也是氣候的一種反應，唐代山東主要的氣候災害應爲與旱災相伴隨而來的蝗災，如杜佑《通典》記載：「開元四年（716 年），山東諸州大蝗。」〔註120〕、王溥《唐會要・螟蝛》載：

　　開成二年（837 年）六月，魏博淄青河南府，並奏蝗害稼。
　　三年八月，魏博六州，蝗食秋苗並盡。四年十二月，兗海
　　中都等縣並蝗。五年四月，鄆州兗海管內並蝗。……兗海
　　臨沂等五縣，有蝗蟲於土中生子，食田苗。六月，淄青登
　　萊四州蝗蟲，河陽飛蝗入境。……魏博河南府河陽等九縣，
　　沂密兩州、滄州易定、鄆州、陝府、虢州、六縣蝗。〔註121〕

〔註115〕 郭墨藍、呂世忠：《齊文化研究》（濟南：齊魯書社，2006 年），頁60。
〔註116〕 郭墨藍、呂世忠：《齊文化研究》，頁61。
〔註117〕 〔晉〕杜預注、〔唐〕孔穎達正義：《十三經注疏》，冊 6，卷 33，頁 578。
〔註118〕 〔漢〕司馬遷：《史記》，冊 2，卷 32，頁 1496。
〔註119〕 〔晉〕郭璞注、〔宋〕邢昺疏、李學勤主編：《十三經注疏》，冊 8，卷 7，頁 110。
〔註120〕 〔唐〕杜佑：《通典》，卷 7，頁 40。
〔註121〕 〔宋〕王溥：《唐會要》，冊中，卷 44，頁 789。

旱災之後往往會引起蝗災，因為蝗蟲的飛移，可能將受災害的面積無限擴大，因此蝗災與水災、旱災可說並稱中國三大災害。唐代山東的氣候災害必定在程度上有所影響社會經濟發展，但基本上氣候的特徵屬於溫濕的氣候，還是有很多利於地區發展的條件。

第三節　唐代梁宋齊魯的詩人群體

　　一地的詩人群體概括而言可分為兩大類：當地詩人與外來詩人。詩人籍貫的考定，對研究其文學作品有很大的影響，詩人在不同的自然和人文環境下成長，將會直接地影響文學作品的特色，故詩人的占籍可以幫助人們理解文化現象和內在規律，更能體現占籍的意義。〔註122〕外來詩人到異地作品質量和數量的呈現，可以看出外來詩人與當地詩人文學造詣的差別，以及外來文化對當地文化是負面衝擊？抑或是正面效應？這些都是當地詩人群體及外來詩人群體在文學世界中激盪出的火花。此小節筆者分為在地詩人與外來詩人兩大類，依據籍貫統計唐代梁宋齊魯的詩人及作品數目，並彙整唐代外來詩人到梁宋齊魯的數目和所存有與其地相關的作品，繼而歸納分析。

一、在地詩人

　　據曾大興《中國歷代文學家之地理分布》一書統計，周秦文學家的地理分布其中屬於梁宋者有 2 位、屬於齊魯者有 3 位；兩漢文學家的地理分布其中屬於梁宋者有 10 位、屬於齊魯者有 29 位；三國西晉文學家的地理分布其中屬於梁宋者有 13 位、屬於齊魯者有 28 位；東晉十六國南北朝文學家的地理分布其中屬於梁宋者有 9 位、屬於齊魯者有 31 位。〔註123〕至隋唐五代，統計出文學家的地理分布其中屬於梁宋者有 9 位、屬於齊魯者有 20 位，而筆者本論文

〔註122〕戴偉華：《地域文化與唐代詩歌》，頁 41。
〔註123〕曾大興：《中國歷代文學家之地理分布》，第一章至第四章。

縮小搜尋範圍，限定唐代詩人以及其籍貫明確無爭議性，且詩作存於《全唐詩》、《全唐失補編》者，統計人數表格如下：

1、唐代梁（今河南開封）、宋（今河南商邱）當地詩人表〔註124〕

	詩 人	籍貫	《全唐詩》首數	《全唐詩補編》首數
1	吳兢（670～749）	浚儀	1 題 2 首（冊 4 卷 101）	2 句（中冊頁 836）
2	白履忠（？～？）	浚儀	0 首	1 首（中冊頁 803）
3	于逖（？～？）	浚儀	2 首（冊 8 卷 259）	0 首
4	鄭元璹（？～646）	開封	0 首	1 首（中冊頁 657）
5	劉仁軌（601～685）	尉氏	0 首	1 句（中冊頁 741）
6	釋神秀（約 606～706）	尉氏	0 首	1 首（上冊頁 349）
7	李澄之（？～706？）	尉氏	1 首（冊 4 卷 101）	0 首
8	劉晃（？～？）	尉氏	1 首（冊 4 卷 110）	0 首
9	劉公興（？～？）	尉氏	1 首（冊 22 卷 781）	0 首
10	濮陽瓘（？～？）	陳留	1 首（冊 22 卷 782）	0 首
11	李翱（774～836）	陳留	6 題 7 首（冊 11 卷 369）	1 首（上冊頁 620） 1 首（中冊頁 1060）
12	崔顥（？～754）	汴州	39 首（冊 4 卷 130）	1 題 5 首（中冊頁 839）
13	呂從慶（？～？）	汴州	0 首	45 首（上冊頁 257）
14	釋神晏（？～？）	汴州	0 首	4 題 9 首（下冊頁 1456）
15	杜四郎（？～？）	汴州	0 首	2 句（下冊頁 1337）
16	竇梁賓（？～？）	汴州	2 首（冊 23 卷 799）	0 首
17	魏元忠（？～707？）	宋城	2 首（冊 2 卷 46）	1 首（中冊頁 745）
18	鄭惟忠（？～722）	宋城	1 首（冊 2 卷 45）	1 首（中冊頁 786）
19	劉憲（？～711）	寧陵	26 首（冊 3 卷 71）	0 首

〔註124〕此表據曾大興：《中國歷代文學家之地理分布》、陳尚君：《唐代文學叢考》、周祖譔主編：《中國文學家大辭典──唐五代卷》、〔清〕聖祖輯：《全唐詩》、陳尚君：《全唐詩補編》所載整理，只羅列有詩收錄《全唐詩》及《全唐詩補編》，以及籍貫明確未有爭議者。

| 20 | 許晝（？～？） | 睢陽 | 2 首（冊 21 卷 715） | 0 首 |
| 21 | 陳希烈（？～757） | 宋州 | 3 首（冊 4 卷 121） | 0 首 |

2、唐代齊魯當地詩人表 〔註125〕

	詩　人	籍貫（今山東地名）	《全唐詩》首數	《全唐詩補編》首數
1	趙璜（804～862）	平原（平原）	4 首（冊 16 卷 542） 1 首（冊 25 卷 884）	0 首
2	孟遲（？～？）	平昌（德平）	17 首 2 句（冊 17 卷 557）	0 首
3	孟雲卿（725？～？）	平昌（商河）	16 題 17 首 4 句（冊 5 卷 157）	1 首（上冊頁 590）
4	林氏（？～？）	齊州（濟南）	1 首（冊 23 卷 799）	0 首
5	釋義淨（635～713）	齊州（濟南）	7 首（冊 25 卷 808）	1 首（中冊頁 782）
6	崔融（653～706）	全節（濟南）	17 題 18 首（冊 3 卷 68） 1 首（冊 25 卷 887）	2 首（上冊頁 116）
7	崔禹錫（？～？）	全節（濟南）	1 首（冊 4 卷 111）	0 首
8	崔翹（？～？）	全節（濟南）	3 首（冊 4 卷 124）	0 首
9	崔彧（？～？）	全節（濟南）	聯句 1 首（冊 22 卷 788）	0 首
10	員半千（628～721）	全節（濟南）	3 首（冊 3 卷 94）	1 首（上冊頁 135）
11	于季子（？～？）	歷城（濟南）	7 首（冊 3 卷 80）	0 首

〔註125〕此表據陳尚君：《唐代文學叢考》、曾大興：《中國歷代文學家之地理分布》、郭墨藍等著：《齊魯歷史文化大事編年》、張茂華等：《齊魯歷史文化名人》、陳元鋒：《唐代詩人與山東》、周祖譔主編：《中國文學家大辭典——唐五代卷》、〔清〕聖祖輯：《全唐詩》、陳尚君：《全唐詩補編》所載整理，只羅列有詩收錄《全唐詩》及《全唐詩補編》，以及籍貫明確未有爭議者。

12	南巨川（？～？）	魯郡（兗州）	1首（冊22卷780）	0首
13	孔紓（842～874）	曲阜（兗州）	0首	1首（中冊頁1155）
14	孔顗（？～？）	曲阜（兗州）	1首（冊25卷870）	0首
15	徐彥伯（？～714）	瑕丘（兗州）	31題35首（冊3卷76）	0首
16	劉滄（？～？）	汶陽（寧陽）	100首2句（冊18卷586）	0首
17	盧象（？～？）	汶上（泰安、曲阜一帶）	24題28首6句（冊4卷122） 1首（冊25卷882）	4首（上冊頁351、566；中冊頁860）
18	羊滔（？～？）	泰山（泰安）	1題4首（冊10卷312）	0首
19	崔惠童（？～？）	博州（聊城）	1首（冊8卷258）	0首
20	崔敏童（？～？）	博州（聊城）	1首（冊8卷258）	0首
21	崔元略（？～831）	博州（聊城）	1首（冊16卷542）	0首
22	崔鉉（？～869）	博州（聊城）	2首（冊16卷547）	0首
23	孫逖（696～761）	博州（聊城）	59題63首2句（冊4卷118） 1首（冊25卷882）	0首
24	梁載言（？～？）	博州（聊城）	1首（冊25卷869）	0首
25	魏萬（？～？）	博州（聊城）	1首（冊8卷261）	0首
26	馬周（601～648）	茌平（聊城）	1首2句（冊2卷39）	0首
27	孫棨（？～？）	武水（聊城）	6首（冊21卷727）	1首（下冊頁1320）

28	釋智閑（？～？）	青州 （益都）	0 首	31 首（下冊頁 1321）
29	崔信明（？～？）	青州 （益都）	1 首 1 句（冊 2 卷 38）	0 首
30	高輦（？～933）	青州 （益都）	1 首（冊 21 卷 737）	0 首
31	李伯魚（？～？）	臨淄 （淄博）	1 首（冊 4 卷 98）	0 首
32	張道古（？～908）	臨淄 （淄博）	2 首（冊 20 卷 694）	0 首
33	段成式（？～863）	臨淄 （鄒平）	聯句 20 首（冊 22 卷 792）	1 首（上冊 420）
34	田敏（880～971）	淄州 （鄒平）	0 首	1 首（上冊頁 456）
35	善導（613～681）	臨淄 （益都）	0 首	22 首（中冊頁 737）
36	韓熙載（902～970）	北海 （濰坊）	4 題 5 首 2 句（冊 21 卷 738）	1 首（上冊頁 266）
37	史虛白（859～961？）	北海 （濰坊）	2 句（冊 22 卷 795）	0 首
38	任華（？～？）	樂安 （博星）	3 首（冊 8 卷 261）	0 首
39	釋從諗（778～897）	曹州 （定陶）	0 首	6 題 17 首（中冊頁 1133）
40	劉晏（716？～780）	南華 （東明）	2 首（冊 4 卷 120）	0 首
41	釋義玄（？～867）	南華 （東明）	0 首	1 首（中冊頁 1132）
42	黃巢（？～884）	宛句 （荷澤）	3 首（冊 21 卷 733）	0 首
43	張直（？～？）	濮州 （鄄城）	1 題 2 首（冊 21 卷 727）	0 首
44	張昭（894～972？）	濮州 （范縣）	0 首	1 首（上冊頁 275）

45	蔡京（？～863）	鄆州 （東平）	3首（冊14卷472）	0首
46	畢諴（803～864）	鄆州 （東平）	0首	2句（中冊頁1126）
47	莊若訥（？～？）	莒縣 （日照）	1首（冊6卷204）	0首
48	任希古（？～？）	棣州 （陽信）	6首（冊2卷44）	0首
49	王無竟（652～705）	東萊 （東掖）	5首（冊3卷67）	4首（上冊頁9）
50	崔安潛（？～？）	清河 （武城）	1首（冊18卷597）	0首
51	叔孫玄觀（？～？）	藤縣 （棗莊）	1首（冊22卷780）	0首

筆者經過多本參考書目及綜合蒐集資料結果顯示，雖最終與曾大興所統計的文學家數目有所出入，〔註126〕但據筆者統計唐代梁宋當地的詩人共有 21 位，齊魯當地的詩人共有 51 位，較曾大興所統計的唐以前文學家數目，唐代明顯增加許多。這數目變動的現象也顯示出：唐代的梁宋齊魯較唐以前的朝代，不論是政治、經濟、社會、文化、地理環境等，都更有利於文學家的誕生，大環境中有更多的資源可以培養出文學家。此部分茲就筆者統計的表格，探悉梁宋齊魯當地的詩人群體，所呈現的特點為何？又與梁宋齊魯地域文化有何關連？論析如下。

（一）詩人質量

中國古代的富庶之區在黃河、長江和珠江這三大河的中下游流

〔註126〕曾大興《中國歷代文學家之地理分布》一書統計結果是以「文學家」為搜索範圍，應比筆者以「詩人」為搜索範圍數目較多。又杜曉勤《初盛唐詩歌的文化闡釋》書中載：「據《全唐詩》卷一○七至二三五所載諸盛唐詩人小傳，在籍貫可考的 101 位詩人中，出自山東文化地域的詩人就有 43 人之多。」（北京：東方出版社，1997 年），頁 56。此數據較近於筆者統計的詩人數目。

域，因而中國古代的文學家主要就出現在山東、河北、河南、陝西等
的部分區域。〔註127〕根據筆者統計梁宋齊魯的詩人與作品總數來
看，雖然詩人數量頗多，但詩作的產量並不多，且在中國文學史上較
具代表性的重要作家也較少，詩人質量明顯無成正比關係。以下筆者
將舉出梁宋齊魯地域較具代表性的詩人加以介紹。

　　唐代籍貫屬於梁宋地域的詩人，較為著名的是盛唐時期的于逖、
崔曙、崔顥。

　　于逖（？～？），生卒年不詳，但獨孤及、李白皆有詩贈之，蓋
可推測為天寶間詩人也。〔註128〕汴州浚儀（今河南開封）人。《全唐
詩》卷二五九收其詩兩首。元結《篋中集》錄其詩〈野外行〉、〈憶舍
弟〉二首。《篋中集》序云：

> 風雅不興，幾及千歲，溺於時者，世無人哉。……近世作
> 者，更相沿襲，拘限聲病，喜尚形似，且以流易為詞，不
> 知喪於雅正。……自沈公及二三子，皆以正直而無祿位，
> 皆以忠信而久貧賤，皆以仁讓而至喪亡。……盡篋中所有，
> 總編次之，命曰《篋中集》，……於今凡七人，詩二十二首，
> 時乾元三年也。〔註129〕

元結在集序中明言所集之詩沒有盛唐詩中慷慨激昂的筆調，而是以
描寫人民的生活疾苦為主，《篋中集》收入沈千運、王季友、于逖、
孟雲卿、張彪、趙微明、元季川等七人詩二十四首。這些作品內容
大體皆為人生貧困經歷的紀實、社會黑暗現象的揭露，表現出哀傷
低沉的情感基調。元結是以自身文學思想與價值觀念編選《篋中
集》，元結及《篋中集》詩人在當時算不上重要詩人，存留作品亦僅
一百餘篇，但由於同樣的文學觀念與創作法則的汲引凝聚，表現出

〔註127〕曾大興：《中國歷代文學家之地理分布》，頁487。
〔註128〕〔宋〕計有功撰、王仲鏞校箋：《唐詩紀事校箋》（北京：中華書局，
　　　　2007年），卷27，頁897。
〔註129〕〔唐〕元結：《篋中集》，《四部文明——隋唐文明卷》第89卷，（西
　　　　安：陝西人民出版社，2007年），頁47。

完全一致的創作傾向與風格特徵，客觀上已形同一個旗幟鮮明的文學流派。〔註130〕舉于逖〈野外行〉一詩為例，詩云：

老病無樂事，歲秋悲更長。窮郊日蕭索，生意已蒼黃。小弟髮亦白，兩男俱不強。有才且未達，況我非賢良。幸以朽鈍姿，野外老風霜。寒鴉噪晚景，喬木思故鄉。魏人宅蓬池，結網佇鱣魴。水清魚不來，歲暮空彷徨。〔註131〕

全詩使用了許多負面詞語，以景託情，情景交融，全然表現出哀傷無助的情感。于逖一生窮老山野，終生未仕。這首詩正寫出于逖面臨年老時心境的徬徨，疾病纏身的痛苦，又必須承受生活的窮困，也因即使身懷才能，但也無法實現壯志，晚年更顯得淒涼悲哀。全詩著重描寫現實人生的經歷，不見盛唐時期志氣昂揚、豪情萬丈的詩風，反倒表現出一片低沉悲涼的氛圍，此正符合元結《篋中集》序中所言的選詩標準。

崔顥（？～754），汴州人（今河南開封）。《全唐詩》卷一三○編其詩一卷，《全唐詩補編》補詩五首。元人辛文房《唐才子傳》記載：

開元十一年，源少良下及進士第。天寶中，為尚書司勳員外郎。少年為詩，意浮艷，多陷輕薄，晚節忽變常體，風骨凜然。一窺塞垣狀，極戎旅奇造，往往並驅江、鮑。後遊武昌，登黃鶴樓，感慨賦詩。及李白來，曰：「眼前有景道不得，崔顥題詩在上頭。」無作而去。……然行履稍劣，好蒱博嗜酒。娶妻擇美者，稍不愜，即棄之，凡易三四。……天寶十三年卒。有詩一卷，今行。〔註132〕

崔顥善為樂府歌行，辭旨俊逸，不減明遠，〈黃鶴樓〉詩尤膾炙人口。因李白極推〈黃鶴樓〉之作，宋人嚴羽《滄浪詩話》更以此詩為唐人七律之首。〔註133〕崔顥因〈黃鶴樓〉一詩聲名大噪，但文學上的成

〔註130〕 許總：《唐詩史》（南京：江蘇教育出版社，1994年），下冊，頁68。

〔註131〕 〔唐〕元結：《篋中集》，《四部文明——隋唐文明卷》第89卷，頁50。

〔註132〕 〔元〕辛文房：《唐才子傳》（臺北：廣文書局，1969年），卷1，頁17。

〔註133〕 「唐人七言律詩，當以崔顥〈黃鶴樓〉為第一。」〔宋〕嚴羽：《滄

就並不顯眼，相關記載也不多，反倒是好飲酒、賭博，與女性的艷情事常為人所薄。周珽《刪補唐詩選脈箋釋會通評》引明人徐獻忠《唐詩品》之語曰：

> 顥詩氣格奇俊，聲調藼美，其說塞垣景象，可與明遠抗庭。然性本靡薄，慕尚閨幃，集中此類殊復不少，竟以少婦之作取棄。高賢疏亮之士，直取為心流之戒可爾。李白極推〈黃鶴樓〉之作，然顥多大篇，時曠世高手，〈黃鶴〉雖佳，未足上列。〔註134〕

可見歷代都有對崔顥〈黃鶴樓〉詩的推崇，不過詩多寫閨情，流於浮艷，其邊塞詩風雄渾奔放，可以媲美江淹、鮑照，但以崔顥整體詩作而論，並無法與之並列。

　　唐代的山東已不是全國政治文化的核心，因而相對來說也不是詩人集中出現的地方。但這裡並不是文學的荒瘠之地，如齊州在當時處於東方文化的中心，人文薈萃，其他地區如青州、兗州、博州等地，也出現了不少優秀詩人。〔註135〕如初唐的崔信明、徐彥伯；盛唐的儲光羲、孫逖以及中唐的劉滄。

　　崔信明（？～？），青州（今益都）人。作品大多散佚，《全唐詩》卷三八錄其詩一首及一斷句。元代辛文房《唐才子傳》記載：

> 少英敏，及長彊記，美文章。……隋大業中為堯城令。竇建德僭號，信明弟仕賊，勸信明降節當得美官，不肯從，遂踰城去隱太行山中。唐貞觀六年，詔即家拜興勢丞，遷秦川令卒。信明恃才寰宁，嘗自矜其文。……詩傳者數篇而已。〔註136〕

現存〈送金竟陵入蜀〉一詩云：

　　浪詩話・詩評》，〔清〕何文煥：《歷代詩話》（北京：中華書局，1981年），頁699。

〔註134〕〔明〕周珽輯：《刪補唐詩選脈箋釋會通評》，《四庫全書叢目補編》第25冊，（濟南：齊魯書社，2001年），卷3，頁559。

〔註135〕陳元鋒：《唐代詩人與山東》，頁3。

〔註136〕〔元〕辛文房：《唐才子傳》，卷1，頁4。

金門去蜀道，玉壘望長安。豈言千里遠，方尋九折難。西
上君飛蓋，東歸我掛冠。猿聲出峽斷，月彩落江寒。從今
與君別，花月幾新殘。〔註137〕

此詩寫與友人相別，一東一西千里之別，伴隨著哀戚的猿聲，月夜江
寒的淒涼，雖未直述自己此刻的心情，但從詩中借景鋪陳不捨之情，
情意深切，別後此情此景再也不復相見，只留下對友人綿延無盡的思
念。《唐才子傳》中亦記述崔信明與鄭世翼的一段故事：

時有揚州錄事參軍榮陽鄭世翼，亦驁倨忤物，遇信明於江
中，謂曰：「聞君有『楓落呈江冷』之句，仍願見其餘。」
信明欣然多出舊制。鄭覽未終曰：「所見不逮所聞！」投卷
於水中，引舟而去。〔註138〕

據此記載「楓落吳江冷」〔註139〕此斷句應當是當時人們廣爲傳誦的
詩句，更可能是崔信明當時最著名的詩作，可惜的是全詩並未流傳下
來，不過單就一詩句而論，仍舊能體會出自然的詩風，蘊藏無限的秋
意。

徐彥伯（？～714），瑕丘（今兗州）人。名洪，以字顯。《全唐
詩》卷七六存其詩一卷。劉昫《舊唐書》載：

少以文章擅名，河北道安撫大使薛元超表薦之，對策擢第，
累轉蒲州司兵參軍。時司戶韋屬善判事，司士李互工於翰
札，而彥伯以文辭雅美，時人謂之「河中三絕」。〔註140〕

聖曆中，遷職方員外郎累遷給事中。武后撰《三教珠英》，取文辭
士，皆天下選，而彥伯、李嶠居首。歷宗正卿，出爲齊州刺史。帝
復位後，遷太常少卿。預修《武后實錄》有功，封高平縣子。出爲
衛州刺史，以善政聞名，璽書嘉勞。俄轉蒲州刺史，中宗親拜南郊，
彥伯作《南郊賦》以獻，文辭典美。終官太子賓客。開元二年卒。

〔註137〕〔清〕聖祖輯：《全唐詩》，冊2，卷38，頁490。
〔註138〕〔元〕辛文房：《唐才子傳》，卷1，頁4。
〔註139〕〔清〕聖祖輯：《全唐詩》，冊2，卷38，頁490。
〔註140〕〔五代‧晉〕劉昫等撰：《舊唐書》，冊4，卷94，頁3604。

〔註141〕徐彥伯在當時頗負盛名，以文辭典雅著稱，不論是豪情干雲的〈擬古〉詩，溢蕩著盛唐積極進取的精神，抑或是淒涼悲調的〈閨怨〉詩，不失韻味的表現孤獨寒冷的心境，在在都存有其特殊的詩風。

盧象（？～？），族望范陽（今河北涿縣），家居汶上（泰安、曲阜一帶）。《全唐詩》今存詩二十八首、斷句六，編為一卷，載全唐詩卷一二二。又卷八八二補遺一首《全唐詩補編》補遺四首。元人辛文房《唐才子傳》記載：

> 攜家來居江東最久。仕為校書郎、左拾遺、膳部員外郎。受安祿山偽官，貶永州司戶參軍。後為主客員外郎。有詩名，譽充秘閣，雅而不素，有大體，得國士之風。……翰林學士，有詩名，今亦傳焉。〔註142〕

元人吳師道《吳禮部詩話》亦引時天彝《唐百家詩選評》評論曰：「盧象，開元時人，詩亦清妙，要非後來所及也。」〔註143〕盧象詩多寫山水田園，與當時的王維、崔顥齊名，也與李頎（690～751）、李白（701～762）、綦毋潛（？～？）、祖咏（？～？）等詩人交遊。劉禹錫〈唐故尚書主客員外郎盧公集紀〉一文評其詩云：「始以章句振起於開元中，與王維、崔顥比肩驤首，鼓行於時。妍詞一發，樂府傳貴。」〔註144〕盧象在詩中憑藉田園山水風光，在自然中體會自己的生命，如〈送祖咏〉詩云：

> 田家宜伏臘，歲晏子言歸。石路雪初下，荒村雞共飛。東原多煙火，北澗隱寒暉。滿酌野人酒，倦聞鄰女機。胡為困樵採，幾日罷朝衣。〔註145〕

〔註141〕〔宋〕宋祁等撰：《新唐書》，冊5，卷114，頁4195。

〔註142〕〔元〕辛文房：《唐才子傳》，卷2，頁2。

〔註143〕〔元〕吳師道《吳禮部詩話》引時天彝《唐百家詩選評》卷1，丁福保：《歷代詩話續編》（北京：中華書局，1983年），頁611。

〔註144〕瞿蛻園：《劉禹錫集箋證》（上海：上海古籍出版社，1989年），頁505。

〔註145〕〔清〕聖祖輯：《全唐詩》，冊4，卷122，頁1220。

詩中描寫山村的寒暮生活，全詩給人極爲寒冷的感覺，將寒冬中失去生氣的大地，描寫地淋漓盡致，正如此刻送別友人離去灰暗的陰沉心境。

　　劉滄（？～？），汶陽（今寧陽）人，字蘊靈。《全唐詩》編其詩一卷，載卷五八六。元人辛文房《唐才子傳》記述：

> 體貌魁梧，尚氣節，善飲酒，談古今令人終日喜聽。慷慨懷古，率見於篇。大中八年，禮部侍郎鄭薰下進士。……詩極清麗，句法絕同趙嘏、許渾，若出一絢綜然。詩一卷，今傳。〔註146〕

劉滄善於七律，〈秋日過昭陵〉詩云：

> 寢廟徒悲劍與冠，翠華龍馭杳漫漫。原分山勢入空塞，地匝松陰出晚寒。上界鼎成雲縹緲，西陵舞罷淚闌干。那堪獨立斜陽裡，碧落秋光煙樹殘。〔註147〕

其詩多登臨懷古之作，〈秋日過昭陵〉一詩將唐太宗的陵墓寫得如此淒涼，後人凡至昭陵懷古，多半會想起唐人劉滄的此首詩。除此首詩，〈長州懷古〉、〈咸陽懷古〉、〈經煬帝行宮〉等咏懷古蹟的詩作，語意蒼涼，可以媲美趙嘏（806～853）、許渾（約 791～858），頗爲人所稱道。嚴羽的《滄浪詩話》認爲劉滄、呂溫亦勝晚唐諸人，〔註148〕許學夷《詩源辯體》便言：

> 劉滄集七言律之外，惟五言律一篇，其詩氣格聲韻與于武陵五言相類，而意亦多露，亦晚唐一家。嚴滄浪云「劉滄亦勝諸人」，是也。〔註149〕

胡震亨亦以爲其詩：「劉滄詩長於懷古，悲而不壯，語帶秋意，衰世之音也歟？」〔註150〕皆給予劉滄詩相當高的評價。

〔註146〕〔元〕辛文房：《唐才子傳》，卷8，頁2。
〔註147〕〔清〕聖祖輯：《全唐詩》，冊18，卷586，頁6799。
〔註148〕〔宋〕嚴羽《滄浪詩話・詩評》，〔清〕何文煥：《歷代詩話》，頁697。
〔註149〕〔明〕許學夷《詩源辯體》（北京：人民文學出版社，1998年），卷31，頁295。
〔註150〕〔明〕胡震亨：《唐音癸籤》（臺北：木鐸出版社，1982年），卷8，

（二）詩僧群體

唐代文人與僧人交往密切，風氣十分普遍，僧詩的通俗化，也讓詩僧成爲唐代文學中一個獨特的群體。據陳尚君考訂河南道共有 157 位詩人，其中詩僧 11 人，占總比率大約百分之七。〔註 151〕據筆者統計梁宋詩人共 22 人，詩僧有 2 位，占梁宋詩人比率大約百分之九；齊魯詩人共 52 人，詩僧有 5 位，占齊魯詩人比率大約百分之十。兩地詩僧比率皆比河南道地區〔註 152〕總比率高，可見詩僧在梁宋齊魯是一特殊的群體。以下茲就梁宋齊魯的詩僧詳加論述。

唐代梁宋地區的詩僧有釋神秀、釋神晏。〔註 153〕

釋神秀（約 606～706），俗姓李，汴州尉氏（今河南開封）人。《全唐詩補編》收其詩偈一首。隋末出家爲僧，少時博覽經史，聰敏多聞。佛教禪宗五祖弘忍首座弟子，禪宗北宗之首。五十歲時，往蘄州雙峰東山寺，偈禪五祖忍師，決心苦節以樵汲自役以求其道。後受弘忍所器重，升上座僧，但最終未能達到弘忍以爲的禪旨，遂傳袈裟給慧能（632～713）。弘忍圓寂後，神秀去江陵當陽山玉泉寺，大開禪法，聲名遠揚，開禪門北宗一派。於神龍二年（706 年）在天宮寺圓寂，諡曰大通禪師。

釋神晏（？～？），俗姓李，汴州（今河南開封）人。《全唐詩補編》收其詩偈九首。於衛州（今河南）白鹿山道規禪師出家，梁太祖開平初，閩帥王延彬常往詢法要，並於府城左二十里處，造鼓山湧泉禪院，請師入住，舉揚宗旨，尊爲興盛國師。世稱鼓山和尚。後晉天

頁 77。

〔註 151〕陳尚君：《唐代文學叢考》，頁 144～147。

〔註 152〕唐時河南道共一府、二十九州、一百九十六縣。一府、二十九州分別爲：河南府、虢州、陝州、汝州、鄭州、滑州、汴州、許州、陳州、蔡州、潁州、亳州、宋州、徐州、泗州、宿州、海州、濮州、曹州、登州、萊州、密州、青州、沂州、兗州、淄州、齊州、鄆州、棣州、濠州。〔宋〕宋祁等撰：《新唐書》，冊 2，卷 38，頁 981。

〔註 153〕以下梁宋籍詩僧生平資料參照周祖譔主編：《中國文學家大辭典——唐五代卷》整理所載，爲避煩瑣，不再逐一加註。

福年間（936～944）示寂，世壽七十七。

唐代山東籍詩僧有善導、釋義淨、釋義玄、釋智閑、釋從諗。
〔註154〕

善導（613～681），俗姓朱，臨淄（今益都）人。《全唐詩補編》收其詩偈二十二首。現存的著作世稱「五部九卷」：《觀無量壽佛經疏》四卷、《觀念法門》一卷、《淨土法事讚》二卷、《往生禮讚偈》一卷、《般舟讚》一卷。唐初僧人，淨土宗的創始人。宋朝志磐大師所撰《佛祖統紀》言：「宋僧宗曉，列善導大師爲淨土宗二祖。」幼年在密州（今山東高密）出家，習《法華經》和《維摩經》，後周遊各地。貞觀十五年（641 年），赴并州石壁山玄中寺，師從道綽。後入長安光明寺，人稱光明大師，傳授「淨土法門」，跟隨學習的子弟眾多，後世尊爲蓮宗第二祖。

釋義淨（635～713），俗姓張，齊州（今濟南）人。《全唐詩》卷八〇八存詩七首，《全唐詩補編》收其詩一首，除此之外自撰、翻譯等著述甚多。義淨十四歲出家，即仰慕法顯、玄奘西行求法的高風。及從慧智禪師受具足戒後，學習道宣、法礪兩家律部的文疏五年，前往洛陽與長安學習佛法。於咸亨二年（671 年）至廣州出發，歷經三十餘國，歷時二十餘年，求得梵本佛經近四百部回國。義淨據有深厚的文學造詣，如〈在西國懷王舍城〉詩云：

　　游，愁。赤縣還，丹思抽。鷲嶺寒風駛，龍河激水流。既喜朝聞日復日，不覺頹年秋更秋。已畢耆山本願城難遇，終望持經振錫住神州。〔註155〕

此詩採用一、三、五、七、九言的句法，詩中情感就如同字數般層層堆砌。義淨先寫出了遊中帶愁的複雜心緒，此行必當歷經漫長歲月，想念故國的心情難忍，雖說必須面對重重的考驗，義淨最終還是表達

〔註154〕以下山東籍詩僧生平資料參照陳元鋒：《唐代詩人與山東》、李伯齊：《山東文學史論》、周祖譔主編：《中國文學家大辭典──唐五代卷》整理所載，爲避煩瑣，不再逐一加註。

〔註155〕〔清〕聖祖輯：《全唐詩》，冊23，卷808，頁9118。

了不畏艱難，立志西行求法的決心。

除此之外，詩〈西域寺〉、〈道希法師求法西域，終於菴摩羅跋國，後因巡禮希公住房，傷其不幸，聊題一絕〉等詩作，義淨抒發了自己遠行西域求經的艱苦歷程，以及思念故國的心情，讓我們感受到在僧人的精神世界中，也具有人生傷感的世俗情懷。

釋義玄（？～867），俗姓邢，南華（今東明）人。《全唐詩補編》錄其詩偈一首。出家後參學諸方，大中八年（854年）在鎮州（今河北正定）建臨濟院，世稱臨濟和尚。義玄廣收徒眾，弘揚黃檗希運禪師所倡啓「般若爲本、以空攝有、空有相融」的禪宗新法，此禪宗新法，因義玄在臨濟院舉一家宗風而大張天下，對唐末、五代及兩宋影響甚大，後世稱之爲「臨濟宗」。咸通八年（867年），在大名府興華寺圓寂，諡曰慧照禪師。義玄禪詩風格峻峭，語意委婉，其禪語對當時的文風有一定的影響。

釋智閑（？～？），青州（今益都）人。《全唐詩補編》錄其詩偈三十一首。智閑博聞強記，具才幹又有謀略。出家後南下，參潙仰宗創始人靈祐法師（771～853），後住鄭州香山（今河南），世稱香山和尚。智閑証悟禪理，開示學徒，好以詩偈唱之，語言簡直，不尚奇特。卒後諡曰襲燈法師。

釋從諗（778～897），俗姓郝，曹州（今定陶）人。另有一說爲青州臨淄（今山東淄博）。《全唐詩補編》錄其詩偈十七首。年幼時於本地龍興寺出家，至嵩山受戒。五十歲方始雲遊四方，再至池州（今安徽）南泉山參願禪師。年八十始往趙州觀音院弘揚佛法，從學者眾，世稱趙州和尚。其論禪之語，風行天下，時稱爲趙州門風。昭宗乾寧四年示寂，趙州從諗端坐而寂，壽達一百二十，著有《眞際大師語錄》三卷。卒諡眞際大師。

（三）家族傳承

戴偉華認爲家族是一種文化和文學傳遞的形式，家族承擔某種

文化或文學傳播責任並發揮其作用，需要每個成員有一個共同目標下，各盡其力來維護家族的利益，所以在研究作家的同時，也應該研究作家的家庭文化和家學淵源，其研究才能全面和完整。〔註156〕在唐代，個人的文化素養和家族聲望是唐代社會的群體訴求，在這種訴求背景下，高門士族的良好家法、家學成爲世人學習的典範。〔註157〕錢穆在〈略論魏晉南北朝學術文化與當時門第關係〉一文指出：

> 當時門第傳統共同理想，所希望於門第中人，上自賢父兄，下至佳子弟，不外兩大要目：一則希望其能具孝友之內行，一則希望其能有經籍文史學業之修養，此兩種希望，並合成爲當時共同之家教。其前一項之表現，則成爲家風；後一項之表現，則成爲家學。〔註158〕

在齊魯中，也有代表性的文化家族，如右驍衛將軍、冀州刺史崔庭玉（？～？）之子崔惠童與崔敏童。長子崔惠童（？～？），博州（今聊城人）。《全唐詩》卷二五八存詩一首。尚玄宗女晉國公主，爲駙馬都尉。次子崔敏童（？～？），《全唐詩》卷二五八存詩一首。歷仕無從考。〔註159〕此二人留下的詩作甚少，且生平相關資料不多，在文學史上並未極具代表性，故於此不多加論述。在齊魯另一更著名的文化家族，莫過於齊州的望族崔氏，自北朝以來，即爲官僚世家。山東地域家學的共同特徵是儒學傳家，唐又以辭賦取士，崔融之後，子崔禹錫、崔翹，孫崔彧〔註160〕都以詩文著名。

　　崔融（653～706），字安成，全節（今濟南）人。《全唐詩》卷六

〔註156〕戴偉華：《地域文化與唐代詩歌》，頁 41。

〔註157〕安作璋主編：《山東通史‧隋唐五代卷》，頁 110。

〔註158〕錢穆：《中國學術思想史論叢》（臺北：東大圖書公司，1997 年），卷 3，頁 171。

〔註159〕周祖譔主編：《中國文學家大辭典——唐五代卷》，頁 710～711。

〔註160〕崔禹錫、崔翹，崔彧三人的生平資料參李伯齊：《山東文學史論》、周祖譔主編：《中國文學家大辭典——唐五代卷》整理所載，爲避煩瑣，不再逐一加註。

八錄其詩一卷，卷八八七補其詩一首，《全唐詩補編》輯補二首。劉
昫《舊唐書》載：

> 應八科舉擢第，累補宮門丞，兼直崇文館學士。中宗在春
> 宮，制融爲侍讀，兼侍屬文，東朝表疏，多成其手。〔註 161〕

崔融爲侍讀，爲文華婉典麗，當時未有輩者，朝廷所需大筆，多出其
手。〔註 162〕與蘇味道、李嶠齊名，似爲秀出，又合杜審言爲「文章
四友」。〔註 163〕張說曾評其文云：「如良金美玉，無施不可。」〔註 164〕
撰哀冊文，用思精苦，遂發病卒，時年五十四。以侍讀之恩，追贈衛
州刺史，諡曰文。有集六十卷。二子禹錫、翹，開元中，相次爲中書
舍人。〔註 165〕不論文或詩的創作，在當代都是佼佼者，不論是何種
題材的詩作，都發揮地恰到好處，如行雲流水般。如〈和宋之問寒食
題黃梅臨江驛〉詩云：

> 春分自淮北，寒食渡江南。忽見潯陽水，疑是宋家潭。明
> 主閽難叫，孤臣逐未堪。遙思故園陌，桃李正酣酣。〔註 166〕

詩中描述的季節是春天，全詩卻不見春天生氣盎然的景象，只剩下崔
融對明主的失望，以及自己被逐的不堪心境。遭流放的心情與春天的
景色呈現截然不同的對比，惆悵落寞的他想起了昔日舊遊京洛的日
子，相較於當今的情況，亦形成強烈反差。崔融詩素樸自然，較少浮
艷氣息，如〈擬古〉一詩云：

> 飲馬臨濁河，濁河深不測。河水日東注，河源乃西極。思
> 君正如此，誰爲生羽翼。日夕大川陰，雲霞千里色。所思
> 在何處，宛在機中織。離夢當有魂，愁容定無力。夙齡負
> 奇志，中夜三歎息。拔劍斬長榆，彎弓射小棘。班張固非

〔註 161〕〔五代‧晉〕劉昫等撰：《舊唐書》，冊 4，卷 94，頁 2996。
〔註 162〕〔宋〕計有功撰、王仲鏞校箋：《唐詩紀事校箋》，卷 8，頁 255。
〔註 163〕〔清〕賀裳：《載酒園詩話‧又編》，郭紹虞：《清詩話續編》（臺北：
　　　　木鐸出版社，1983 年），上冊，頁 303。
〔註 164〕〔五代‧晉〕劉昫等撰：《舊唐書‧文苑傳‧楊炯傳》，冊 6，卷 190
　　　　上，頁 5004。
〔註 165〕〔五代‧晉〕劉昫等撰：《舊唐書》，冊 4，卷 94，頁 3000。
〔註 166〕〔清〕聖祖輯：《全唐詩》，冊 3，卷 68，頁 765。

擬，衛霍行可即。寄謝閨中人，努力加飧食。〔註167〕
此首詩寫實的刻劃出征夫思念家鄉及親人的心情，思念的心情宛如滔滔河水，綿延不絕的絲絲蔓延，更恨不得擁有一雙羽翼，展翅高飛，回到親人的身旁。全詩不見悲痛哀壯的思緒，反倒以純眞的手法，寫下希望閨中人能努力加餐飯，在細膩的筆觸中，句句流露出自然眞切的情感。崔融不僅以自己的詩歌創作實踐著聞初唐詩壇，且曾著《唐朝新定詩體》一卷，該書的內容對詩歌聲律、格式等，多有涉及，在律詩形成的時期，發揮重要的功用，爲唐律的形成貢獻有功。〔註168〕

崔禹錫（？～？），字洪範，崔融子。《全唐詩》卷一一一錄其詩一首。顯慶三年（658年）登進士第。開元中（714～741）開元中，爲中書舍人。卒贈定州刺史，諡曰貞。

崔翹（？～？），崔融子，大足元年（701年），登拔萃科。《全唐詩》卷一二四錄其詩三首。開元二年（714年），登良才異等科。開元中累遷歷官司封員外郎、考功郎中、中書舍人。開元二十七年至二十九年（739～741年），任禮部侍郎、三知貢舉、拜大理卿。卒贈荊州大都督，諡曰成。

崔彧（？～？），祖崔融。歷官司勳郎中、太子少詹事。大歷三年（768年）與杜甫（712～770）、李之芳（？～768）相會於江陵，於李之芳筵席上聯句送宇文晁（？～？）赴石縣令任，今存此詩而已，《全唐詩》收錄卷七八八。

二、外來詩人

梁宋齊魯不僅有良好的大環境，可以孕育當地詩人，也有許多吸引外來詩人的有利條件，故唐代詩人到梁宋齊魯者甚多，以下筆者將分別統計唐代大家詩人至梁宋齊魯的人數及與其相關的詩作總數，這些詩人在中國文學史上具有一定的代表性，故爲筆者本論文主要的探

〔註167〕〔清〕聖祖輯：《全唐詩》，冊3，卷68，頁764。
〔註168〕李伯齊：《山東文學史論》，頁219。

討對象。除了這些大家詩人之外，唐代還有部分詩人因旅遊、客居、途經、從學等不同原因至梁宋齊魯，爲能全面探討唐代至梁宋齊魯的詩人，筆者一併整理表格如下：

1、唐代詩人〔註169〕至梁宋齊魯詩作總數（題／首）統計表〔註170〕

詩 人	至梁宋創作詩作數	非在梁宋創作詩作，但與梁宋相關詩作	至齊魯創作詩作數	非在齊魯創作詩作，但與齊魯相關詩作
駱賓王（619～687）	1／1	0／0	7／15	0／0
李白（701～762）	18／18	1／1	44／53	4／4
高適（704～765）	56／71	1／1	16／18	2／2
杜甫（712～770）	0／0	4／4	14／15	10／10
孟郊（751～814）	8／10	2／2	0／0	0／0
劉長卿（726～790）	4／4	8／8	0／0	2／2
劉禹錫（772～842）	2／2	13／13	0／0	5／5

〔註169〕 本論文中將挑選駱賓王、李白、高適、杜甫、孟郊、劉長卿、劉禹錫、白居易八位詩人作爲論文中外來詩人主要的討論對象，因其關於梁宋齊魯的詩作較唐代其他詩人更爲豐富（詳參唐代其他詩人至梁宋、齊魯表），故選之。

〔註170〕 此表以〔清〕陳熙晉：《駱臨海集箋注》（臺北：世界書局，1962年）、詹鍈：《李白全集校注匯釋集評》、劉開揚：《高適詩集編年箋註》（北京：中華書局，2000年）、〔清〕仇兆鰲：《杜詩詳注》（臺北：里仁書局，1980年）、邱燮友、李建崑：《孟郊詩集校注》（臺北：新文豐出版股份有限公司，1997年）、儲仲君：《劉長卿詩編年箋注》（北京：中華書局，1996年）、瞿蛻園：《劉禹錫集箋證》、朱金城：《白居易集箋校》（上海：上海古籍出版社，1988年）爲統計詩作數底本，本論文引用詩作皆出於此等底本，爲避繁瑣，以下採隨文標示。

白居易（772～846）	0 / 0	6 / 6	0 / 0	2 / 2
總計	89 / 106	35 / 35	81 / 101	25 / 25

2、唐代其他詩人至梁宋表 [註171]

詩　人	至梁宋時間	原因	與梁宋相關作品或相關記載
獨孤及（725～777）	天寶六載（747）	旅遊	〈獨孤及行狀〉（《全唐文》卷 522）、〈祭賈至文〉（《全唐文》卷 393）、〈獨孤公靈表〉（《全唐文》卷 393）
	天寶十一載（752）		〈夏中酬于逖華燿問病見贈〉（《全唐詩》卷 246）、〈阮公嘯臺頌〉（《全唐文》卷 384）
魏顥（？～？）	天寶十二載（753）	訪友	〈金陵酬李翰林謫仙子〉（《全唐詩》卷 261）
蕭穎士（707～758）	天寶十三載（754）	客居	〈陪李采訪泛舟蓬池宴李文部序〉（《全唐文》卷 323）、〈蕭穎士文集序〉（《全唐文》卷 315）
	天寶十四載（755）		〈蓬池褉飲序〉（《全唐文》卷 322）
耿湋（？～？）	寶應元年（762）	未記載	〈連句多暇贈陸三山人〉（《全唐詩》卷 789）、〈代宋州將淮上乞師〉（《全唐詩》卷 268）、〈宋中〉（《全唐詩》卷 268）
岑參（715～770）	大曆元年（766）	留滯	〈梁州對雨懷麴二秀才便呈麴大判官時疾贈余新詩〉（《岑嘉州詩》卷 1）
歐陽詹（755～800）	貞元十三年（797）	旅遊	〈贈山南嚴兵馬使〉（《歐陽行周文集》卷 2）
張籍（767～830）	貞元十三年（797）	從學	〈祭退之〉（《張司業詩集》卷 7）、〈此日足可惜贈張籍〉（《韓昌黎詩繫年集釋》卷 1）、〈與馮宿論文書〉（《韓昌黎集》卷 17）
	貞元十四年（798）		〈寄韓愈〉（《張司業詩集》卷 7）、〈上韓昌黎書〉（《全唐文》卷 648）、〈答張籍書〉（《韓昌黎集》卷 14）、〈重答張籍書〉（《韓昌黎集》卷 14）

[註171] 本表據傅璇琮等著：《唐五代文學編年史》（瀋陽：遼海出版社，1998年）〔清〕劉德昌修、葉澐纂：《河南省商邱縣志・流寓》、〔明〕支大綸：《開府封志・游寓》（《四庫全書存目叢書補編》冊 76，濟南：齊魯書社，2001 年）所載整理。

元稹（779～831）	元和十二年（817）	未記載	〈樂府古題序〉（《元稹集》卷 23）
羅隱（833～909）	咸通五年（864）	途經	〈投宣武鄭尚書二十韻〉（《羅隱集・甲乙集》卷 11）、〈辭宣武鄭尚書啓〉（《羅隱集・雜著》）
韋莊（836～910）	光化二年（899）	途經	〈夏初與侯補闕江南有約，同泛淮汴，西赴行朝。庄自九驛路先至甬橋，補闕由淮楚續至泗上，寢病旬日，遽聞捐館，回首悲慟，因成四韻弔之〉、〈汴堤行〉、〈旅次甬西，見兒童以竹槍紙旗戲爲陣列，主人叟日，斯子也三世沒於陣，思所襲祖父讎，餘因感之〉（皆收錄《浣花集》）
徐彙（？～？）	光化三年（900）	客居	《五代史補》卷 2、〈徐公釣磯文集序〉（《洛陽縉紳舊聞記》卷 1）

3、唐代其他詩人至齊魯表〔註 172〕

詩　人	至齊魯時間	原因	與齊魯相關作品或相關記載
薛克構（？～？）	麟德二年（665）	途經	〈奉和展禮岱宗途經濮濟〉（《全唐詩》卷 44）
蕭楚材（？～？）	麟德二年（665）	途經	〈奉和展禮岱宗途經濮濟〉（《全唐詩》卷 44）
張說（667～730）	開元十三年（725）	途經	〈奉和聖制行次成皋應制〉（《全唐詩》卷 86）、〈奉和聖制喜雪應制〉（《全唐詩》卷 88）
蘇頲（670～727）	開元十三年（725）	途經	〈奉和聖制行次成皋途經先聖擒竇建德之所感而成詩應制〉（《全唐詩》卷 73）
張九齡（678～740）	開元十三年（725）	途經	〈奉和聖制行次成皋先聖擒竇建德之所〉（《全唐詩》卷 47）
李邕（678～747）	天寶四載（745）	途經	〈登歷下古城員外新亭〉（《全唐詩》卷 115）
魏顥（？～？）	天寶十二載（753）	訪友	〈金陵酬李翰林謫仙子〉（《全唐詩》卷 261）
獨孤及（726～777）	天寶十四載（755）	旅遊	〈東平蓬萊驛夜宴平盧楊判官醉後贈別姚太守置酒留宴〉（《全唐詩》卷 247）、〈海上懷華中舊遊寄鄆縣劉少府造渭南王少府崟〉（《全唐詩》卷 247）、〈觀海〉（《全唐詩》卷 246）、〈海上寄蕭立〉（《全唐詩》卷 246）

〔註172〕本表據傅璇琮等著：《唐五代文學編年史》、陳元鋒：《唐代詩人與山東》所載整理。

吳融（？～？）	未記載	旅遊	〈題兗州泗河中石床〉（《全唐詩》卷 686）

　　依據上列表格統整，唐代大家詩人中駱賓王、李白、高適、杜甫、劉長卿皆曾到過梁宋、齊魯，孟郊、劉禹錫、白居易則是到過梁宋，再加上唐代其他詩人數目，唐代到過梁宋的詩人共 19 人，到過齊魯的詩人共 14 人。可見在唐代國家統一昌盛，經濟發達，交通網路便利，社會安定，生活富庶無憂的情況下，興起文人漫遊的風潮。除此之外，梁宋齊魯之地，有其特殊的歷史文化與民俗風情，當地的山水風光、風景名勝等優勢，吸引了外來詩人的目光，選擇遷移或旅遊至此地。以筆者主要研究的八位詩人來說，他們存留與梁宋齊魯的相關詩作數量頗多，甚而比梁宋齊魯的當地詩人傳於後世的詩作數量更爲可觀，綜觀梁宋齊魯的詩作總數而言，外來詩人的詩作量，大大的提升了梁宋齊魯的創作力。此現象可以看出外來詩人的寫作能量遠大於梁宋齊魯的本地詩人，也說明了外來文化對梁宋齊魯的本地文化有一定正面和負面的影響，至於兩者更進一步的比較和差異，筆者於本章第四節另作詳細討論。

第四節　在地／外來詩人在地域書寫上的失衡現象

　　戴偉華在《地域文化與唐代詩歌》一書中提及：書寫同一地域的文學作品，本土作家在表現本土文化時局限性較大，他會視自身生活的環境所呈現出的景觀爲平常現象而疏於表現，如果他們以平常的心態來對待生存環境中的物象，並寫入詩篇，同樣也在不經意中再現某一區域的文化特徵。外來作家頗有優勢，他們是以外來者的眼光審視環境的，從寫作心裡來看，他們更樂於展現跟以往經歷和經驗不相同的部分，而省略相同的部分，寫作上更能表現出地域的特色。〔註173〕當地詩人對於以在地的人事物爲書寫題材時，往往會因爲己身對於環境太過於熟悉，而無意識的忽略原先存在的地域特色。反觀外來詩

〔註173〕戴偉華：《地域文化與唐代詩歌》，頁 191。

人，具備不同的條件走入一新空間時，全然充滿新鮮感，更能跳脫出與以往不同的人生經歷，看到一個不一樣的城市，寫下專屬於這個城市的特色。此節筆者將論述在地詩人書寫在地的局限性與外來詩人所開啟的多元視角，進一步探析在地與外來詩人在地域書寫上的失衡現象。

一、在地詩人書寫在地的局限性

以在地詩人的整體條件而言，可以說是大部分歸屬於這個地域，故在書寫時較不易跳脫心中預設的無形框架，寫作擇取的方向，多少會不經意的疏忽地域的專有特色，失去建構地域特色的優勢。以下舉以梁宋三位、齊魯六位詩人為代表，茲就詩人的詩作統計和內容分析，以梁宋齊魯當地的自然景觀、風土民情、歷史記憶三大主題為書寫準則，整理出詩人們在此三大主題的書寫數量占總詩作的比例為何？又這些詩人他們詩作中書寫比例最高的主題又是甚麼？藉由此兩大指標，探討在地詩人書寫在地的局限性。

筆者首先整理出梁宋齊魯共九位詩人，他們以梁宋齊魯當地的自然景觀、風土民情、歷史記憶三大主題書寫詩作與總詩作數的比例一表如下：

書寫 主題 詩人	自然景觀	風土民情	歷史記憶	主題詩作數占總詩作數比例（％）
崔顥（汴州）	1 〈晚入汴水〉	0	0	1／39≒3
崔曙（宋州）	0	0	0	0／15＝0
劉憲（寧陵）	0	0	0	0／26＝0
孟雲卿（平昌）	1 〈汴河阻風〉	0	0	1／17≒6
孟遲（平昌）	1 〈題嘉祥驛〉	0	1 〈還淮卻寄睢陽〉	2／17≒12
崔融（全節）	0	0	0	0／18＝0

徐彥伯（瑕丘）	0	0	2〈比干墓〉、〈送特進李嶠入都祔廟〉	2／35≒6
孫逖（博州）	1〈送李給事歸徐州覲省〉	0	0	1／63≒2
盧象（汶上）	0	1〈贈廣川馬先生〉	1〈追涼歷下古城西北隅此地有清泉喬木〉	2／28≒7

　　據筆者統計後，梁宋齊魯當地詩人對此三大主題的書寫並不多，可以說是趨於少數，占總詩作的比例少之又少，甚有三位詩人完全沒有這三大主題的詩作，儘管總詩作數不同，但這九位詩人皆未有超過兩首關於梁宋齊魯當地的自然景觀、風土民情、歷史記憶的書寫。以此結果，可以證明在地詩人較易忽略在地的地方特色，並不善於將在地人事物當作書寫的題材，反而視這些題材爲再平常不過的現象，不過也因爲這樣的局限，反倒失去了建構地方特色的最大優勢。梁宋齊魯的在地詩人數目並不算少，但並沒有經由這些詩人的作品，將梁宋齊魯的地域特色藉由詩作傳播和推廣，反而是外來詩人創作的作品，提高了其他區域的人認識梁宋齊魯的機會。相較之下，我們可以說梁宋齊魯的在地詩人，除了自身題材選擇的局限性外，本身的詩學造詣以及文學能量，遠不及外來詩人強勢的文化。故在地詩人與外來詩人在同一地域的書寫比較下，不論是詩作數目，抑或是詩作的質量，外來詩人的表現皆明顯占爲上風，也勾勒出在地詩人書寫在地的局限性和缺失。

二、外來詩人所開啓的多元視角

　　外來詩人反倒比在地詩人更有書寫當地地域的優勢，以寫作心理而論，外來詩人較易擺脫當地地域的包袱，更能以不同於當地詩人的人生歷程和經驗，以一個相異的條件、全新的視角來觀察和描述地域的特色。以筆者本論文主要探討的八位外來詩人爲例，他們

筆下的梁宋齊魯，描寫的視角相當多元，舉凡山嶺、江湖、城市等
自然景觀的描繪，抑或是當地的風土民情、農村活動，或是對於當
地歷史記憶的刻畫，廣及對古人的特殊情感、對古蹟的緬懷、神話
傳說的流傳等，都是外來詩人筆下的梁宋齊魯。因為外來詩人有別
於在地詩人的視野，在他們的眼中梁宋齊魯地域是一個新奇、陌生
的地方，看見了與以往接觸不同的城市，對梁宋齊魯也產生了不同
的情素。不僅如此，當外來詩人離開梁宋齊魯後，他們會在另一異
地回憶著昔日的梁宋齊魯，使梁宋齊魯以另一種風貌重新呈現，梁
宋齊魯又開啟了新的視角。杜曉勤於《初盛唐詩歌的文化闡釋》一
書中道：

> 天寶三載，高適、杜甫與李白在梁宋及魯郡長達數月之游
> 從、唱和，發思古之情，抒胸中之憤，亦是山東文化在盛
> 唐時期的又一次復興。〔註174〕

又楊蔭樓在《齊魯文化通史》中言：

> 李白、杜甫等人在齊魯的遊歷、唱和、交往，不能不說是
> 中國文學史上的一次盛會。他們給山東帶來了盛唐之音，
> 其流風餘韻長久不歇。齊魯文化也自然而然地受到蜀地、
> 關中乃至吳越等地文化的影響。〔註175〕

這些外來詩人帶給了梁宋齊魯正面的文化能量，不僅提升當地的文學
創作力，也帶來了他們本身吸收的各地文化，與梁宋齊魯的當地文化
互相融合。不同的文化主體在自然接近的情況下，本地文化可能受到
外來文化的侵略和破壞，甚而遭到征服而被完全取代，但也可能相互
吸收、調和，近而趨於一體的融合，呈現複合式的文化體系。大體分
析外來詩人至梁宋齊魯的情況，文化上正面的影響效果遠大於負面的
衝擊，不僅使地域文學產量明顯增加許多，更因為外來詩人的盛名，
讓更多讀者認識了梁宋齊魯，甚而帶起了旅遊此地的風潮。至於外來
詩人是如何表現梁宋齊魯的地域特色？是以甚麼樣的視角去觀察梁

〔註174〕杜曉勤：《初盛唐詩歌的文化闡釋》，頁56。
〔註175〕楊蔭樓、王洪軍：《齊魯文化通史──隨唐五代卷》，頁35。

宋齊魯？又是如何在詩作中開啓讀者對梁宋齊魯多元的印象？外來詩人在寫作上所呈現的地域特色，筆者將於本論文第四章「外來詩人筆下的梁宋齊魯」逐一細論，於此不多作篇幅論述。

小　結

　　梁宋及齊魯文化，各自都有豐富的內涵，源遠流長，從歷史背景及文化形成而論，梁宋有政治要地的地域特色，齊魯則具有濃厚的文化古都氣息。整體而言，唐代國世昌榮，政治穩定清明，社會相對安定，不論是在政治、經濟、社會環境下，都有助於梁宋齊魯文化的發展。唐代梁宋齊魯的在地詩人數目頗多，雖在中國文學史上並非極具影響力的大家，但其詩學表現以及促進地域文化發展的貢獻，是不容小覷的。除此之外，外來詩人的到來，更是帶給梁宋齊魯正面的效應，不僅提升當地的文學創作力，更是將自身的文化融匯在梁宋齊魯文化中，也將梁宋齊魯的文化藉由文學創作，傳播至其他各地域。在地詩人與外來詩人相較之下，在地詩人在地域上的書寫有其局限性，反倒外來詩人書寫時開啓較多元的視角，地域文化的特色，在外來詩人的創作中，更顯而易見。不論是在地詩人，抑或是外來詩人，他們都是扮演文化傳播和融合的重要角色，更具有將地域特色經由媒介廣傳各地，讓他地更進一步的了解梁宋齊魯的重要使命。

第三章　追尋與失落——外來詩人去留之間的蕩漾

前　言

　　當外來詩人從一空間走向另一空間，在此新的空間中一定有所想要追尋者，遠赴他鄉的追尋一旦無法全然滿足，必然會產生失落感。因此，在追尋與失落的天秤高低中，浮現了外來者去留的擺盪問題，這也是地域文學中重要的研究課題之一。外來詩人遷移／旅遊至梁宋齊魯是選擇何種方式？須具備何種內在條件，才足以具有遷移／旅遊的動力？遷移／旅遊的路線以及停留時間長短的原因？在梁宋齊魯的他鄉生活中，成為外來詩人願意繼續留下的歸屬感為何？何者又是外來詩人終究選擇離開的負面因素？這些論題，皆是筆者在本章中將會一一討論的範圍。外來詩人們各別具有不同的生命特質，人生追求的終點理應不同，但他們在人生經歷中都曾選擇至梁宋齊魯一地，以不同的人生際遇來到了此地，又以不同的原因選擇離去。這群外來詩人的共同點是：他們都與梁宋齊魯之地產生了密切的地緣關係，在去留的蕩漾間，緊緊與梁宋齊魯之地相扣，在生命歧路的選擇中，梁宋齊魯的他鄉生活，成為左右他們一生際會的重要因素之一。

第一節　外來詩人遷移／旅遊的選擇

此章首節筆者將先從外來詩人遷移／旅遊的選擇切入探討，舉凡遷移／旅遊的方式、條件、路線及時間，皆是外來詩人遷移／旅遊的主要考量與選擇，由此視角進行分析考究，將可全面的了解外來詩人遷移／旅遊至梁宋齊魯的始末，有助於建立解讀文本的重要背景。以下筆者將逐項論析外來詩人遷移／旅遊的選擇。

一、遷移／旅遊的方式

唐代外來詩人之所以來到梁宋齊魯的方式，大抵可分爲依親、客寓、漫遊、省親、求官與途經等數種。途經意指中途經過、路過，如從出發地至目地的，途中所經過的甲、乙、丙等地，皆包含在內。求官指尋求地方長官推薦入幕。其中比較特殊的是客寓與漫遊，簡要說明如下：

「客寓」一詞首先由日學者松浦友久提出，(註1) 所謂客寓，乃旅居於外之人，並無固定的久留之地，每到一處只是暫且停留，而非久居。某個個人作爲連續不斷「行旅之人」，也就是「客寓者」，連續不斷作爲各地的臨時住民的客寓者，(註2) 松浦友久舉出李白是作爲最具代表性的客寓者。唐代文學中出現了一批值得注意的「客寓者」，也許未如松浦友久所指稱「連續不斷作爲各地」的臨時住民，卻都曾在生命中的某一個階段，因爲某種因素而在異鄉居住過比旅行還要長的時間，甚至是一生中的大半時間，幾乎已成了第二個故鄉，他們對異鄉生活的體驗，比一般遊宦、經商或旅客有更深刻、細緻的程度，其中不少人產生人生如寄的幻滅感，產生了一種「羈旅心態」或曰「客寓心態」，感到自己比一般行旅之人有更多的飄寓之感。(註3) 文人

〔註1〕松浦友久著、劉維治等譯：《李白的客寓意識及其詩思——李白評傳》（北京：中華書局，2001 年）。

〔註2〕松浦友久著、劉維治等譯：《李白的客寓意識及其詩思——李白評傳》，頁 286～287。

〔註3〕李德輝：《唐代交通與文學》，頁 280～281。

以寄身他鄉的方式，拋棄生活的安定感，在客寓的心態下，追求他內心深處總想尋覓的終點，不論是外在物質的條件滿足，抑或是內在心靈缺口的填補。在異地來去的移動中，以客寓行爲視爲另一種生活常態，不論時間長短，茲就故鄉外的他處爲據點，在遷移／旅遊和客寓的過程中，文人試圖開啓人生的另一起點，也更深切想要探求未來的終點。

　　漫遊，意指隨意、不帶有功利性目的的遨遊，單純地旅行、遊覽，經由選擇四方漫遊，環境的變遷，體驗異樣的城市，拉開對原型生活的一成不變，遠離禁錮的拘束。廖師美玉曾將杜甫的行旅詩分爲「漫遊」與「漂泊」兩種類型，文中言杜甫的「漫遊」，具有成長的意涵，探尋歷史遺跡，海天遼闊，壯觀天際。更能藉漫遊拉開個人與京城的黏著度，拉大視域。〔註4〕此外，西方學者更認爲漫遊者有助於直接或間接式的建構城市。如 Mike Crang 在《文化地理學》書中曾云：

> 在文學中，十九世紀的巴黎開始描寫一種稱爲漫遊者（flaneur）的人物。這種人物熱愛散步，有餘暇的時間拿城市的狂熱運轉與騷亂生活當作奇觀。……他通常用來觀察自然世界的超然好奇心與分類，運用於都市生活。……作爲一種實踐文學分享了這些變遷經驗。……此外，這還透過書寫風格、書寫文本創造城市而存留下來。因此，我們絕不能將文學作品僅視爲描繪或敍述城市的事物，只是資料來源，而必須探查文學如何以不同方式建構城市。〔註5〕

漫遊者透過主動的方式，如旅遊顯然爲尋求擺脫厭倦一成不變的人提供了一種最受歡迎的刺激。它使人們得以變換環境，要求改變生活節奏，並允許人們作一些新鮮的事情。旅遊也可以說是對現實的一種逃避，讓我們到我們的幻想中去生活。〔註6〕在漫遊的過程中，開闊胸

〔註4〕廖師美玉：〈漫遊與漂泊——杜甫行旅詩的兩種類型〉，《臺大中文學報》第 33 期，2010 年 12 月，頁 234。

〔註5〕Mike Crang 著；王志弘、余佳玲、方淑惠譯：《文化地理學》，頁 70～73。

〔註6〕Edward J. Mayo, Lance P. Jarvis 著，蔡麗伶譯：《旅遊心理學》（臺北：

襟，見聞廣博，自我改變和成長，探索欲建構的人生模樣，說是逃避現存的生活，又何嘗不是跳脫原有的界線，藉由變遷的經驗生活，重新審視自己生命的原點。

茲依遷移／旅遊的方式整理唐代詩人曾經到過齊魯梁宋者如下：

（一）客寓齊魯、途經梁宋的駱賓王

駱賓王（619～687）﹝註7﹞年少便離開故鄉，隨父至博昌（今山東博興），時父爲博昌令。胡應麟（1551～1602）〈補《唐書》駱侍御傳〉云：「駱賓王，越東陽郡（今浙江金華）人也，父爲博昌令。」﹝註8﹞初奉庭訓，後更拜博昌一帶學者爲師，〈上瑕丘韋明府啓〉載：「幸以奉訓趨庭，束情田於理窟。從師負笈，私默識於書林。」（頁269）父卒於任，奉母移居瑕丘（今山東兗州）。由瑕丘赴京應舉，行前曾投書兗州長史、瑕丘令求薦送，如〈上瑕丘韋明府啓〉言：

> 是以祈安陽之捧檄，似毛義之清塵。……屬以螢秋應節，
> 雁序屆時，……實含毫振藻之際，離經析理之期，不揆雕
> 朽之材，竊冀遷喬之路。輒期泛愛，輕用自媒。（頁270，節）

又〈上兗州崔長史啓〉、〈上兗州張司馬啓〉、〈上郭贊府啓〉等作文意相仿，皆爲向地方長官上書求用。落第後離開長安，回義烏省親，秋冬之間歸瑕丘。〈夏日游德州贈高四〉詩序自云：

> 僕少負不羈，長逾虛誕，讀書頗存涉獵。學劍不待窮工，
> 進不能矯翰龍雲，退不能棲神豹霧，撫循諸己，深覺勞生。
> 而太夫人在堂，義須奉檄，因仰長安而就日，赴帝鄉以望
> 雲。雖文闕三冬，而書勞十上。嗟乎！入門自媚，誰相謂
> 言，致使君門隔於九重，中堂遠於千里。（頁16，節）

描述自己爲了生計和奉養家母，決定憑藉滿腹經綸赴京求仕，卻試場失意謀仕無成回到齊魯的心境曲折。此次的長安之行，讓駱賓王

揚智文化事業股份有限公司，1990年），頁213。

﹝註7﹞ 此生卒年說法以駱祥發《初唐四傑研究——附錄四傑年譜》爲依據，
　　　（北京：東方出版社，1993年）。

﹝註8﹞ ﹝清﹞陳熙晉：《駱臨海集箋注》，附錄，頁382。

「少年重英俠，弱歲賤衣冠」（〈疇昔篇〉，頁 161），氣盛傲物的態度轉變許多，再次為科舉做準備。後應舉及第，至長安任職，唐制規定及個性使然，末駱賓王選擇罷道王府屬，歸齊魯閒居。〈上李少常伯啓〉：「賓王蟠木朽株，散樗賤質，……塊然獨居，十載於茲矣。」（頁 235）自謙自己為無用之材，不如遠離宦海，歸去閒居。但現實環境的迫使，生活難以為繼，讓駱賓王不得不再次求仕，故又赴長安求汲引，重新回到仕途生涯，〈上司刑太常伯啓〉云：「於是揭來甕牖，利見金門。指帝鄉以望雲，赴長安而就日。」（頁 232）後奉命出使路經魯地，〈與博昌父老書〉載：

> 自解攜襟袖，一十五年，交臂存亡，略無半在。……又聞
> 移縣就樂安故城，廨宇邑居，咸徙其地。……所恨跂予望
> 之，經途密邇，竚中衢而空軫，巾下澤而莫因。（頁 290，節）

文中透露出使路經此地，卻無法多作停留的感慨，之所以如此大失所望，是因為齊魯可謂駱賓王的第二個故鄉，在他人生大半的時間中寓居於此，來去之間最終仍回到齊魯，或從齊魯再次出發求仕，此地對駱賓王別具意義。

　　駱賓王有〈過故宋〉一詩，詩無明確編年，只能證實駱賓王晚年曾路經此地。駱祥發認為陳熙晉在《駱臨海集箋注》中，認定此詩是駱賓王逃亡途次所作，從而斷定駱賓王曾逃匿於吳、楚、宋等地，恐誤，純是駱賓王晚年路經此地時而作。〔註9〕雖無法明確地斷定駱賓王至宋地的原因為何，但以此詩作可證明駱賓王一生中曾到過宋地。

（二）寓居齊魯、漫遊梁宋的李白

　　李白（701～762）自襄陽（今湖北）東遊，因父為任城尉，寓居兗州任城（今山東濟寧）。劉昫《舊唐書・列傳》載：

> 李白字太白，山東人。少有逸才，志氣宏放，飄然有超世
> 之心。父為任城尉，因家焉。少與魯中諸生孔巢父、韓沔、
> 裴政、張叔明、陶沔等隱於徂徠山，酣歌縱酒，時號「竹

〔註9〕駱祥發：《初唐四傑研究》，附錄四傑年譜。

溪六逸」。〔註10〕

李白因玉真公主推薦，自東魯入京，遂待詔翰林。〈酬張卿夜宿南陵見贈〉言：「月出魯城東，明如天上雪……。我昔辭林丘，雲龍忽相見。」（頁2677）詩中述別魯城，忽蒙帝寵，被召金鑾殿之事。但此次仕宦之行並非符合李白心中的官涯藍圖，未受天子賞識而擔任高官顯爵，後決定上書求還山，自云：「北闕青雲不可期，東山白首還歸去」（〈憶舊遊寄譙郡元參軍〉，頁1942）、「客星動太微，朝去洛陽殿」（〈酬張卿夜宿南陵見贈〉，頁2677），末遭賜金放還。

　　李白去朝後遊齊州（今山東濟南）、兗州，返東魯（今山東曲阜）。至金陵（今南京），後歸東魯。後自宋州赴曹南（今山東荷澤）。在李白的詩文中從未發現他的家庭有任何遷移的跡象，他的家庭來山東後一直居住在魯郡兗州。兗州是李白一生中家庭居住時間最長的一個地方，可謂是李白第二個故鄉。〔註11〕山東對李白而言，是一個極具特殊的地方，求仙求道的生活、影響他最重要的親友、學劍求仕等，皆與此地息息相關。〔註12〕

　　至於「山東李白」之說，自從杜詩稱「山東李白」，元稹文也以「山東人李白」相稱，《舊唐書》便說李白是山東人，後來《山東通志》也收入李白。陳寅恪認為除了杜詩外，其他都是錯的。因為杜詩是指李白游寓的地方而言，稱為「山東李白」，自無不可。元稹文加一「人」字，稱為「山東人李白」已經是錯。《舊唐書》及《山東通志》，因襲其說，更是大錯。〔註13〕在學界多位學者的考究下，李白

〔註10〕〔五代·晉〕劉昫等撰：《舊唐書》，冊6，卷190下，頁5053。
〔註11〕王伯奇：〈李白來山東，家居在兗州〉，收錄於王運熙等編：《謝脁與李白研究》（北京：人民文學出版社，1995年），頁386。對於此說詹鍈、裴斐、羅宗強、郁賢皓諸家，對此議題作了一致肯定，認定李白東魯家居確在兗州，兗州是李白第二個故鄉。此段引文出自徐葉翎〈李白寓家東魯考辨〉，收錄於王運熙等編：《謝脁與李白研究》，頁400。
〔註12〕李白求仙學道的生活，重要的地方：岷山，嵩山，隨州，齊；重要的人物：東嚴子，元丹丘，元演，紫陽先生等。張芝：《道教徒的詩人李白及其痛苦》（臺北：長安出版社，1987年），頁28。
〔註13〕陳寅恪：〈李太白氏族之疑問〉，夏敬觀等著：《李太白研究》（臺北：

非山東人之說，是可以確信的。如據松浦友久研究，關於李白的出生地，主要有三種說法：（1）蜀中說，（2）山東說，（3）西域說。根據現存的有關史料，經客觀研究，李白五歲左右從西域某地移居蜀地這一判斷，是唯一具有說服力的看法。〔註14〕陳友琴認為杜甫、元稹「山東李白」和「山東人李白」之說，並非有李白是山東人的想法，反對錢謙益和俞平伯將當時的「山東」當作今天的山東省說法。〔註15〕葛景春則言李白因隱居山東徂徠山，以隱逸和詩才出名，又因由山東地方政府薦舉，後李白應詔時又是從山東入京而名震京師，都知道山東來了一個才子李白，所以他才以「山東李白」聞名海內。杜甫曾與李白在山東一起生活了好長一段時間，所以，杜甫深知山東乃李白的第二故鄉，又因大家都習慣稱李白為「山東李白」，他也就戲之日「山東李白」。〔註16〕葛景春之說，較為全面以及客觀，因此議題並非本論文討論的重點，故筆者暫以此作為「山東李白」爭議之結論。

李白上書求還山後，洛陽遇杜甫。李白、高適、杜甫同遊梁宋，〈梁園吟〉詩自云：「我浮黃河去京關，挂席欲進波連山」（頁 1055），李白供奉翰林，賜金放還，出京師遊梁宋而作，也說明了遊梁宋之由。後自東魯北遊燕趙（今河北、山西），至汴州，行至鄴中（今河北臨漳）。北遊至邯鄲（今河北邯鄲）、清漳（今山西平定）、臨洺（今河北臨洺）、幽州（今北京與天津一帶）等地，後南還至魏州（今河北大名東北一帶）。後曾自宋州赴曹南。

（三）寓居梁宋、漫遊齊魯的高適

高適（704～765）長安不遇後，寓居梁宋。劉昫《舊唐書·列

里仁書局，1985 年），頁 127。

〔註14〕松浦友久著、劉維治等譯：《李白的客寓意識及其詩思——李白評傳》，頁 2、第二章〈李白出生地與家世——以異民族說的再探討為中心〉。

〔註15〕陳友琴：〈與俞平伯先生商榷山東李白的問題〉，夏敬觀等著：《李太白研究》，頁 399～407。

〔註16〕葛景春：〈略考「山東李白」之由來〉，《李白研究管窺》，頁 20。

傳》載:「適少濩落,不事生業,家貧,客于梁、宋,以求丐取給。」
〔註17〕又宋祁《新唐書·列傳》:「少落魄,不治生事。客梁、宋間。」
〔註18〕高適亦自云「憶昔遊京華,自言生羽翼,懷書訪知己,末路
空相識。」(〈酬龐十兵曹〉,頁 12)此詩作於初歸宋州時,京華之
遊不得志的愁緒和怨憤,頹放之情可以想知。寓居期間曾北上薊門
(今北京),過魏州,至鉅鹿(今河北平鄉)、真定(今河北正定)、
邯鄲、漳水(今湖北荊門)、衛州(今河南淇縣)、相州(今河北邯
鄲)、東遊楚(今湖北、湖南一帶),足跡遍及河北、河南及湖北、
湖南一帶。〈東征賦〉言:「歲在甲申,秋窮季月,高子遊梁既久,
方適楚以超忽。」(頁 357)又赴長安應試,不第,歸宋州。來往大
梁睢陽間,曾至單父(今山東單縣),與李杜相會。長安歸來後,慨
歎不得意之情,屢屢可見,如〈宋中別周梁李三子〉一詩云:

> 曾是不得意,適來兼別離,如何一樽酒,翻作滿堂悲?周
> 子負高價,梁生多逸詞,周旋梁宋間,感激建安時,白雪
> 正如此,青雲無自疑。(頁 130,節)

高適詩中明言自己因仕進失意,而寓居宋中,生不逢時,曲高和寡,
對於未能受明主賞識之事,始終耿耿於懷。後在衛滑(今河南)一
帶,自衛州渡黃河歸至梁宋。又赴長安應試中第,過洛陽(今河南
洛陽),至封邱(今河南封丘)。宋祁《新唐書·列傳》:「宋州刺史
張九皋奇之,舉有道科中第,調封丘尉,不得志,去。」〔註19〕後
被貶為太子少詹事,赴洛陽,經宋州。梁宋,對於高適一生來說,
是一段漫長的歷程,消磨掉了他生命近二分之一的時間。但正是在
這一段他自以為最不得意的時間裡,他的思想和詩歌創作都日趨成
熟,成了千古不朽的詩人。〔註20〕

　　高適自睢陽,赴魯郡東平。至濟南郡歷城縣,與北海太守李邕

〔註17〕〔五代·晉〕劉昫等撰:《舊唐書》,冊 4,卷 111,頁 3328。
〔註18〕〔宋〕宋祁等撰:《新唐書》,冊 6,卷 143,頁 4679。
〔註19〕〔宋〕宋祁等撰:《新唐書》,冊 6,卷 143,頁 4679。
〔註20〕左雲霖:《高適傳論》(北京:人民文學出版社,1985 年),頁 24。

（678～747）、高平太守鄭某泛舟大明湖。〈東平別前衛縣李寀少府〉
詩云：「雲開汶水孤帆遠，路繞梁山匹馬遲」（頁161），高適自言別
東平時歸路擇陸路。後至渤海之濱、淇上（今河南淇縣）、楚丘（今
河南滑縣）、濮上（今河南濮陽），回滑臺（今河南滑縣），多日居淇
上。

（四）省親齊魯、漫遊梁宋的杜甫

　　杜甫（712～770）在縱遊齊趙中，至兗州省親。〈登兗州城樓〉
詩云：「東郡趨庭日，南樓縱目初」（頁5），時父為兗州司馬，故言
趨庭此句。杜甫漫遊的目的單純而明確，他和唐代大多數愛好漫遊
的青年學子一樣，是懷著開闊眼界，增廣見聞，結交名士，準備科
舉考試的願望走出家門的。〔註21〕由齊魯歸洛陽，居洛陽，後出遊
梁宋。宋祁《新唐書·列傳》載：「甫，字子美，少貧不自振，客吳
越、齊趙間。……嘗從白及高適過汴州，酒酣登吹臺，慷慨懷古，
人莫測也。」〔註22〕〈贈李白〉詩亦自云：

> 二年客東都，所歷厭機巧。野人對腥羶，蔬食常不飽。豈
> 無青精飯，使我顏色好。苦乏大藥資，山林跡如掃。……
> 亦有梁宋遊，方期拾瑤草。（頁32，節）

杜甫於此詩表明了為何去東都至梁宋遊的原因，洛陽燈紅酒綠、爾虞
我詐的生活，讓杜甫興起厭倦之感，開始嚮往隱居山林、尋仙採藥的
桃花仙境，更是期待與李白再次一同悠遊山野。對洛陽環境的排斥，
對梁宋之遊的期待，讓杜甫決定出遊梁宋。杜甫自梁宋再遊齊魯，從
魯郡歸洛陽，隨即至長安。〈奉贈韋左丞丈二十二韻〉詩云：「今欲東
入海，即將西去秦」（頁77），也說明了杜甫決定去東魯至長安的決
定。

（五）客寓梁宋求官的孟郊

　　孟郊（751～814）雖登進士第，但因朝中沒有奧援，因此未能

〔註21〕章必功：《中國旅遊史》（昆明：雲南人民出版社，1995年），頁195。
〔註22〕〔宋〕宋祁等撰：《新唐書》，冊7，卷210，頁5736～5738。

取得一官半職。自長安東歸，道出和州（今安徽巢湖），與張籍（768〜830）同遊。後擇客寓汴州，依宣武行軍司馬陸長源（？〜799），文中曾自云：「小子嚼衣食宣武軍司馬陸大夫，道德仁義之矣。」〔註23〕（〈上常州盧使君書〉），後離汴州適蘇州（今江蘇蘇州）。時韓愈（768〜842）在汴州爲宣武軍推官，與張籍同來送別。韓愈〈醉留東野〉詩云：

> 昔年因讀李白杜甫詩，長恨二人不相從。吾與東野生並世，如何復躡二子蹤。東野不得官，白首誇龍鍾。韓子稍姦黠，自慚青蒿倚長松。低頭拜東野，願得終始如駏蛩。東野不迴頭，有如寸筳撞鉅鐘。我願身爲雲，東野變爲龍。四方上下逐東野，雖有離別無由逢。〔註24〕

孟郊爲求官而來汴州，卻無功而返，「男兒久失意，寶劍亦生塵」（〈送孟寂赴舉〉，頁427），未能謀得官職，沒有施展抱負的機會，悵然不已。韓愈仕途較孟郊來得順遂，但不因貴而驕，看到孟郊未得官職卻要離去，仍舊極爲推崇孟郊的才思，謙論自己的表現，與孟郊成爲忘年之交，成爲唐代詩壇中的一段佳話。未幾汴州亂起，陸長源被禍，韓愈從董晉（723〜799）喪離開汴州，免於難。陸長源在孟郊將歸時，亦作有〈陸答東野夷門雪〉一詩：

> 好丹與素道不同，失意得途事皆別。東鄰少年樂未央，南客思歸腸欲絕。千里長河冰複冰，雲鴻冥冥楚山雪。（頁106）

孟郊來汴州，依陸長源謀衣食，但青羅幽居〔註25〕並非久留之處，故萌生思歸之意。陸長源對孟郊仕途失意，兩人又將要別離，不捨之情溢於詩中。孟郊客寓汴州的期間，渴望能透過薦舉得到官職，但卻始終未果，有學者指出在汴州這段時間，陸長源只是一如往常地對待孟郊以詩文之友，並沒有推薦孟郊入幕之意。韓愈〈答孟郊詩〉之「弱

〔註23〕〔唐〕孟郊、韓泉欣校注：《孟郊集校注》（杭州：浙江古籍出版社，1995年），附卷，頁452。

〔註24〕〔清〕聖祖輯：《全唐詩》，冊10，卷340，頁3807。

〔註25〕此指孟郊於汴州的居所，孟郊有詩〈新卜青羅幽居奉獻陸大夫〉（頁253），陸長源亦有詩〈酬孟十二新居見寄〉回贈。

拒喜張臂，猛擎閑縮爪」，反映的就是當時韓愈對自己薦舉孟郊而無力、陸長源有力卻不出面的實際情形。〔註26〕暫且不論韓愈和陸長源是否盡力薦舉，最終孟郊認為自己在汴州仍舊無法獲得職位，毅然決然決定離去，另謀仕宦機會。

（六）漫遊齊魯梁宋的劉長卿

劉長卿（726～790）天寶三年夏（744）應舉不第，遂東遊曹州，自夏至秋，皆停留於此。秋，自曹州西歸，經徐（今江蘇徐州）、汴、宋諸州，故有梁宋之遊。後應進士舉，來往於洛陽、長安間。〔註27〕

（七）途經梁宋的劉禹錫

劉禹錫（772～842）罷和州刺史，離和州返洛陽經汴州，又自長安赴任蘇州刺史經大梁，兩次路經梁宋。〈途次大梁雪中奉天平令狐相公書問兼示新什因思曩歲從此拜辭形於短篇以申仰謝〉詩云：「遠守宦情薄，故人書信來」、「此時同雁鶩，池上一徘徊」（頁1185），明言自己為出仕求祿才路經此地，遠至蘇州任職，此時做官的心志早已被消磨趨薄，宛如雁鶩之求稻粱，現實環境的迫使遠勝於內心懷有的雄心壯志。劉禹錫在和州將及兩年，以寶曆二年（826）冬解職。其解職之由，當是裴度（765～839）復知政事，而李逢吉（758～835）出鎮，故召還將畀以要職。及裴度再霸政，崔羣（772～832）又出鎮，李絳（764～830）先亡，大和五年（831）十月，遂有蘇州刺史之授。〔註28〕劉煦《舊唐書・列傳》便載：「度罷知政事，禹錫求分司東都。終以恃才褊心，不得久處朝列。六月，授蘇州刺史，就賜金紫。」〔註29〕

〔註26〕范新陽、顧建國：〈孟郊汴州之行論略〉，《浙江師範大學學報（社會科學版）》第6期，2008年，頁96。

〔註27〕劉長卿登第時間，多家說法不同，筆者於此採儲仲君多方考證後之果，約於天寶四載（745）至天寶十三載（754）間，應進士舉。儲仲君：《劉長卿詩編年箋注》，劉長卿簡表，頁588。

〔註28〕瞿蛻園：《劉禹錫集箋證》，劉禹錫集傳，頁1578～1580。

〔註29〕〔五代・晉〕劉昫等撰：《舊唐書》，冊5，卷160，頁4212。

（八）途經梁宋的白居易

白居易（772～846）在洛陽，為太子左庶子分司東都。後發東都，過汴州，到蘇州任刺史。

二、遷移／旅遊的條件

在現今繁忙的社會中，一個人的旅遊和休閒行為往往受兩項因素影響：一個是他有多少時間從事遊憩或休閒活動，二是他口袋裡有多少錢和多少信用卡。〔註30〕時間和金錢，成為是否決定旅遊的主要條件。除此之外，當一個人離開家，他必須作出許多有關旅遊的決策。首先，要作出離家的決定。然後，還要選擇旅遊的地點，去從事什麼樣的活動，如何到達目的地，所花的費用，預計停留的時間，路途中在哪裡休憩，在哪裡用餐，以及和誰同行或自行出發等一列的決定。〔註31〕這是在現今如此進步的全球化社會裡，出行需要考量的事務就有如此繁多和細微，更何況是古代環境下的行旅生活。唐代文人行旅生活基本特點有二：一是出行機會多，行旅生活在日常生活中的比重大。二是行進速度慢，旅行時間長，旅行距離遠。〔註32〕王子今於《中國古代行旅生活》一書中，從行旅的心理準備、行裝與旅費、行旅方式、旅食與旅宿、行程與行速、行李與行具、行旅的安危、行旅生活百味、旅人精神的寄寓等，〔註33〕透過此書我們可以全面了解，一旦決定出行，這些都是需要列入考量和準備項目。在古代行旅中常見的安危情況較今日來得更多更難以想像，例如交通工具方面的車船破損等，導致行旅中斷的情形，基本物質生活條件未受到保障，貧病思鄉，抑或是虎患災難，盜賊侵擾等皆是可能面臨的狀況。〔註34〕可見，在

〔註30〕Edward J. Mayo, Lance P. Jarvis 著，蔡麗伶譯：《旅遊心理學》，頁 14。
〔註31〕Edward J. Mayo, Lance P. Jarvis 著，蔡麗伶譯：《旅遊心理學》，頁 21。
〔註32〕李德輝：《唐代交通與文學》，頁 41～42。
〔註33〕王子今：《中國古代行旅生活》（臺北：臺灣商務印書館股份有限公司，1998 年），目錄。
〔註34〕王子今：《中國古代行旅生活》，頁 124～139。

古代若自主性決定要離家遠行，不論在物質條件下，抑或是心裡層面上，都需要作足萬全的準備和建設，並非一件輕而易舉之事。而這群外來詩人在遷移／旅遊過程中，具備了何種符合遷移／旅遊的個人性格，以及家庭環境、社會歷練、從政經驗等，成就了詩人們遷移／旅遊的活動，茲依筆者所蒐集的資料，做更詳盡的討論和分析。

（一）由依親到客寓的駱賓王

　　駱賓王客寓齊魯，因賓王父曾爲博昌令，其〈與博昌父老書〉有云：「昔吾先君，出宰斯邑，清芬雖遠，遺愛猶存。」（頁292）所以暫不需自己考慮外在物質條件充足與否，尤其是父母在堂的歲月，駱賓王可以無後顧之憂的進德修業，在齊魯的這段期間，是他學習的黃金時間。自述：

> 某篠派庸微，桐巖賤伍。託根鄒邑，時聞闕里之音；接閈雩津，屢聽杏壇之說。加以承斷織之慈訓，得銳志於書林；奉過庭之嚴規，遂容情於義圃。（〈上兖州張司馬啓〉，頁252，節）

> 頗遊簡素，少閱縑細。每蟋蟀淒吟，映素雪於書帳；莎雞振羽，截碧蒲於翰池。（〈上兖州刺史啓〉，頁241，節）

在雙親的苦心栽培，齊魯學風的薰陶下，以及駱賓王自力鑽研苦讀，果然從世人口中的神童，成爲實至名歸的才子。後父親逝世任上，家計重擔忽落駱賓王身上，爲了生活與奉養母親，開始了他赴京趕考求職的路途。陳熙晉〈續補《唐書》駱侍御傳〉云：

> 尋奉母居兖州之瑕丘縣。性篤孝，每讀書見古人負米之情，捧檄之操，未嘗不廢書報卷，流涕傷心。道王元慶，永徽中，歷滑州刺史，後歷徐、沁、衛三州刺史，賓王爲府屬。〔註35〕

駱賓王之所以會在長安、齊魯間來來去去，是爲了生計而求職，不過由於仕途不遂，只好再至齊魯。駱賓王在〈夏日游德州贈高四〉詩曾云：

〔註35〕〔清〕陳熙晉：《駱臨海集箋注》，〈續補《唐書》駱侍御傳〉，頁388。

闔門通舜賓，比屋封堯德。言謝垂鈎隱，來參負鼎職。天
子不見知，群公詎相識。未展從東駿，空戢圖南翼。時命
欲何言，撫膺長嘆息。（頁16，節）

在未能順利謀職的期間，自己和母親多靠友人和故鄉親友的接濟，得
以暫度艱困生活。〈望鄉夕泛〉詩亦云：

歸懷剩不安，促榜犯風瀾。落宿含樓近，浮月帶江寒。喜
逐行前至，憂從望裏寬。今夜南枝鵲，應無繞樹難。（頁59）

雖然赴京前，得到當地鄉紳和縣官的薦舉，如韋明府、郭贊府、崔
長史、張司馬等的幫助，〔註36〕但仕途仍舊不順遂。此詩駱賓王自
述離京後將返回義烏（今浙江金華）的心情，自己宛如落難南歸的
烏鵲，雖嚐盡了仕宦中的冷暖，但內心期待回到故鄉的瞬間，能在
心靈和物質上暫以得到最大的安慰。

（二）旅資來源多元的李白

李白自言「生者為過客，死者為歸人」（〈擬古〉其九，頁3425），
個性豁達不羈，可見一斑。蘇軾（1037～1101）亦言李白「天人幾
何同一漚，謫仙非謫乃其遊，麾斥八極隘九州。」（〈書丹元子所示
李太白真〉）〔註37〕清楚說明李白的肆行無礙，實非行政區域的劃分
所能拘限，是以章必功乃以李白為中國最傑出的漫遊家。〔註38〕一
生來來去去，不能久居，這是李白骨子裡的性格，如此放蕩任氣的
個性使然，讓李白著實成為完全的旅人，故松浦友久言：

綜觀李白詩歌和生涯，我們深感他本質上是「旅人」亦即
行旅之人，他的詩本質上是旅人之詩亦即行旅之詩。他總
為行旅之人，總有行旅之感，也即所謂客寓意識，這是他
詩思（或詩質）的中心內核。〔註39〕

〔註36〕依序有〈上瑕丘韋明府啟〉（頁266）、〈上郭贊府啟〉（頁271）、〈上
兗州崔長史啟〉（頁242）、〈上兗州張司馬啟〉（頁249）。
〔註37〕〔宋〕蘇軾、嚴既澄選註：《蘇軾詩》（臺北：臺灣商務印書館股份
有限公司，1986年），頁220。
〔註38〕章必功：《中國旅遊史》，頁185。
〔註39〕松浦友久著、劉維治等譯：《李白的客寓意識及其詩思──李白

一生選擇作爲行旅之人，離家漫遊天涯海角，需具備不同於常人的性格，勇敢拋棄種種羈絆的束縛，才能毅然決然踏出旅程。而李白作爲詩人，作爲人，他選擇了比「具有日常性、主體性、負責任的定居者」更好、更充實、更滿足的「具有非日常性、客體性、免責任性的行旅＝客寓者」的生活方式，開始了他一生的客寓生活。〔註40〕「喜縱橫術，擊劍爲任俠，輕財重施」〔註41〕的李白，視錢財爲身外之物，無所節制的花費，如此狀況下，李白的旅費從何而來，雖無明確的史料可以證實，但仍可推測經費的來源。

明人陸時雍《詩鏡總論》書中載：

> 太白游梁宋間，所得數萬金，一揮輒盡，故其詩曰：「天生我才必有用，千金散盡還復來。」意氣凌雲，何容易得？
> 〔註42〕

李白入京任翰林學士，後上書求還山，唐玄宗賜金放還，此筆錢足夠滿足他的梁宋之遊。但對於揮金如土的李白，仍須另謀旅費的來源，學者研究即指出：李白當道士尚有經濟上的原因，而作爲盛唐國教的道教，遍布全國，至少在生活上可以給李白一個基本保障。〔註43〕除了帝王賞賜的豐厚資財，以及當道士的經濟保障，旅途中受到東道主的歡迎和幫忙，四方友人的資助，以及知識份子的身分等，都讓李白雖然遠遊各地，但似乎都不太需要費心旅費的缺乏，反而可以遨遊無阻。除了友人的支援外，富有的岳家對他的旅費當有所幫助。〔註44〕李白前後有四任妻子，先嫁於許家，妻子是高宗時宰相的孫女，後嫁於宗家，妻子是武后時宰相的孫女。李白的這兩任妻子可以說都是權

評傳》，頁 82。

〔註40〕松浦友久著、劉維治等譯：《李白的客寓意識及其詩思——李白評傳》，頁 288。

〔註41〕〔宋〕宋祁等撰：《新唐書》，冊 8，卷 202，頁 5726。

〔註42〕〔明〕陸時雍：《詩鏡總論》，丁福保：《歷代詩話續編》，頁 1416。

〔註43〕葛景春：《李白與中國傳統文化》（臺北：群玉堂出版事業股份有限公司，1991 年），頁 158。

〔註44〕周勛初編：《李白研究》（武漢：湖北教育出版社，2002 年），頁 145。

貴之家，對其在金錢上的資助可以猜想。〔註45〕

（三）落第隱跡借貸維生的高適

高適年少落魄，自云「家貧羨爾有微祿，欲往從之何所之？」（〈平臺夜遇李景參有別〉，頁 74），一貧如洗的家境，多與親友借貸維持生計，如寓居梁宋期間也受到友人的慷慨解囊，〈別韋參軍〉詩云：

> 世人向我同眾人，唯君於我最相親，且喜百年有交態，未
> 嘗一日辭家貧。（頁10，節）

高適寓居梁宋的期間，生活仍舊無多大的改善，詩中曾云「行子迎霜未授衣，主人得錢始沽酒」（〈九月九日酬顏少府〉，頁 76），冬季無衣禦寒，又逢友人無酒相待，更自嘲「丈夫貧賤應未足，今日相逢無酒錢」（〈別董大二首〉其一，頁 193），家徒四壁的貧賤生活，本應當痛飲話別，卻連酒錢也無所餘。高適在長安求仕挫敗後，寓居梁宋，〈別韋參軍〉詩云：

> 二十解書劍，西遊長安城，舉頭望君門，屈指取公卿。國
> 風沖融邁三五，朝廷歡樂彌寰宇，白璧皆言賜近臣，布衣
> 不得干明主。（頁10，節）

長安干謁未得明君賞識，帝闕難近，只見高臣受寵，布衣失志。在此情況下，只能「俱遊帝城下，忽在梁園裏，我今行山東，離憂不能已。」（〈又送族姪式顏〉，頁104）寓居梁宋，雖是高適的自我選擇，卻是在無限憂愁和失落的心情下所決定的，雖言自願，但卻有許多非自願的因素影響抉擇。王彥明《高適宋中三十年研究》中論高適長安求仕失敗後，並沒有回其里籍洛陽，而是選擇宋州宋城縣寓居下來，他認為主要有幾個方面的因素：首先是心態因素，求仕失意後，心情的低落表現在詩歌中，即有無顏見家鄉父老之感。其次是地理因素，宋州處於唐時東部水陸交通中心，都市經濟繁榮，信息來源的廣泛和豐富

〔註45〕關於李白此兩次婚姻，在周勛初：《詩仙李白之謎》（臺北：臺灣商務印書館股份有限公司，1996 年），頁 47～76。此書中有獨立一篇章「婚姻悲劇——李白兩次婚姻相府所鑄成的家庭悲劇」深入探討，筆者於此不再多作筆墨論析。

性，從中可取得較多的入仕機會。再者是歷史因素，宋州擁有悠久的歷史，漫長的歷史發展也賦予它較為豐富的人文內涵和地域文化，無疑對於一個外來寓居者來講影響是巨大的，同時也是一個寓居者的較好選擇。〔註 46〕寓居梁宋的期間，高適曾東遊齊魯，「扁舟向何處？吾愛汶陽中」（〈東平路作三首〉其三），雖言「吾愛」，卻表明「南圖適不就，東走豈吾心」（〈東平路作三首〉其一，頁 152），可想東魯之行並非出自本願，只是求官不成，暫往汶陽之地，得以慰藉。高適行跡雖以梁宋為主，但也行至許多地方，故辛文房《唐才子傳》言：「隱蹟博徒，才名更遠」，〔註 47〕在未應試及第的歲月裡，高適雖隱居江海，卻仍心馳魏闕，非隱非仕，故葛立方《韻語陽秋》謂高適「意在退處者，雖饑寒而不辭；意在進為者，雖沓貪而不顧：皆一曲之士也。」〔註 48〕最終，高適仍以詩名天下，一躍龍門。

（四）依親漫遊的杜甫

杜甫自謂「浪跡於陛下豐草長林，實自弱冠之年矣。」（〈進三大禮賦表〉，頁 2103）弱冠之年，杜甫已遊晉地（今山西），南遊吳越（今江蘇、浙江一帶），浪跡各地，此行讓杜甫每每憶起，故云「詩罷聞吳詠，扁舟意不忘」（〈夜宴左氏莊〉，頁 22）。〈壯遊〉一詩可以說是杜甫漫遊各地最具代表性的作品，詩云：

> 往者十四五，出遊翰墨場。斯文崔魏徒，以我似班揚。七齡思卽壯，開口詠鳳凰。九齡書大字，有作成一囊。性豪業嗜酒，嫉惡懷剛腸。脫落小時輩，結交皆老蒼。飲酣視八極，俗物多茫茫。（頁 1438，節）

杜甫詩中除了敘述少年之遊的景況，壯遊之躍躍，也表露出其曠達豪放，聰穎好學的性格。除此內在個性的驅使，整體外在的物質條

〔註46〕王彥明：《高適宋中三十年研究》，西藏民族學院碩士論文，2007 年 4 月，頁 12～15。

〔註47〕〔元〕辛文房：《唐才子傳》，卷 2，頁 14。

〔註48〕〔宋〕葛立方：《韻語陽秋》卷 11，〔清〕何文煥：《歷代詩話》，頁 571。

件,也讓杜甫無後顧之虞。開元年間經濟、文化的繁榮以及社會的安定為詩人的讀書、漫遊提供了條件。杜甫的父親杜閑(682~741)在開元末任兗州司馬,天寶五年(746)前後調任奉天令,他在任兗州司馬之前是否做過其他官,已不可考,但揆諸情理,肯定沒有任過高官。然而,由於當時整個社會都比較富足,杜甫從小衣食無憂。〔註49〕有了基本的經濟條件,加上大環境下的允許,如齊魯區域地方富庶,道路平安,物價低,青齊等州斗米不過數錢。他父親杜閑又在兗州做司馬,有這些良好的條件,子美便獨自一人興致勃勃的又赴東行了。〔註50〕

(五)及第後貧困求職的孟郊

孟郊出身貧寒,一生窮苦,又拙於謀生,致使其詩作多以僻苦奇險為宗。辛文房《唐才子傳》記載:「拙於生事,一貧徹骨。裘竭懸結,未嘗俛眉為可憐之色。」〔註51〕孟郊詩中極多苦語,如「飢烏夜相啄,瘡聲互悲鳴。冰腸一直刀,天殺無曲情。」(〈飢雪吟〉,頁137)、「冷露滴夢破,峭風梳骨寒。席上印病文,腸中轉愁盤。」(〈秋懷〉,頁166)多訴霜雪中受寒,貧病交加,窮困潦倒之苦,凄涼的生活景況可以想見。韓愈〈答孟郊〉詩云:「規模背時利,文字覷天巧,人皆餘酒肉,子獨不得飽」,〔註52〕一針見血指出孟郊貧乏生活和仕途乖舛的困境。除此之外,仕途坎坷,一再落第,對於孟郊而言更是一大衝擊。〈再下第〉詩云:「一夕九起嗟,夢短不到家。兩度長安陌,空將淚見花。」(頁149)連續兩年應試長安落第,現實生活無助,政治理想一再落空,如此偃蹇困窮,身心飽受折磨。翁方綱《石洲詩話》云:「孟東野詩寒削太甚,令人不歡;刻苦之至,歸於慘慄,不

〔註49〕莫礪鋒:《杜甫評傳》(南京:南京大學出版社,1993年),頁42。

〔註50〕郭永榕:《杜甫文學遊歷:杜少陵傳》(臺北:文史哲出版社,1996年),頁36。

〔註51〕〔元〕辛文房:《唐才子傳》,卷5,頁15。

〔註52〕〔清〕聖祖輯:《全唐詩》,冊10,卷340,頁3820。

知何苦而如此！」〔註53〕會有令人甚爲不歡之感，人生必當歷經過乖舛的際遇，才有如此斑斑血淚的詩句。後三年至長安，再應進士第，「春風得意馬蹄疾，一日看盡長安花」（〈登科後〉，頁159），一掃多年的恥辱，得意風光全見於詩中。但登科後的當年，孟郊並無順利就職，依宋祁《新唐書・列傳》所載：「年五十，得進士第，調溧陽尉。」〔註54〕待至四年後，才於洛陽應詮選，爲溧陽尉。等待職缺的期間，孟郊選擇至汴州客寓，爲求官職依附陸長源。

（六）落第遊歷靠人接濟的劉長卿

劉長卿青年時代的家境較爲貧寒，〈睢陽贈李司倉〉〔註55〕及〈早春贈別趙居士還江左時長卿下第歸嵩陽舊居〉詩云：「予亦返柴荊，山田事耕耒」（頁40），此二詩所述皆可見其家道貧窶。這也是促使劉長卿下定發憤苦讀，追求功名的主要原因，唯有謀得一官半職，才得以改善生活家計。惜劉長卿進士落第，只能東遊曹州，沉澱心靈，重新奮發再起。在唐代士子若青年時代落第，便藉由廣歷天下名山大川，開拓眼界，增長經驗，充實胸襟，爲當代士子所競尙。〔註56〕不過經濟的困窘，也讓他在漫遊的過程中，必須依靠他人接濟和幫助，〔註57〕並不能毫無後顧之憂恣肆的遊山玩水，肩上終究揹負著家中生計的重擔。

（七）外放途中的劉禹錫

劉禹錫有兩次路經梁宋的紀錄，首次是自和州奉召歸洛陽經汴州，〈酬樂天揚州初逢席上見贈〉詩云：

　　巴山楚水淒涼地，二十三年棄置身。懷舊空吟聞笛賦，到

〔註53〕〔清〕翁方綱：《石洲詩話》（北京：中華書局，1985年），卷3，頁44。

〔註54〕〔宋〕宋祁等撰：《新唐書》，冊7，卷176，頁5265。

〔註55〕此詩於本章第二節「對梁宋齊魯的追尋──從人謀食的營求生計」有詳盡地分析，故於此不多作筆墨論述。

〔註56〕李善馨發行：《杜甫年譜》（臺北：學海出版社，1981年），頁22。

〔註57〕〈題冤句宋少府廳留別〉一詩有述，此詩於本論文第四章第四節「外來詩人筆下的梁宋齊魯──離開梁宋齊魯後的記憶」有詳盡說明。

　　鄉翻似爛柯人。（頁 1047，節）

此詩劉禹錫寫於罷和州刺史，途經揚州（今江蘇揚州）與白居易相見時，寫下接連貶謫的心情。回顧二十餘年被貶在外，比比滿目荒涼之處，志同道合的友人相繼卒於貶所，只剩隻身一人北返，此情此景只剩滿心蒼涼。後劉禹錫在黨爭中被排擠出朝，依託的宰相裴度被李宗閔（？～843）等人結成朋黨排擠出朝，劉禹錫亦欲離開長安，便求回洛陽當分司一職，未果。後授蘇州刺史職位，變相的將劉禹錫排斥在外。在朝中無一席之地的劉禹錫只能「終期拋印綬，共占少微星」（〈贈樂天〉，頁 1118），欲與白居易共同棄官處士，正是劉禹錫赴蘇州時的心情寫照。刺史的職務對劉禹錫而言，終究無法充分發揮政治理想，貶謫狀態下的仕途崎嶇，悲觀的心境也讓劉禹錫產生了歸隱的念頭。

（八）赴任途中的白居易

　　白居易出生書香門第世家，祖父和父親都曾為官，家境頗為優渥。祖父親皆清廉守法，父親西歸後，家中毫無積蓄，甚至出現斷炊之苦。〈將之饒州江浦夜泊〉詩曾云：

　　　明月滿深浦，愁人臥孤舟。煩冤寢不得，夏夜長於秋。苦
　　　乏衣食資，遠為江海游。光陰坐遲暮，鄉國行阻修。身病
　　　向鄱陽，家貧寄徐州。前事與後事，豈堪心併憂？憂來起
　　　長望，但見江水流。雲樹靄蒼蒼，烟波澹悠悠，故園迷處
　　　所，一望堪白頭。（頁 495）

白居易摹寫自己曾為了維持家中生計，奔波勞碌，長途跋涉，飽受病貧所苦。後進士及第，謀得官職，漸漸改善窘蹙的生活，轉而過著衣食不愁，生活悠閒的日子。〈閒吟〉詩云：

　　　貧窮汲汲求衣食，富貴營營役心力。人生不富即貧窮，光
　　　陰易過閒難得。我今幸在窮富間，雖在朝廷不入山。看雪
　　　尋花玩風月，洛陽城裏七年閒。（頁 2067）

此詩是白居易晚年在洛陽所作，當時的經濟狀況雖無需為柴米油鹽煩

惱，但也稱不上是富戶之家。洪邁《容齋五筆》載：

> 白樂天仕宦，從壯至老，凡俸祿多寡之數，悉載於詩，雖波
> 及他人亦然。其立身廉清，家無餘積，可以概見矣。〔註58〕

白居易此次路過梁宋，也是因爲赴任之因，一生爲官清廉，家無橫財，但無需爲生活煩憂。從壯年到老年，白居易在宦海中起起伏伏，除了施展政治抱負，仕宦的俸餉也是家中經濟的主要來源。

三、遷移／旅遊的路線

外來詩人們從甲地遷移／旅遊至乙地，再從乙地遷移／旅遊至丙地，抑或是又回到曾經經過的地方，以及停留某地時間的長短，離開某地後選擇的下一個停靠站，在遷移／旅遊的過程中，時間和路線的規劃，是極爲重要的考量的因素。而外來詩人們的選擇，也成爲研究者主要的資訊來源，對於分析文本有甚大的裨益。筆者將八位詩人的遷移／旅遊的時間、地點整理歸納出表格，並將其遷移／旅遊的路線圖，仿地圖上的方位，粗略標記詩人至梁宋齊魯的相關路線圖，詳見如下。

（一）駱賓王

駱賓王的生卒年及齊魯〔註59〕行蹤編年，歷來說法不一。筆者於此舉三大家之說法，將有關齊魯行蹤時間表及路線圖整理如下並列討論。

1、行蹤時間表

（1）駱祥發《初唐四傑研究》〔註60〕，附錄四傑年譜，將駱賓王生卒年訂於西元619年至687年：

〔註58〕〔宋〕洪邁：《容齋五筆》卷8，《筆記小說大觀》（揚州：廣陵書社，2007年），冊3，頁2138。

〔註59〕因駱賓王於梁宋的行蹤徒留一詩〈過故宋〉，此詩並無明確的編年，只能大略以駱祥發之說，推測爲晚年之作，故於此不詳列表格論述之。

〔註60〕駱祥發：《初唐四傑研究》，附錄四傑年譜。

時　　間	年齡	行　　　蹤
貞觀二年（628）	10	隨父之官博昌，父卒於任，父喪服闋，移家居兗州瑕丘。
貞觀十四年（640）	22	赴京洛應舉，不果。
貞觀十五年（641）	23	夏離開長安，回義烏省親。冬回瑕丘。
貞觀十七年（643）	25	完婚於兗州。
貞觀十九年（645）	27	長安任職。
顯慶元年（656）	38	罷道王府屬，歸齊魯閒居。
乾封元年（666）	48	經人薦舉，年底赴京。

（2）張志烈《初唐四傑年譜》〔註61〕，將駱賓王生卒年訂於西元635年至684年左右：

時　　間	年齡	行　　　蹤
貞觀十八年（644）	10	隨父母居博昌。
永徽三年（652）	18	奉母居瑕丘。
永徽五年（654）	20	由瑕丘赴京應舉。
永徽六年（655）	21	春，落第，南歸義烏。秋，離義烏北返瑕丘。
永徽七年（656）	22	居瑕丘。
永徽八年（657）	23	客居洛濱。
麟德二年（665）	31	爲應岳牧舉，遍謁兗州地方官求推薦。冬，在齊州。
乾封元年（666）	32	應舉及第。
調露元年（679）	46	奉命出使蓬萊和海曲，路經魯地。

（3）傅璇琮等著《唐五代文學編年史》〔註62〕，將駱賓王生卒年訂於西元623年至684年左右：

時　　間	年齡	行　　　蹤
貞觀七年（633）	10	隨父之官博昌，父卒於任，遂居兗州瑕丘。
貞觀十六年（642）	19	赴京洛應舉。
永徽五年（654）	31	罷道王府屬，歸齊魯閒居。

〔註61〕張志烈：《初唐四傑年譜》（成都：巴蜀書社，1993年）
〔註62〕傅璇琮等著：《唐五代文學編年史》

第三章　追尋與失落——外來詩人去留之間的蕩漾

永徽六年（655）	32	夏遊齊州。
麟德元年（664）	41	赴長安，求汲引。
麟德二年（665）	42	在齊州。
乾封二年（667）	44	爲奉禮郎。
調露元年（679）	56	奉命出使燕齊，經青州。出使燕齊歸，經兗州。

2、路線圖

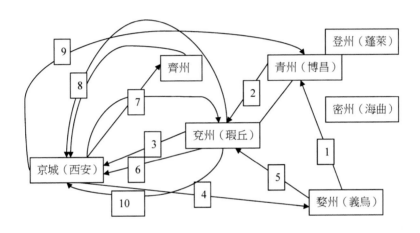

　　筆者於此不深究生卒年問題，單以此三表計算駱賓王至齊魯的時間，依駱祥發說法，駱賓王於貞觀二年至貞觀十四年前、貞觀十五年多至貞觀十九年前、顯慶元年至乾封元年前這段時間皆在齊魯，粗略算計約二十七年。依張志烈說法，駱賓王於貞觀十八年至永徽五年前、永徽六年至永徽八年前、麟德二年至乾封元年前以及調露二年曾路經魯地，粗略算計約十五年。依傅璇琮說法，駱賓王於貞觀七年至貞觀十六年前、永徽五年至麟德元年前、麟德二年至乾封二年前及調露二年曾路經青州，粗略算計約二十四年。雖三家時間、行蹤說法不一，但總體可算出駱賓王至齊魯的時間至少長達十五年以上，若以年歲最長的六十九歲計算，齊魯的生活占了駱賓王生命中的百分之二十二的時間，若以年歲最短的五十歲計算，更占了百分之三十的時間。

－87－

（二）李 白

李白（701～762）梁宋齊魯行蹤及路線圖，筆者以《唐五代文學編年史》〔註63〕及《李白全集校注匯釋集評》〔註64〕爲研究底本，將其整理如下表：

1、行蹤時間表

時　間	年齡	行　蹤
開元十九年（731）	31	長安東行，至宋州。
開元二十年（732）	32	在洛陽。秋南還，與崔宗之會於南陽。在隨州。
開元二十八年（740）	40	重過襄陽，後東遊齊魯。移居東魯，寓居兗州任城。
天寶元年（742）	42	遊東魯泰山。秋因玉眞公主薦，自東魯入京，遂待詔翰林。
天寶二年（743）	43	供奉翰林。
天寶三載（744）	44	在昭應縣陽盤驛。春，上書求還山。洛陽遇杜甫。李白、高適、杜甫同遊梁宋。
天寶四載（745）	45	春夏間，至齊州。秋，李白、杜甫同在兗州。在任城送李某罷任城令歸京。東魯，送元丹丘歸華山。
天寶五載（746）	46	在東魯。秋，在兗州。
天寶六載（747）	47	在金陵。
天寶九載（750）	50	自金陵，赴潯陽。秋，在潯陽。後北上經唐州，尋石門元丹丘隱居。多，在東魯。
天寶十載（751）	51	北遊燕趙，至汴州，行經鄴中。
天寶十二載（753）	53	春夏間，自宋州赴曹南。

〔註63〕傅璇琮等著：《唐五代文學編年史》
〔註64〕詹鍈：《李白全集校注匯釋集評》

2、路線圖

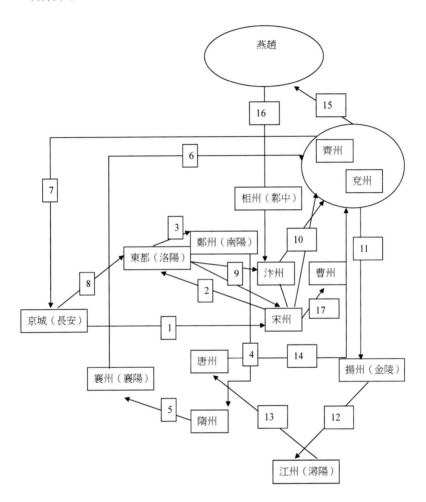

　　李白曾在開元十九年、天寶三載、天寶十載及天寶十二載在宋州，總計不到四年的時間。至於移家山東，寓居齊魯，大致可從開元二十八年前後至天寶十二年前後來計算，近十五年的時間。另有李白寓居齊魯二十餘年之說，是因〈五月東魯行答汶上翁〉一詩繫年說法不一，〔註65〕故從開元二十三年前後至天寶十二年前後來計

〔註65〕王琦《李太白年譜》繫於開元二十三年、詹鍈《李白詩文繫年》繫

算。又丁沖考證李白的一生，共計四入東魯：開元二十四年入魯，
開元二十六年由魯去洛陽，開元二十八年由南陽二入東魯；天寶元
年由魯至京城供奉翰林，賜金放還後，於天寶三年與杜甫重游齊魯；
天寶五年離魯南游，天寶十年回魯。前後長達十六年之久。〔註66〕

（三）高　適

高適（704～765）梁宋齊魯行蹤及路線圖，筆者以《高適詩集編
年箋註》〔註67〕爲研究底本，將其整理如下表：

1、行蹤時間表

時　　　　間	年齡	行　　　　蹤
開元十二年（724）	21	寓居梁宋，耕釣爲生。
開元十九年（731）	28	秋北上薊門，過魏州。至鉅鹿、眞定。
開元二十一年（733）	30	至邯鄲、漳水、衛州，歸至宋州。
開元二十二年（734）	31	在宋州。
開元二十三年（735）	32	赴長安應試，不第。
開元二十四年（736）	33	歸宋州。
開元二十五年（737）	34	在宋州，往相州。
開元二十六年（738）	35	在宋州。
開元二十七年（739）	36	在宋州。
開元二十八年（740）	37	在宋州。
開元二十九年（741）	38	在宋州。
天寶元年（742）	39	在宋州。
天寶二年（743）	40	在睢陽。
天寶三載（744）	41	遊大梁，旋返睢陽。秋至單父，與李杜相會。秋至大梁，仍歸睢陽。秋末東遊楚。

於開元二十四年、安旗《李白年譜》等繫於開元二十五年、傅璇琮
《唐五代文學編年史》繫於開元二十八年、還有開元二十七年、天
寶元年之說。

〔註66〕丁沖：〈李白四入東魯始末〉，《李白研究論叢（第二輯）》（四川：巴
蜀書社，1990年），頁237。

〔註67〕劉開揚：《高適詩集編年箋註》

天寶四載（745）	42	至臨淮郡漣水縣，歸睢陽。赴魯郡，至任城縣、東平郡。
天寶五載（746）	43	在東平，至濟南郡歷城縣，與北海太守李邕、高平太守鄭某泛舟大明湖。秋至渤海之濱、淇上，又至楚丘、至濮上。冬初回滑臺，居淇上。
天寶六載（747）	44	春在衛滑一帶，夏秋間自衛州渡黃河歸至梁宋。
天寶七載（748）	45	在睢陽。
天寶八載（749）	46	盛夏赴長安應試中第。秋日過洛陽，至封邱。
乾元元年（758）	55	被貶為太子少詹事，赴洛陽，五月，經宋州。

2、路線圖

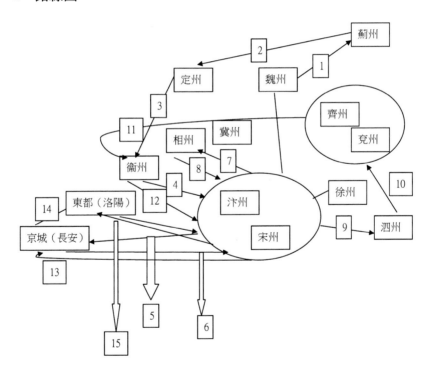

高適寓居梁宋從開元十二年至天寶八載左右，將近二十六年的
歲月。天寶四、五載，曾遊齊魯，前後未及兩年的時間。

（四）杜　甫

杜甫（712～770）梁宋齊魯行蹤及路線圖，筆者以《杜甫年譜》〔註68〕為研究底本，將其整理如下表：

1、行蹤時間表

時　　　間	年齡	行　　　蹤
開元二十四年（736）至 開元二十七年（739）	25～28	始遊齊趙。
開元二十八年（740）	29	在縱遊齊趙中，至兗州省親。
開元二十九年（741）	30	由齊魯歸洛陽。
天寶三載（744）	33	在洛陽，八月出遊梁宋。
天寶四載（745）	34	再遊齊魯。
天寶五載（746）	35	從魯郡歸洛陽，隨即至長安。

2、路線圖

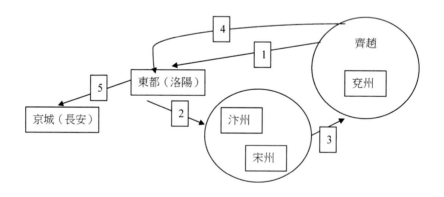

杜甫於天寶三載遊梁宋，短短不到一年時間。而在齊魯的停留時間，以開元二十四年至開元二十九年前、天寶四年至天寶五年計算，大約是七至八年左右。

〔註68〕李善馨發行：《杜甫年譜》

（五）孟 郊

孟郊（751～814）梁宋行蹤及路線圖，筆者以《孟郊詩集校注》〔註69〕及《孟郊研究》〔註70〕為研究底本，將其整理如下表：

1、行蹤時間表

時　　間	年齡	行　　蹤
貞元十三年（797）	47	客寓汴州。
貞元十四年（798）	48	客寓汴州。
貞元十五年（799）	49	春離汴州至蘇州。

2、路線圖

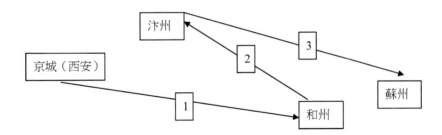

孟郊客寓汴州從貞元十三年至貞元十五年前，共約兩年左右的時間。

（六）劉長卿

劉長卿（726～790）梁宋齊魯行蹤及路線圖，筆者以《劉長卿詩編年箋注》〔註71〕及《唐五代文學編年史》〔註72〕為研究底本，將其整理如下表：

〔註69〕邱燮友、李建崑：《孟郊詩集校注》
〔註70〕尤信雄：《孟郊研究》（臺北：文津出版社，1984年），孟郊年譜。
〔註71〕儲仲君：《劉長卿詩編年箋注》，劉長卿簡表。
〔註72〕傅璇琮等著：《唐五代文學編年史》

1、行蹤時間表

時　　　間	年齡	行　　　蹤
天寶三載（744）	19	梁宋之遊。夏東遊曹州及秋。

2、路線圖

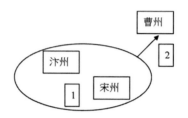

　　天寶三載此年前後，劉長卿有梁宋之遊，後東遊曹州冤句。

（七）劉禹錫

　　劉禹錫（772～842）梁宋行蹤及路線圖，筆者以《劉禹錫集箋證》
〔註73〕及《唐五代文學編年史》〔註74〕為研究底本，將其整理如下表：

1、行蹤時間表

時　　　間	年齡	行　　　蹤
大和元年（827）	55	由和州返洛陽，初春經汴州。
大和五年（831）	59	赴任蘇州刺史過大梁。

2、路線圖

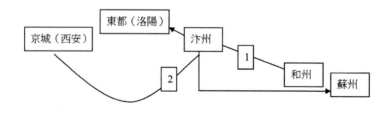

〔註73〕瞿蛻園：《劉禹錫集箋證》
〔註74〕傅璇琮等著：《唐五代文學編年史》

劉禹錫曾在大和元年及大和五年，二度經過汴州，停留時間較短。

（八）白居易

白居易（772～846）梁宋行蹤及路線圖，筆者以《白居易年譜》〔註75〕爲研究底本，將其整理如下表：

1、行蹤時間表

時　　間	年齡	行　　蹤
寶曆元年（825）	54	發東都，過汴州，到蘇州任。

2、路線圖

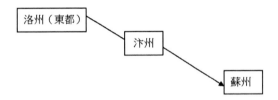

白居易於寶曆元年路經汴州。

（九）李白、杜甫、高適的交會

李白、杜甫、高適三人的共遊梁宋，以及李白、杜甫的齊魯相會，時間上學者皆有多方說法，筆者於此試以上列所歸納之行蹤時間表，加以統整如下：

時　　間	人名	行　　蹤
天寶三載（744）	李白	洛陽遇杜甫。李白、高適、杜甫同遊梁宋。
	高適	遊大梁，旋返睢陽。秋至單父，與李杜相會。
	杜甫	在洛陽，七、八月間出遊梁宋。
天寶四載（745）	李白	春夏間，至齊州。秋，李白、杜甫同在兗州。
	高適	至臨淮郡漣水縣。歸睢陽。赴魯郡。至任城縣。至東平郡。
	杜甫	再遊齊魯。

〔註75〕朱金城：《白居易年譜》（臺北：文史哲出版社，1991年）

據筆者整理，約天寶三載李白、杜甫、高適三人同遊梁宋，李白、杜甫兩人從洛陽至梁宋，時高適本在宋州。梁宋別後，李白至齊州，杜甫遊齊魯，兩人約於天寶四載於兗州相會。高適梁宋之遊後，便先行離去，至臨淮郡漣水縣（今江蘇淮安）。日人上田武根據聞一多的《少陵先生年譜會箋》再整理，認爲天寶三年三月至五月間李、杜兩人初會洛陽，五月中旬李白客遊大梁，中秋至晚秋李、杜、高三人同遊梁宋。天寶四年李白歸魯郡，夏杜甫遊齊州，秋杜甫在東魯拜會李白，仲秋之時杜甫西去。〔註76〕鄺健行則認爲杜、高、李三人梁宋之遊，在開元二十四年夏天或以後到開元二十六年秋天或以前的一段日子。李、杜是初會，高、杜有可能是再次見面。〔註77〕而王增文主張李、杜初會於洛陽，商定要一同遊梁宋。天寶四年初春兩人還在梁宋，二、三月間才離開往遊東魯，直至天寶四年秋才在魯郡分手。〔註78〕至於曹樹銘謂太白放歸之後，時天寶三載秋。李杜之初遇，當在李白自長安放還後往東都之日，並在同遊梁宋前。李杜同遊梁宋之時，會高適解封丘尉，遇於梁宋，因並相與訂交同遊。從此可證三人同遊梁宋始於天寶三載之秋冬。李杜之別當在天寶四載之秋，其時高適早已先去。〔註79〕據陳文華引述多家學者資料考辨後，認爲李杜初遇的地點，是在梁宋，時間則在天寶四載秋。李杜大概又在天寶五載春於魯郡相會，其夏，杜甫至齊州，與李邕等遊宴，秋，再至魯郡會李白，最後兩人在石門作別。他們只在天寶四載秋、五載春及秋有過三次聚會。〔註80〕

〔註76〕（日）上田武文、李寅生譯：〈論杜甫在東魯時期與李白的交友及詩作〉，《杜甫研究學刊》第1期，2004年，頁52。

〔註77〕鄺健行：〈杜甫、高適、李白梁宋之游疑於開元二十五、六年說〉，《杜甫研究學刊》第2期，2001年，頁62。

〔註78〕王增文：〈關於李白、杜甫梁宋之游若干問題考証〉，頁21。

〔註79〕曹樹銘：《李白與杜甫交往相關之詩》（臺北：台灣商務印書館股份有限公司，1982年），頁1。

〔註80〕陳文華：《杜甫傳記唐宋資料考辨》（臺北：文史哲出版社，1987年），頁122～131。

　　大致說來，高、杜結交於開元末年雖然不能肯定，他們於天寶三載的梁宋「相逢」，則是毫無疑問的。同時，另一偉大的詩人李白也與杜甫一道，到了梁宋。〔註81〕除了梁宋之遊，李白與杜甫又再齊魯相會，聞一多更言我們四千年的歷史，除了老子見孔子（假如他們是見過面的）沒有比這兩個人的會面，更重大、更神聖，更可紀念的。〔註82〕李白、杜甫、高適三人會面時間，歷來說法不一，不過三人的梁宋之遊以及李杜的齊魯之會，留下許多精彩絕倫的作品，在文學圖譜上銘記重要的歷史刻度，不僅凝聚更加深了後人對梁宋齊魯的地域概念。正所謂凡走過必留下痕跡，開封三賢祠是當地人為紀念唐代李白、高適、杜甫三大詩人而建，祠內有三賢像，前有楹聯云：「一覽極蒼茫，舊苑高台同千古；兩間容嘯傲，青天明月此三人。」〔註83〕又吳融〈題兗州泗河中石牀〉詩云：

　　　　一片苔牀水漱痕，何人清賞動乾坤？謫仙醉後雲為態，野
　　　　客吟詩月作魂。光景不回波自遠，風流難問石無心。邇來
　　　　多少登臨客，千載誰將勝事論。〔註84〕

後人凡至兗州者，皆知李白、杜甫曾同遊於此，兩人風情萬端，美名遠播，路經此地的旅人，到此必當高論一番，重塑想像疇昔兩人同遊之況，宛如重返過去與二人神遊一般。以此可見，李白、高適、杜甫三人的梁宋之游，以及李杜的齊魯之會，都對梁宋齊魯之地，產生極大的正面效應。

第二節　對梁宋齊魯的追尋

　　當外來詩人在唐代大環境允許的條件下，以及不乏或克服困窘的內在條件，具有足以遷移／旅遊的能力下，讓詩人們選擇至梁宋

〔註81〕余正松：《高適研究》（四川：巴蜀書社，1992年），頁213。

〔註82〕聞一多：《唐詩人研究》（成都：巴蜀書社，2003年），頁34。

〔註83〕杜本禮、高宏照、暴拯群：《東京夢華——開封卷》（北京：中國人民大學出版社，1993年），頁224。

〔註84〕〔清〕聖祖輯：《全唐詩》，冊20，卷686，頁7887。

齊魯的原因是甚麼？詩人們對於梁宋齊魯是懷抱著何種心態而來？
此地吸引他們追尋的因由又是爲何？這是筆者於此小節中主要想探
討的議題。據筆者分析文本，外來詩人們對於梁宋齊魯的追尋，可
從懷志而隱的滄海情、失意待展的凌雲志、情感歸屬的第二故鄉、
從人謀食的營求生計等四個面向加以探討。

一、懷志而隱的滄海情

　　古來懷抱滿腔抱負的知識分子，若未能在官場上獲得足以揮灑的
職位，不屈的節氣使然下，大多會興起不如歸去的念頭，寧擁有志氣
節操，選擇隱居江海，辭官歸隱，將此情寄託於滔滔滄海，自謂山中
宰相，即便當世無所用，在心中依舊能續有對仕途的壯志熱情。而外
來詩人們也因在朝中多不得志，未能受到重用，才會選擇遠離魏闕，
另謀一展長才的機會，呈現了半隱半仕的特殊風氣。

　　李白雖對仕途有滿腔的期待，但避世隱逸的思想，往往會出現
在李白不得志時，興起「永結無情遊，相期邈雲漢」（〈月下獨酌〉
其一，頁 3267），縱情享樂，不如歸去的念頭。李白上書求還山後
漫遊梁宋與友人泛宴之際，吐露出「令人欲泛海，只待長風吹」（〈秋
夜與劉碭山泛宴喜亭池〉，頁 2808），欲乘桴於海，隨風飄揚，避世
離俗之思，在宴飲愉悅的氛圍中興起。此詩作於天寶三載（744）
李白剛遭賜金放還，此刻雖是李白未得志的時分，但才剛去除束縛
自己長才的枷鎖後，心情的怡然自得可以想見。除此送友人歸鳴皋
山，也讓李白想起自己賜金還山的不遇之況，〈送岑徵君歸鳴皋山〉
詩云：

> 光武有天下，嚴陵爲故人。雖登洛陽殿，不屈巢由身。余
> 亦謝明主，今稱傴僂臣。登高覽萬古，思與廣成鄰。（頁
> 2474，節）

即便是不受明主重用，淪爲傴僂之臣，李白仍舊不屈於人，秉持高尚
之志，謝明主還山，懷志而隱。李白在官場進退兩難中的情況下，希
望能登高覽古，與仙人爲鄰，棄功名富貴，隱居歸去，棲於梁宋正是

他此刻的選擇。也正因李白選擇以胸襟開闊的心態來面對遭賜金放還的不遇之況，所以此兩首詩多可見其氣象廣博，志氣未減的豪放，而非拘泥於苦吟哀思之語。

　　齊魯之地對李白來說，亦是一個隱居的桃花源，仕途不遇之況，暫時的避難所。「無由謁明主，杖策還蓬藜。他年爾相訪，知我在磻溪。」（〈贈從弟冽〉，頁1821）、「西歸去直道，落日昏陰虹。此去爾勿言，甘心為轉蓬。」（〈五月東魯行答汶上翁〉，頁2614）時不我與，明主不可遇的處境，讓李白選擇還家隱居，心中雖存在著杖策歸隱的無奈和遺憾，但最終李白還是選擇瀟灑飄然而去。又〈酬張卿夜宿南陵見贈〉詩云：

> 與君各未遇，長策委蒿萊。寶刀隱玉匣，鏽澀空莓苔。遂
> 令世上愚，輕我土與灰。一朝攀龍去，黿鼉安在哉？故山
> 定有酒，與爾傾金罍。（頁2677，節）

當李白深覺自己的天賦才智，如寶刀藏匣，生鏽長苔，世人不知所用，視如棄物土灰。此刻灰暗至極的心情，不如寄情山水酒樂，惟有它們才是真正的明瞭自己，讓李白再次高喊不如歸去。一個是局限自己才能的官場框架，一個是恣意無拘的桃花源仙境，雖然兩者總有些許缺陷，但兩者中李白毅然決然選擇懷志而隱。開元二十八年（740）李白移居東魯，與其他友人隱居徂徠山，時號「竹溪六逸」，〈送韓準裴政孔巢父還山〉敘述舊日隱居山中之況，詩云：

> 韓生信英彥，裴子含清真。孔侯復秀出，俱與雲霞親。峻
> 節凌遠松，同衾臥盤石。斧冰嗽寒泉，三子同二屐。（頁2312，
> 節）

李白曾與韓準（？～？）、裴政（？～？）與孔巢父（？～784）三人，同衾臥石，鑿冰飲泉，著登山之屐，隱居之樂，足見其交情深厚，此刻的遊興之樂，非功名利祿可以比之。〈聞丹丘子於城北山營石門幽居中有高鳳遺跡僕離羣遠懷亦有棲遁之志因敘舊以寄之〉一詩，也寫出了李白寓居齊魯的心情，詩云：

故園恣閑逸，求古散縹帙。久欲入名山，婚娶殊未畢。人生信多故，世事豈惟一！念此憂如焚，悵然若有失。聞君臥石門，宿昔契彌敦。方從桂樹隱，不羨桃花源。高鳳起遐曠，幽人跡復存。松風清瑤瑟，溪月湛芳樽。安居偶佳賞，丹心期此論。（頁 1291，節）

距李白去朝還山已過了六、七年之久，寓居齊魯的李白，心身放懷，無所羈絆，此地的閒適生活，讓李白興起了避世長住的念頭。但亦因這段時間以來李白仍未覓尋到能一展長才的機會，家庭的責任至今仍未實現，雖言悠閒但仍懷有悵然所失的心情。今聽聞友人居於石門，其地之美遠勝於桃花源，乃怡情適興之處，李白極為嚮往，期待同賞。以此可見，除了不遇之況的負面情緒所驅使，讓李白興起隱居避世的想法，引人入勝的人間美境，與友人隱居的歡愉，也是促使李白不如歸去的原因。

高適長安不遇後，寓居梁宋，過著懷志而隱的生活，一直等待一展長才的機會，但屢屢仕途失意的情況下，讓高適有了歸隱的想法。「箕山別來久，魏闕誰不戀？獨有江海心，悠然未嘗倦。」（〈酬岑二十主簿秋夜見贈之作〉，頁 69）高適在寓居梁宋時，赴長安應試，不第，再加以先前的長安不遇，將近十多年的時間，在魏闕尋覓不成的倦怠，也消磨了高適原本具有的雄心壯志，開始嚮往「階樹時攀折，緗書任討論，自堪成獨往，何必武陵源？」（〈同熊少府題盧主簿茅齋〉，頁 132）以為只要過著怡然自適的日子，處處皆是桃花源，江海之樂甚過魏闕之戀。高適友人的遭遇，更讓他對於官場文化起了排斥心理，〈同顏少府旅宦秋中〉一詩云：

傳君昨夜悵然悲，獨坐新齋木落時，逸氣舊來凌燕雀，高才何得混妍媸？跡留黃綬人多嘆，心在青雲世莫知，不是鬼神無正直，從來州縣有瑕疵。（頁 75）

官場不識良瑕，不明赤心，譖害之事不勝枚舉，處處壓榨賢者，以利益為首的黑暗政治，讓高適無限感歎。反之，梁宋農耕漁樵的純樸生活，在高適心中早已建立起一個桃花源，「余亦惬所從，漁樵十二年，

種瓜漆園裏，鑿井盧門邊。」（〈途中酬李少府贈別之作〉，頁 83）如此慢步調的閒適生活，讓高適極為滿意，更肯定自己「寸心仍有適，江海一扁舟」（〈奉酬睢陽李太守〉，頁 109）、「物性各自得，我心在漁樵，兀然還復醉，尚握樽中瓢。」（〈同羣公秋登琴臺〉，頁 122）能隨興自適，無拘無束，飲酒作樂，順己本性的生活，此刻選澤江海的生活是高適真切的心聲。雖言隱居，但高適仍懷抱無窮的壯志，〈送虞城劉明府謁魏郡苗太守〉一詩云：

> 魏郡十萬家，歌鍾喧里閭，傳道賢君至，閉關常晏如。君將把高論，定是問樵漁，今日逢明聖，吾為陶隱居。（頁 120，節）

因為高適始終相信，若逢明主聖君，即便身在江海，還是能像陶弘景（456～536）般，關心國家大事，為國盡心，為君效力。〔註85〕此詩寫於天寶三載（744），此時高適已四十一歲，仍未登進士第，寓居宋州，〔註86〕但詩中仍可見其對於仕途之路並未有放棄的心態，仍舊以半隱半仕的心態寓居宋州。詩中也不難看出，高適感慨自身經歷乃懷才不遇，因而隱居於此，並非如陶弘景般，受到梁武帝的恩寵，身在江海，心馳魏闕，卻不能同陶弘景般確切實行，喟然而嘆。

高適漫遊齊魯之邦時，〈魯郡途中遇徐十八錄事時此君學王書嗟別〉詩明言對仕途的態度，詩云：

> 獨行豈吾心，懷古激中腸。聖人久已矣，游夏遙相望。徘徊野澤間，左右多悲傷。日出見闕里，川平知汶陽。弱冠負高節，十年思自強。終然不得意，去去任行藏。（頁 140，節）

此詩寫作時間約高適四十二歲時，四十六歲才應試進第的高適懷古生

〔註85〕〔唐〕李延壽：《南史·陶弘景傳》：「自號南華陶隱居，人間書札，即以隱居代名。……武帝既早與之游，及即位後，恩禮愈篤，書問不絕，冠蓋相望。……國家每有吉凶征討大事，無不前以諮詢。月中常有數信，時人謂為山中宰相。」（臺北：鼎文書局，1985年），冊3，卷76，頁1897。

〔註86〕劉開揚：《高適詩集編年箋註》，頁 120。

慨然，〔註87〕獨行興傷感，遙想孔聖，遠懷游夏，今又臨仕途不遂，徒添淒悲之情。此情此景，也讓高適認為不為失志所困，擺脫時運乖蹇，終當歸去，不應強求，才能真正的解脫。隨著年齡的增長，卻仍舊未能在夢寐追求的官場上獲得回報，雖未完全泯滅內心的雄心壯志，但在高適的心中，仕隱的天平想當然爾有所高低變動。

杜甫與李白齊魯同尋友人隱居之處時，自云「向來吟《橘頌》，誰與討蓴羹。不願論簪笏，悠悠滄海情。」（〈與李十二白同尋范十隱居〉，頁45）正值青壯年時期的杜甫，再遊齊魯之刻，面對隱居的生活，不禁讓杜甫興起了物外之遊，短暫地進入了逸塵脫俗的世界，對隱居有了不同層面的看法，也對自己的未來，在悠悠滄海中重新思考，留下無限伏筆。杜甫並無高唱不如歸去，反而在遊齊魯的隔年天寶五年（746），選擇離開魯郡至長安，足見在詩中留下的無限伏筆，是杜甫收拾自家心情後，選擇在漫遊後至長安繼續追尋宦途的機會。

孟郊未出仕前曾隱居於嵩山，對於汲汲營營追求功名者，大不以為然。〈大梁送柳淳先入關〉詩云：

> 青山輾為塵，白日無閒人。自古推高車，爭利西入秦。王
> 門與侯門，待富不待貧。空攜一束書，去去誰相親。（頁390）

雖為送別友人詩，但孟郊卻力批王侯之門，並非納賢者之處，反倒趨炎附勢，取富棄貧，明確表態對官場上的反感和唾棄，不贊成友人入京。主張「浮俗官是貴，君子道所珍」（〈送孟寂赴舉〉，頁427），不應盲目趨之若鶩，以為得官顯貴，君子應當為清流名士，所珍在「道」。孟郊自比「仙謠天上貴，林詠雪中青」（〈和薛先輩送獨孤秀才上都赴嘉會〉，頁419），如桂枝般的高潔堅貞，是自身的堅持，君子的所為。孟郊雖登進士第，卻未能謀得一官半職，只能客寓汴洲等待內援，也難怪詩中多流露出對於官場的不滿情緒，對於這些俗官劣侯能高居顯貴，自己卻只能乾等苦候，不平之鳴於是而出。面對官場的現實打擊，孟郊只能蛻變自己的想法，故尤信雄言：

〔註87〕劉開揚：《高適詩集編年箋註》，頁140。

孟郊爲追求心靈之寄託，對陶淵明之世界非常嚮往。但並
非爲一能完全超曠之詩人，當其作短暫之超脫時，其內心
深處，仍舊關懷現實之社會人生。孟郊的道教思想似以歸
隱爲主，自此亦看出，一個傳統儒門人物，在飽受現實環
境打擊之下，所產生思想之改變傾向，以及對詩風產生某
一程度之影響。〔註88〕

身爲士人受儒家教育，理應滿懷壯志，報效君王，卻因謀職不成，官
途坎坷，孟郊只能暫且轉換心境，寄情於隱居生活，有了「忽吟陶淵
明，此即羲皇人」（〈奉報翰林張舍人見遺之詩〉，頁 384）的自許。
從陸長源寄孟郊詩中，可看出青羅居附近的環境之佳，故讓孟郊深愛
此鄉野生活。詩云：「因隨白雲意，偶逐青蘿居。青蘿分蒙密，四序
無慘舒。」（〈酬孟十二新居見寄〉）〔註89〕白雲圍繞，草木茂密，四
季如春，如此幽美的環境，宛如世外桃花源。故詩〈新卜青羅幽居奉
獻陸大夫〉：

力農唯一事，趣世徒萬端。靜覺本相厚，動爲末所殘。此
外有餘暇，鋤荒出幽蘭。（頁253，節）

對孟郊來說，奔競官場的疲累，倒不如享受田園之閒，餘暇力田鋤荒，
才是眞正的清閒生活，也難怪孟郊會在隱居之際，如此排斥友人嚮往
官場，也讓自己在不得志時，有了暫時休息和逃避的出口。

劉長卿東遊時，有詩〈惠福寺與陳留諸官茶會得西字〉云：

到此機事遣，自嫌塵網迷。因知萬法幻，盡與浮雲齊。疎
竹映高枕，空花隨杖藜。香飄諸天外，日隱雙林西。傲吏
方見狎，眞僧幸相攜。能令歸客意，不復還東溪。（頁11）

劉長卿所言的隱居，是指放下人間種種的束縛，名韁機巧之事，悟
出內心的眞諦，因爲萬法皆虛無，惟有拋棄這些羈絆，才是所謂眞
正的隱居。劉長卿認爲的桃花源，並非單指歸田園居的生活，而是
偏向禪宗的思想，心態上的無住無心，對現實社會的超然，才是眞

〔註88〕尤信雄：《孟郊研究》，頁69～71。
〔註89〕〔清〕聖祖輯：《全唐詩》，冊9，卷275，頁3121。

正的歸隱。落第後選擇漫遊的劉長卿，才正值少年時期，所以不見其落第後的失志情貌，反而在東遊期間沉澱心靈，對於隱居的想法別有體悟，也可能因為家中生計的重擔，讓他欲暫且拋棄一切的外在束縛，在詠法上無所滯留無所桎梏。

二、失意待展的凌雲志

士人在懷才不遇時，除了高唱不如歸去之音，表現出非隱非仕的半積極態度，也有展現出完全積極求取仕進的機會，雖總是不得進入龍門，抑或是日漸遠離政治核心，但內心澎湃的豪情壯志，讓這些外來詩人們選擇離開京畿之地，等待一展長才的機遇。

李白自言「十五好劍術，徧干諸侯。三十成文章，歷抵卿相。雖長不滿七尺，而心雄萬夫。」（〈與韓荊州書〉，頁4018）對於入仕從政的熱情激昂，在客寓齊魯期間，仍舊不減其雄心壯志。天寶十載（751），李白寫有〈憶襄陽舊遊贈濟陰馬少府巨〉一詩，詩云：「朱顏君未老，白髮我先秋。壯志恐蹉跎，功名若雲浮。」（頁1469）等待仕進的機會，隨著歲月的流逝，李白已經邁入知天命之年，時光蹉跎，但仍舊未朝鳳闕，未侍龍池，未展壯志，讓迫切希望獲得賞識的李白，只能心急如焚的擔憂。即便求仕的過程內心有百般煎熬和難耐，但志氣凌雲的李白，對此依舊有所期待，自言「窮溟出寶貝，大澤饒龍蛇。明主儻見收，煙霄路非賒。」（〈早秋贈裴十七仲堪〉，頁1277）深信只要是聖君明主當道，賢者能士有朝必能立於朝廷。在李白的中心，極為肯定自己的才華，也不放棄任何可以仕進的機會，面對求進的不遇，仍以「徒有獻芹心，終流泣玉啼。袛應自索漠，留舌示山妻。」（〈贈范金鄉二首〉其一，頁1283）此等挫折不需堪慮，只是暫時的不意，李白自負不凡的豪邁，並非常人可以媲之。當李白遭賜金放還後遊梁宋時，不僅「沉吟此事淚滿衣，黃金買醉未能歸」痛哭狂飲買醉澆愁，更「連呼五白行六博，分曹賭酒酣馳輝」完全沉溺於博戲賭酒中，以此逃避不遇之累。雖縱情自己如此消解滿腔哀

愁，但最終仍言「東山高臥時起來，欲濟蒼生未應晚」（〈梁園吟〉，頁 1055）並非因遠離京師，便一概放棄自己的理想和平生抱負，仍舊期盼有朝能西歸。〈書情贈蔡舍人雄〉一詩，李白描述客居齊魯遊梁宋時的心緒：

> 白璧竟何辜，青蠅遂成冤。一朝去京國，十載客梁園。猛犬
> 吠九關，殺人憤精魂。皇穹雪天枉，白日開氛昏。太階得夔
> 龍，桃李滿中原。倒海索明月，凌山採芳蓀。愧無橫草功，
> 虛負雨露恩。跡謝雲臺閣，心隨天馬轅。（頁 1458，節）

詩中描述雖受高力士和楊貴妃譖害，去國還山，客居他鄉，不過李白並未因此失志，反言幸蒙盛明之德存在，必能力舉賢能之臣，廣用英豪之士，又自謙雖無立下汗馬勛勞，但仍心繫魏闕，欲效驅使之勞，不負任使。李白即便飽受冤枉離去，仍以智慧轉換調適心境，不忘自己的初衷，不論身在朝或野，始終不改從政的熱情和不減求進的嚮往。自李白上書求還山後，寓居齊魯或漫遊梁宋時，面對自己十多年來仕宦生涯的低迷，呈現兩種迥異的生命情態，李白遊走於積極與消極兩者之間，藉此安頓自我的情緒，但始終不變的是從未真正忘卻對政治的理想。

　　高適素有大志，劉昫《舊唐書·高適傳》：「喜言王霸大略，務功名，尚節義。逢時多難，以安危為己任。」〔註90〕對高適來說開元二十三年（735）再赴長安應制科試不中，卻並未消沉哀怨，而是在與聚集都城眾多文人廣泛交游中，反而進一步激發出具有時代性特徵的昂揚壯大的情思內蘊，表現出豪宕風發的精神風貌，並由此開始了長達十餘年的漫游生涯。〔註91〕客寓梁宋期間，高適並未放棄進取功業之事，依舊一再嘗試科舉考試，即便屢屢遭受挫敗，但不遇之況並未擊沉他的雄心壯志，仍秉持著「逢時當自取，有爾欲先鞭」（〈別韋兵曹〉，頁 78），永懷報國志向。以〈苦雪四首〉為例，雖詩中大表失

〔註90〕〔五代·晉〕劉昫等撰：《舊唐書》，冊 4，卷 111，頁 3331。
〔註91〕許總：《唐詩史》，上冊，頁 473。

意之感，但失意中仍存在著拓落俠士的風範，「苦愁正如此，門柳復青青」（其一）、「且喜潤群物，焉能悲斗儲？故交久不見，鳥雀投吾廬。」（其三）、「安能羨鵬舉，且欲歌牛下，乃知古時人，亦有如我者。」（其四，頁70）每每遇不得志之況，高適善以情緒轉化的方式，來調整自我的心態，在轉換的過程中，讓心境回到期盼爲世所用，豪俠自任的初衷。對高適而言，「伊昔望霄漢，於今倦蒿萊，男兒命未達，且盡手中杯。」（〈宋中遇陳二〉，頁194）即使身在江湖，但使命終究未達，唯有堅守理想，必能大展其志。在撫慰友人的詩作中，也可看到高適壯心落落，不畏逆境的精神，「出關逢漢壁，登隴望胡天。亦是封侯地，期君早著鞭。」（〈獨孤判官部送兵〉，頁192）、「離別胡爲者？雲霄遲爾昇」（〈餞宋八充彭中丞判官之嶺外〉，頁137），勸慰友人也彷彿勉勵自己，勿論距君千里之外抑或近在咫尺，只要保握機會，不輕言放棄，有朝還是能實現大志進身。〈畫馬篇同諸公宴睢陽李太守各賦一物〉一詩，高適明言期望李太守能爲其薦用：

> 感茲絕代稱妙手，遂令談者不容口，麒麟獨步自可珍，駑駘萬疋知何有！終未如他櫪上驄，載華轂，騁飛鴻，荷君剪拂與君用？一日千里如旋風。（頁108，節）

詩中藉由詠物詩讚譽李太守眼光獨到，廣羅天下賢達，用人唯才，能爲太守所用者，即能發揮千里馬的最大潛能。高適不直接推薦自我才能，反以委婉的方式讚美太守擁有識千里馬的慧眼，迂迴祈望太守也能賞識自己，重用他的才幹。漫遊齊魯之際，在〈奉酬北海李太守丈人夏日平陰亭〉詩中，可見高適在進退兩難中似乎有了決定：

> 自憐遇時休，漂泊隨流萍，春野變木德，夏天臨火星。一生徒羨魚，四十猶聚螢，從此日閑放，焉能懷拾青。（頁163，節）

對於自己一生汲汲尋求入仕，但如今仍漂泊鄉野，聚螢苦讀，未能如願任居朝廷。高適自敘不遇之況，面對曠日彌久的困窘，興起不如拋開種種桎梏，從此日益閑放的生活。雖看似心中有此結論，但末句仍

對是否能順利謀取官職的擔憂，也看出高適終究對求仕之途無法輕易割捨，無法俳棄中心深根的政治理想。這也是在寓居梁宋的歲月裡，即便從而立之年進入不惑之年，高適始終未放棄赴長安應試，爭取及第的機會。

杜甫的一生，與時代聯繫至為緊密，可以說是那個盛衰巨變的特定時代的紀實與縮影。〔註92〕杜甫壯遊齊魯的詩作，可以感受受到開元時期士人積極進取、志氣昂揚的精神感染，全然不受開元二十三年（735）應試落第的影響。〈房兵曹胡馬〉、〈畫鷹〉兩首詩，是杜甫將鷹馬人格化，將其意象喻指自我，象徵當時的生命狀態，詩依序如下：

> 胡馬大宛名，鋒稜瘦骨成。竹批雙耳峻，風入四蹄輕。所向無空闊，眞堪託死生。驍騰有如此，萬里可橫行。（頁18）
> 素練風霜起，蒼鷹畫作殊。攫身思狡兔，側目似愁胡。絛鏇光堪摘，軒楹勢可呼。何當擊凡鳥，毛血灑平蕪。（頁19）

杜甫自幼便對儒冠事業有所憧憬和自負，從自我修身、自我充實到自我期許，在在表現出欲建功業，入仕從政的決心。〔註93〕馬的驍勇矯健，雄赳氣昂；鷹的銳利敏捷，飛電急速，除了呼之欲出般的刻劃，也代表著杜甫此刻欲奔騰千里，飛行萬里的心境。故黃徹《碧溪詩話》有言：

> 《杜集》及馬與鷹甚多，……蓋其致遠壯心，未甘伏櫪，嫉惡剛腸，尤思排擊。語曰：「驥不稱其力，稱其德也。」
> 《左氏》曰：「見無禮於其君者，如鷹鸇之逐鳥雀也。」少陵有焉。〔註94〕

〔註92〕 許總：《唐詩史》，下冊，頁14。
〔註93〕 杜甫〈奉贈韋左丞丈二十二韻〉詩云：「甫昔少年日，早充觀國賓。讀書破萬卷，下筆如有神。賦料揚雄敵，詩看子建親。李邕求識面，王翰願為隣。自謂頗挺出，立登要路津。致君堯舜上，再使風俗淳。」（頁74，節）
〔註94〕 〔宋〕黃徹：《碧溪詩話》卷2，丁福保：《歷代詩話續編》，頁352～353。

正逢青壯年的杜甫，沒有歲月的包袱，對仕進的追求，可以無所忌憚和畏縮，即便今身在江海，仍對龍門躍躍欲試，滿懷凌雲壯志。杜甫詩篇中的鷹馬意象明顯地有了作者的寄託而成爲作者精神人格的一種「象徵性符號」。〈房兵曹胡馬〉、〈瘦馬行〉、〈畫鷹〉等篇大致都是一個時期裡杜甫胸襟懷抱與志向情感在詩文中的映照與開啟。〔註95〕齊魯之地對杜甫而言，只是人生漫遊中的一個休憩站，豪情的待發處，並非久留之地，〈暫如臨邑至嶧山湖亭奉懷李員外率爾成興〉詩云：「野亭逼湖水，歇馬高林間。鼉吼風奔浪，魚跳日映山。」（頁41）〈同李太守登歷下古城員外新亭亭對鵲湖〉詩自注：「亭對鵲山湖。」（頁 38）今題云嶧山湖，即指鵲湖。鵲山湖位在齊州，濼水自大明湖東北流華不注山下，匯爲鵲山湖。〔註96〕杜甫詩中記述己立於亭上，眺鵲山湖之景，嶧山湖亭緊逼湖水，鼉吼乘浪奔，魚跳光映山，全詩雖似寫景，但杜甫心志也了然於此。段成式《酉陽雜俎》載：

> 歷城北二里，有蓮子湖，周環二十里。湖水多蓮花，紅綠
> 間明，乍疑濯錦。〔註97〕

此所謂蓮子湖便是指鵲山湖，鵲山湖之景原應色彩繽紛，但在杜甫筆下卻有跬步不前之窘，湖中之勝更傾於動態描述。可見此地並非杜甫欲長久棲身之處，更無所謂流連忘返之意，可以見得，杜甫急於遠赴理想，實現壯志之情，全然表於詩中。此詩再次證明，杜甫於寫作的隔年天寶五載（746），是懷抱著如此的心情離開齊魯奔向京師。

孟郊寓居梁宋，依宣武行軍司馬陸長源，期望可以獲得援引薦舉，迫切求職的心情〈戲贈陸大夫十二丈三首〉詩，得以見之：

〔註95〕劉進：〈杜詩中的鷹、馬意象〉，《杜甫研究學刊》第 3 期，1999 年，頁 28。

〔註96〕〔明〕李賢等撰：《大明一統志‧濟南府》（臺北：文海出版社，1965 年），冊 3，卷 22，頁 1471。

〔註97〕〔唐〕段成式：《酉陽雜俎》前集卷 11，《四部叢刊初編縮本》（臺北：臺灣商務印書館股份有限公司，1965 年），頁 62。

蓮子不可得，荷花生水中。猶勝道傍柳，無事蕩春風。

潊萍與荷葉，同此一水中。風吹荷葉在，潊萍西復東。

蓮葉未開時，苦心終日卷。春水徒蕩漾，荷花未開展。（頁
67）

三首詩以蓮子、荷花比喻陸長源，又以道旁柳樹、水中潊萍自喻，藉
以抒發己身壯志未酬，雄心難展，內心無所依附，搖搖無助的心情。
孟郊本抱著求官謀職的心態至此，早已將梁宋視為仕進的跳板，此行
完全寄望於陸長源的提拔，故視其如溺水者之浮木，此刻在仕途的發
展上是相當重要的環節。此詩寫於孟郊至梁宋寓居的第一年，可看出
孟郊殷切期盼，以祈望能早日進入魏闕，施展政治抱負為此刻人生中
的首要標的。

三、情感歸屬的第二故鄉

　　行子首至異地，往往最先呈現生疏害怕之感，但歷時彌久，對梁
宋齊魯這塊完全陌生的土地，在生活經驗的體會過程中，自然而然逐
日地產生情感的寄託。梁宋齊魯之地反倒在遊子心中從只是暫時旅次
的選擇，成為已投入情感的另一個歸屬之家，更可謂人生中的第二故
鄉。

　　駱賓王從小就隨父親移家寓居齊魯，齊魯之地對其而言，已成
為第二個家，「幸此承恩賞，聊當故鄉春」（〈春夜韋明府宅宴〉，頁
41）、「余鄉國一辭，江山萬里」（〈於紫雲觀贈道士〉，頁53），詩中
以故鄉、鄉國稱齊魯，道出對齊魯的特殊情感和依戀，也表露出在
齊魯寓居長達十五年之多所積累的感情。駱賓王從小在齊魯之地受
到齊魯學風的薰陶，「淹中故俗，體樸厚之清規；稷下遺甿，陶禮義
之餘化。」（〈上兗州刺史啟〉，頁241）且父親又曾為此地的邑宰，
層層淵源下，早已視此地為第二個故鄉，自身為此地的百姓，離開
此地時，「每懷夙昔，尚想經過，於役不遑，願言徒擁。」（〈與博昌
父老書〉，頁292）對齊魯的想念，並非遠望舊鄉，夙昔夢見，即可
消解。離開齊魯近十年後，奉命出使，再次路過此地時，更可看出

駱賓王極想擁抱此地的人事，滿足朝夕對齊魯的想念，即使經過歲月的洗禮，但並未抹去駱賓王對於齊魯的故鄉情懷。

　　李白寓居齊魯多年，對於齊魯原先陌生的情感，甚而出現的排斥感，歷經了時日的生活經歷，漸漸與這塊土地的人事物，建立起熟悉的感情。好客愛友的李白，讓他對齊魯情感產生變化的重要因素，是人與人之間的相處，此成了最主要的原因。如「歸來太山上，當與爾爲鄰」（〈魯郡堯祠送張十四遊河北〉，頁 2369），詩中明言友情的影響力，是讓李白願意續住齊魯的主因，更期待有朝友朋歸來，能一同爲鄰。又〈贈任城盧主簿潛〉詩云：

> 海鳥知天風，竄身魯門東。臨觴不能飲，矯翼思凌空。鍾鼓不爲樂，煙霜誰與同？歸飛未忍去，流淚謝鴛鴻。（頁 1274）

李白客居魯中，時逢不遇之況，內心甚有傷悲之情，雖自慰己如智鳥能知海上多風，故暫棲避於魯門，卻也難掩難登魏闕之失落。雖有如此負面情景，但魯地尚有同類之好，道和志同的友人，因爲這些相知相惜的朋友，讓李白雖想展翅高飛，卻掙扎不忍離去。友情的牽引力量，讓寓居齊魯的李白，有了堅持下去的依靠，這或許也是李白寓居齊魯長達十五年或至二十餘年的緣由之一。

四、從人謀食的營求生計

　　士人除了逢不遇之況進而離開某地，另至它地尋覓仕進的機會，尚有因家境之累，環境之困，必須離鄉背井營求生計。

　　劉長卿的梁宋之遊，並非單純帶著落第後遍及天下名川勝地，充實知識見聞的心情遠行，雖無落第後明顯地失志落寞，但心裡卻多了些許的愁緒。〈睢陽贈李司倉〉詩云：

> 飄飄洛陽客，惆悵梁園秋。只爲乏生計，爾來成遠遊。一身不家食，萬事從人求。且喜接餘論，足堪資小留。寒城落日後，砧杵令人愁。（頁 9，節）

梁宋之地對劉長卿而言，可謂謀生之地，爲了一家的生計，從洛陽飄泊至此。從詩中看來劉長卿早年家境較爲貧窮，不爲祿仕而自食於

家，請託他人救濟的情況常常有之。劉長卿從洛陽至梁宋，只爲讓家中的生活環境轉好，雖言漫遊，但卻身負家計重任，也難怪異地之遊，多留下滿腔憂愁，負面的情緒遠大於遠遊的樂趣。

第三節　他鄉生活的描繪

　　客舍他鄉，詩人筆下的記錄，等同於詮釋一個新的生活情況，不論飲食起居、工作勞動、親人相聚、同好相訪、外出旅遊、居家閒事、送往迎來等，即使身處異鄉，生活依舊是如此種種拼貼而成。留在異鄉的足跡，異鄉的點滴，喜怒哀樂，酸甜苦辣，可見於詩人的筆下，而這些各種描繪，就是生活。一個異地的旅人，是如何重新開展新的生活，是抱著何種心情迎接親友，又逢別離；是如何爲了生計或是閒適之情，耕釣漁獵；是如何在異鄉中尋求自我的興趣和學習，這些生活點滴都是筆者欲想更進一步探索的。此當代表著過客是否能與這片土地和諧相處，生存下去，在掙扎與調適中，如何找到異鄉生活的平衡點。總括而言，旅人於異鄉的生活，不外乎與親朋往來之事，生產勞動的耕農之事，抑或是閒居逸事，故本節筆者茲就此三分項，依序分析。

一、親朋往來的人情網絡

　　人似乎是很難獨立個體生活在世間中，生活常常是與對外的聯絡景況拼貼而成，而人莫過於在其中扮演最重要的角色，是生活境遇中最主要的環節。外來詩人們至異地，遠離了熟悉的親朋好友，至異地在生活經驗中，組成一個由過去舊有的情感以及全新的情誼，重新建構專屬於梁宋齊魯的人情網路。

　　駱賓王在齊魯至少長達十五年的時間，與朋友交往必成爲齊魯生活的重心之一。〈遊兗郡逢孔君自衛來欣然相遇若舊〉詩云：「遊人自衛返，背客隔淮來。傾蓋金蘭合，忘筌玉葉開。」（頁43）此詩謂賓王與友人乘車相遇，停車交談，車蓋相傾之況，儘管兩人分別多時，但友誼並不因時空限制有所改變，仍舊掏心侃侃而談，全然忘卻周遭

的一切。與友人的金蘭之交，情意相投，在異地與知友邂逅重逢，必能在心靈上得到極大的慰藉。雖說駱賓王於此地停留時間漫長，但畢竟並非自己的家鄉，只能稱的上是客居於此，所謂客中送客愁更愁，在駱賓王的詩中誠然可見：「欲諗離襟切，岐路在他鄉」（〈送宋五之問〉，頁43）、「別後相思曲，淒斷入琴風」（〈在兗州餞宋五之問〉，頁42），此兩首詩皆是描述與宋之問〔註98〕（約656～712）別離時的情緒，分袂相思的悲切淒涼，字字將送別之情深刻刻劃，兩人間的友誼情深可想而知。〈傷祝阿王明府〉一詩亦能看出駱賓王與友人阿王明府的交情深摯，詩序云：

> 夫心之悲矣，非關春秋之氣。聲之哀也，豈移金石之音。何則。事感則萬緒興端，情應則百憂交軫。是以宣尼舊館，流襟動激楚之悲。孟嘗高臺，承睫下聞琴之淚。……某夙承嘉惠，曲荷恩光，留連嘯歌，從容風月，撫心陳迹，泣血漣如。（節）

詩中傳遞之情感，豈只一悲字可形容，追憶昔日的歡宴，對照今日的生死相別，世上最大的傷痛也僅僅如此而已。句句血淚堆砌，讓人不禁唏噓。詩云：「烟晦泉門閉，日盡夜臺空。誰堪孤隴外，獨聽白楊風。」（頁49）晦之昏暗、閉之阻塞、盡之滅絕、空之虛有、孤之單一、獨之無雙，駱賓王悲泣之極的心，早已掉入萬丈深淵中，只剩下友人離去的零丁，斷魂之感。

　　李白客遊梁宋，結交許多知音識趣的朋友，因而留下許多同歡同賞的詩作，如〈將進酒〉詩云：

> 君不見黃河之水天上來，奔流到海不復回。君不見高堂明鏡悲白髮，朝如青絲暮成雪。人生得意須盡歡，莫使金樽空對月。天生我材必有用，千金散盡還復來。烹羊宰牛且為樂，會須一飲三百杯。岑夫子、丹丘生。進酒君莫停。與君歌一曲，請君為我側耳聽。鐘鼓饌玉不足貴，但願長

〔註98〕《新唐書·列傳》：「宋之問，字延清，一名少連，汾州人。父令文，高宗時為東臺詳正學士。之問偉儀貌，雄於辯。」〔宋〕宋祁等撰：《新唐書》，冊5，卷127，頁5750。

醉不用醒。古來聖賢皆寂寞，唯有飲者留其名。陳王昔時
宴平樂，斗酒十千恣歡謔。主人何爲言少錢，徑須沽取對
君酌。五花馬，千金裘，呼兒將出換美酒，與爾同銷萬古
愁。（頁 357）

詩中雖有對歲月流逝，人生易老的惜慨，亦有聖賢不遇，英雄不待的
感喟，但只要遇益友良朋，逢良辰美景和山珍海味，則需拋開這種種
憂愁惋惜，當下舉杯飲酒，進酒且莫停。李白以爲汲汲營營立業建功，
追求功名富貴，倒不如享受飲酒之歡，長醉不醒之樂，此相知相飲相
樂，世俗的拘束規矩早已拋諸腦後。末更以五花之馬，千金之裘，呼
兒換美酒，恣其宴會之樂，同銷萬古千愁。友人岑夫子、丹丘生是李
白傾吐心事的知友，有同調同心的友人相酬相慰，懷才不遇，青春不
再的愁恨，早已全然消解。此詩除了將李白豪爽放蕩的個性表露無
遺，也道盡了李白漫遊梁宋之際，與友人相處的歡樂時光，沒有丁點
隔閡之異。除此，亦有與友人同遊詩作，如〈秋獵孟諸夜歸置酒單父
東樓觀妓〉一詩：

傾暉速短炬，走海無停川。冀餐圓丘草，欲以還頹年。此
事不可得，微生若浮煙。駿發跨名駒，雕弓控鳴弦。鷹豪
魯草白，狐兔多肥鮮。邀遮相馳逐，遂出城東田。一掃四
野空，喧呼鞍馬前。歸來獻所獲，炮炙宜霜天。出舞兩美
人，飄颻若雲仙。留歡不知疲，清曉方來旋。（頁 2787）

此詩是李白秋獵孟諸〔註99〕，夜歸單父觀妓而作。與〈將進酒〉一詩
相近，亦對時光的流逝，人生易邁，感慨萬千。故李白認爲須在殘年
餘月中，秉燭行樂，孟諸畋獵，既樂且適。詩中細述秋獵之況，眾人
駕馬馳騁，拈弓搭箭，眼中只見豪鷹白草，兔肥狐鮮，終人人收穫甚
多，歡呼而歸。接而描繪秋獵後的活動，所獲獵物炮炙皆可，亦可暖
寒，加以飲酒賞妓，鼓樂笙簫，盡歡不知疲，通宵達旦，方才旋歸。

〔註99〕「孟諸澤，在（宋州虞城）縣西北十里。周迴五十里，俗號盟諸澤。」
〔唐〕李吉甫：《元和郡縣圖志·河南道三》，《筆記小說大觀四十五
編之四十三》，卷7，頁181。

畋獵之行，高適與杜甫皆有同行，〔註100〕秋獵之行與單父觀妓，都
讓李白在友人的陪同下，忘卻逝者如斯之慨，領悟及時行樂才是人
生。出遊之行，雖本是件令人愉悅之事，但伴遊者何人，更是此行最
終是否成為值得回憶的印記，極為重要的因素。〈送族弟凝至晏堌單
父三十里〉亦記出獵之況，詩云：

> 雪滿原野白，戎裝出盤遊。揮鞭布獵騎，四顧登高丘。兔
> 起馬足間，蒼鷹下平疇。喧呼相馳逐，取樂銷人憂。捨此
> 戒禽荒，微聲列齊謳。（頁2352）

詩中先言多雪遍野，點明了出獵的季節，後著戎服盤遊，揮鞭獵騎，
登高四顧。再言所見獵物及畋獵之況，狡兔起於馬足間，蒼鷹飛下平
原，獵者高呼，競相追逐，畋獵之樂足以消憂。李白雖亟言畋獵之樂，
但結尾以畋獵太過則易造成禽荒，故須節制，以此自戒。此舉如同高
適〈同羣公出獵海上〉一詩，亦謹記老子教誨，出獵不失心志，戒之
太過。兩人有異曲同工之妙，也難怪兩人能成為同好之人。又〈秋夜
與劉碭山泛宴喜亭池〉詩云：

> 明宰試舟楫，張燈宴華池。文招梁苑客，歌動郢中兒。月
> 色望不盡，空天交相宜。（頁2808，節）

此詩言友人劉碭山宴請李白、高適、杜甫等詩人，秋夜一起泛池賞景
的境況。月色美至逼人，天際空闊，一望無盡，高歌陽春白雪之曲，
美樂佳景，騷人墨客相聚池亭，此等得當構圖，宛如完成了一幅曠世
鉅作。李白的梁宋之遊，有了高適與杜甫等同好友人的伴隨，讓此行
更多添了許多值得收藏的回憶。

李白於梁宋送別友人的詩作，如〈鳴皋歌送岑徵君〉詩云：

> 送君之歸兮，動鳴皋之新作。交股吹兮彈絲，觴清泠之池
> 閣。君不行兮何待？……盤白石兮坐素月，琴松風兮寂萬
> 壑。望不見兮心氛氳，蘿冥冥兮霰紛紛。……魂獨處此幽
> 默兮，愀空山而愁人。（頁1067，節）

〔註100〕詹瑛備考此詩與杜甫〈昔遊〉、高適〈同群公秋登琴臺〉二詩，內
容敘述、地點、時間、行跡相互吻合。（頁2790）

此詩運用兮字，將別離的傷、愁、痛之感，總總團團糾結於心。李白於梁園送別不得不歸去鳴皋山的友人，此刻樂聲覆蓋清泠池閣，白石素月，松風萬壑，外在的景色如舊，但友人離去時，卻只剩獨處空山的自己，紛紛憂愁，冥冥哀傷，一切將靜寂無聲。李白訴說友人此行，不僅帶走了自然生氣，也挖空了自己的心靈。又〈鳴皋歌奉餞從翁清歸五崖山居〉詩云：

> 我家仙公愛清真，才雄凌古人。欲臥鳴皋絕世塵。鳴皋微
> 茫在何處？五崖峽水橫樵路。身披翠雲裘，袖拂紫煙去。
> 去時應過嵩少間，相思為折三花樹。（頁1079，節）

此詩情感雖較平淡直述，但李白對友人將歸隱離去，卻以不同的方式表達想念。李白讚譽友人清真寡欲，才雄勝草聖張芝（？～192），就要如同仙人披雲裘、拂紫煙歸去，對此舉給予祝福。因不得不別，故李白關心友人歸隱鳴皋山之地何在，行經的路線，都特別留心，過路嵩山、少室山間，更以三花樹寄託彼此的想念。

　　除了友人，李白於梁宋也有多首詩作與族弟相關，如〈送族弟凝之滁求婚崔氏〉詩云：

> 與爾情不淺，忘筌已得魚。玉臺挂寶鏡，持此意何如？坦
> 腹東牀下，由來志氣疏。遙知向前路，擲果定盈車。（頁2293）

此詩李白送族弟求婚崔氏，其中可看出李白與族弟的交情，有祝福也有訓誡。首稱讚族弟乃是東床快婿，崔氏喜得此佳婿，志氣不凡。末亦戒之爾後有家室，莫溺於袵席之事，勿忘兄弟耳提之言。又〈單父東樓秋夜送族弟沉之秦〉詩云：

> 沉弟欲行凝弟留，孤飛一鴈秦雲秋。坐來黃葉落四五，北
> 斗已挂西城樓。絲桐感人弦亦絕，滿堂送客皆惜別。卷簾
> 見月清興來，疑是山陰夜中雪。明日斗酒別，惆悵清路塵。
> （頁2347，節）

詩中李白記述族弟將如孤雁而飛，秋中送別愁上更愁，只見北斗高掛西城樓，明月清興，落葉紛飛，雪花飄飄，淒切的琴聲滿布，依依之情籠罩堂中。李白以斗酒寄託相送之情，悵愁僕僕道塵，掛念族弟孤

單以及路途勞辛，離別之情卻只能藉酒慰之，慨然萬千。〈送族弟凝至晏堌單父三十里〉一詩，則是送族弟凝遠去，詩云：

> 捨此戒禽荒，微聲列齊謳。鳴雞發晏堌，別鴈驚淶溝。西
> 行有東音，寄與長河流。（頁 2352，節）

族弟凝將去單父至晏堌，李白以齊歌餞行，別後相思之情，只能遙寄長河之水。又〈送族弟單父主簿凝攝宋城主簿至郭南月橋卻回棲霞山留飲贈之〉詩云：

> 吾家青萍劍，操割有餘閑。往來糾二邑，此去何時還？鞍
> 馬月橋南，光輝岐路間。賢豪相追餞，卻到棲霞山。群花
> 散芳園，斗酒開離顏。樂酣相顧起，征馬無由攀。（頁 2363）

族弟凝爲單父主簿，攝宋城。族弟才華洋溢，邑政庶務皆舉，往來兩地間，此去不知何時還？豪士紛紛設宴送別，又有百花盛開相伴，眾人斗酒交歡。酒酣後正是離去時分，李白雖有無限的不捨，但肯定族弟之才，祈望他在仕宦生涯中有所發展。

　李白雖客寓齊魯，但似乎少見因客人身分而顯得彆扭和不安。如〈客中作〉詩云：「但使主人能醉客，不知何處是他鄉」（頁 3099），及〈答從弟幼成過西園見贈〉：

> 山童薦珍果，野老開芳罇。……一笑復一歌，不知夕景昏。
> 醉罷同所樂，此情難具論。（頁 2687，節）

於親友家做客，山童、野老，或獻珍果，或開美酒，一笑一歌，李白雖身爲「客」，但卻早已歌酒交歡，忘卻光陰飛逝，亦忘卻自己身在異鄉。李白曾與杜甫一同拜訪范居士，有詩記載兩人相見歡之況，〈尋魯城北范居士失道落蒼耳中見范置酒摘蒼耳作〉云：

> 忽憶范野人，閑園養幽姿。茫然起逸興，但恐行來遲。……
> 入門且一笑，把臂君爲誰……還傾四五酌，自詠〈猛虎詞〉。
> 近作十日歡，遠爲千載期。風流自簸蕩，謔浪偏相宜。酣
> 來上馬去，卻笑高陽池。（頁 2778，節）

詩中盡見李白期待相見的迫切，深知范居士必當能懂其憂，友人直接的肢體語言，心疼的話語，傾酒詠詩以相慰的行爲，在在表現出李白

因而如此重視范居士。兩人相知相交，范居士對李白而言，是個可傾訴的好對象，李白對范居士來說，是個風流中節的客人和好友，醉即上馬而去，卻笑山公酩酊大醉，舉止得宜中不失詼諧縱脫。

　　李白與官員的社交活動，也是齊魯生活中重要的部分，詩作多有記載。如〈贈范金鄉二首〉詩云：

> 桃李君不言，攀花願成蹊。那能吐芬信，惠好相招攜。（之一，節）

> 范宰不買名，絃歌對前楹。為邦默自化，日覺冰壺清。百里雞犬靜，千廬機杼鳴。浮人少蕩析，愛客多逢迎。遊子觀嘉政，因之聽頌聲。（之二，頁1283～1290）

此兩首詩中李白稱讚范宰是黎庶愛戴的地方官，不追求名利，冰壺秋月，無為而治，懷有收容流民的愛心，禮賢下士的胸襟，讓百姓生活安逸無爭。李白客遊境內，聽聞嘉政，桃李不言，下自成行，因之與其相知相惜，同好之趣，常攜手同遊。又〈贈瑕丘王少府〉詩云：

> 皎皎鸞鳳姿，飄飄神仙氣。……一見過所聞，操持難與羣。毫揮魯邑訟，目送瀛洲雲。我隱屠釣下，爾當玉石分。無由接高論，空此仰清芬。（頁1292，節）

李白謂少府為才俊之士，身懷神仙之氣，松柏節操，名譽實得。更讚其非塵俗之人，留於魯邑甚為可惜。雖是如此，但李白最終還是未接受其禮遇，自謂隱於屠釣之下，亦非塵俗之人，納交之心雖有，卻不屑功名富貴。此兩首詩可看出，李白雖與官員交往，但並非為攀龍附鳳，單純知心相交，尋興趣同好之友。〈別中都明府兄〉詩云：

> 吾兄詩酒繼陶君，試宰中都天下聞。東樓喜奉連枝會，南陌愁為落葉分。城隅淥水明秋日，海上青山隔暮雲。取醉不辭留夜月，鴈行中斷惜離羣。（頁2099）

李白讚美中都明府詩酒雅興，為陶潛（365～427）之後。兩人曾同醉魯中東樓，「昨日東樓醉，還應倒接羅。阿誰扶上馬？不省下樓時。」（〈魯中都東樓醉起作〉，頁3263）可見兩人昔日杯酒交歡，必當樂不可支。東樓一聚別後，好似兄弟分離之苦，雁影分飛，城中美景雖

佳，但無法彌補兩人相距之遠，徒留悠悠之情。李白以爲只有把握此刻的相聚，夜中月下，飲醉不辭，日後藉由回憶塡補分別的孤單。李白客居齊魯，對友人來說，也是個受歡迎的客人，〈酬中都小吏攜斗酒雙魚於逆旅見贈〉詩云：

> 山東豪吏有俊氣，手攜此物贈遠人。意氣相傾兩相顧，斗酒雙魚表情素。酒來我飲之，鱠作別離處。雙鰓呀呷鰭鬣張，跋剌銀盤欲飛去。呼兒拂机霜刃揮，紅肌花落白雪霏。爲君下箸一餐飽，醉著金鞍上馬歸。（頁 2672，節）

山東豪吏與遠人李白，兩人意氣相合，友人持斗酒贈雙魚，又招待滿桌佳餚。李白不僅大快朵頤，更呼兒拂几揮刀，美味可口可想而知。詩末更表露出豪放不羈，放言乃爲君下箸飽餐，醉而歸去。全詩不見李白絲毫見外之意，反倒毫無保留的接受友人心意，兩人間毋須顧忌，毋須客套，相傾相知。

　　天下無不散的筵席，相聚總有相別之刻，李白在齊魯寓居近十五年的時間，送往迎來，客中送客的詩作甚多，如〈奉餞高尊師如貴道士傳道籙畢歸北海〉詩云：「離心無遠近，長在玉京懸。」（頁 2445），此因高師傳道籙歸北海而餞別，言師徒之心、傳籙之況，並不會因別離後的距離而生變。又〈送韓準裴政孔巢父還山〉詩云：

> 昨宵夢裏還，云弄竹溪月。今晨魯東門，悵飲與君別。雪崖滑去馬，蘿徑迷歸人。相思若煙草，歷亂無冬春。（頁 2312，節）

李白夢寐之間，仍不忘與韓準、裴政和孔巢父三人曾同臥石飲泉遊樂之狀，今餞於魯東門，酒伴別情，相思如煙草煩亂。「思君若汶水，浩蕩寄南征」（〈沙丘城下寄杜甫〉，頁 1917），此爲杜甫去齊魯後，李白自言在此地思念杜甫，將心意順汶水南流，想念之心隨君左右，情感深摯動人。「此情不可道，此別何時遇？望望不見君，連山起煙霧。」（〈金鄉送韋八之西京〉，頁 2339）李白送韋八入京，此情難語，復難再見，連用兩字「望望」，更讓迷濛的煙霧中，多了重重的籠罩，始終揮之不去。即使友人離開後，李白對其消息，依舊時刻掛念，如

〈東魯見狄博通〉詩云:「去年別我向何處?有人傳道遊江東。」(頁1295)除了在齊魯送別友人,李白也時刻掛念在異地的友人,如〈聞丹丘子於城北山營石門幽居中有高鳳遺跡僕離羣遠懷亦有棲遁之志因敘舊以寄之〉詩云:

> 春華滄江月,秋色碧海雲。離居盈寒暑,對此長思君。思君楚水南,望君淮山北。夢魂雖飛來,會面不可得。(頁1921,節)

季節變遷,寒暑交替,兩人相別已一年,南北相隔,雖有夢魂之交,卻相見不得。思君之情,也隨著李白計算時日中,分秒倍增。又〈憶舊遊寄譙郡元參軍〉詩云:

> 此時行樂難再遇,西遊因獻〈長楊賦〉。北闕青雲不可期,東山白首還歸去。渭橋南頭一遇君,酇臺之北又離羣。問余別恨今多少,落花春暮爭紛紛。言亦不可盡,情亦不可極。呼兒長跪緘此辭,寄君千里遙相憶。(頁1942,節)

李白去朝返家後遊梁宋,在河南與元參軍相聚相別,共與友人四聚四別,昔日歡樂之行難再遇。落花紛紛,如同李白對友人的思慕之情,言不盡意,情不可極,呼兒烹鯉魚,寄君長相憶。〈憶襄陽舊遊贈濟陰馬少府巨〉一詩,亦是李白於齊魯想念曾與馬少府同遊襄陽而作,云「空思羊叔子,墮淚峴山頭」(頁1469),勝地復難逢,故人復難見,只能遠望昔日同遊之地峴山,涕淚寄相思。

　　此外,李白〈魯郡堯祠送吳五之琅邪〉詩云:「日色促歸人,連歌倒芳樽。馬嘶俱醉起,分手更何言?」(頁2327)時間的流逝,對將別之人,總似特別殘忍,分手的傷悲只能寄託於連歌暢酒中,直至賓主俱醉。「舞袖拂秋月,歌筵聞早鴻。送君日千里,良會何由同?」(〈魯中送二從弟赴舉之西京〉,頁2442),李白二弟赴京,歌舞餞送,長安至東魯聚千里之遠,天倫之樂不知何時能再享受?此惆悵之情,就淹沒在歌舞中。又〈魯郡東石門送杜二甫〉詩云:

> 醉別復幾日,登臨徧池臺。何言石門路,重有金樽開?秋波落泗水,海色明徂徠。飛蓬各自遠,且盡手中盃。(頁2366)

此詩李白於東魯石門送杜甫，兩人俱客於魯，相與同遊之歡，如今即
將別離，此情此景不知何日重會？既醉而別，此刻且盡杯中酒，泗水
秋波，徂徠海色，就讓一切愁緒在佳景與美酒中如煙消散。〈秋日魯
郡堯祠亭上宴別杜補闕范侍御〉詩云：

> 歌鼓川上亭，曲度神飈吹。雲歸碧海夕，雁沒青天時。相
> 失各萬里，茫然空爾思。(頁2091)

摹寫落日歸海，雁沒青天，此情此景，兩人將各奔東西。此後兩人相
距萬里之遠，徒留空相思，此刻只能經放歌擊鼓，暫且抒發心中的哀
思。李白與友人折柳之際，似乎少不了美酒和樂舞，或許藉由酒精可
以麻痺心中的哀愁，樂舞的催眠下可以淡化心中的不捨，離別的痛楚
也會因此少了一些，很符合李白享受當下、把握眼前的個性。

　　高適寓居梁宋時間將近二十六的歲月，親朋往來之作占詩作比例
尤高，送往迎來之事成爲梁宋生活的主軸，如〈單父逢鄧司倉覆倉庫
因而有贈〉詩云：

> 邂逅得相逢，歡言至夕陽，開襟自公餘，載酒登琴堂。舉
> 杯挹山川，寓目窮毫芒，白鳥向田盡，青蟬歸路長，醉中
> 不惜別，況乃正遊梁。(頁123，節)

高適與友人於梁宋再次相逢，同登琴臺把酒言歡，於山川賞白鳥飛、
青蟬歸，觥籌交錯，遊梁之樂中，也道出惜別不捨之語。又〈同羣公
十月宴李太守宅〉詩云：

> 良牧徵高賞，褰帷對考槃，歲時當正月，甲子入初寒。已
> 聽甘棠頌，欣陪旨酒歡，仍憐門下客，不作布衣看。(頁107)

高適與州郡長官聚宴，在東道主李太守的盛情款待下，眾人奏樂飲
酒，享受賓至如歸之感。又云「清晝下公館，尺書忽相邀，留歡惜別
離，畢景駐行鑣」(〈睢陽酬別暢大判官〉，頁93)，此詩高適亦言相
遇知己般的東道主，言談甚歡心境相契，惜別留醉久久不捨離去。此
三首詩皆表達梁宋之遊中，不論扮演同遊之人抑或是受邀賓客，高適
與友人的宴遊皆是歡娛舒暢。除了好的陪伴者共享宴遊之樂，此兩首
詩皆描述以酒助興，可見酒在高適與親友的交往中，成爲良好的橋

梁。又如「相逢梁宋間，與我醉蒿萊」（〈中遇劉書記有別〉，頁 66）、「舉酒臨南軒，夕陽滿中筵」（〈途中酬李少府贈別之作〉，頁 83），醉酒暢飲對高適而言，似乎才能真正達到當下遊宴的興致和愉悅的氛圍。

　　除了遇到好的主人相待，高適送別友人亦扮演稱職的主人，〈送蕭十八與房侍卿迴還〉詩云：「辛勤采蘭詠，款曲翰林主，歲月催別離，庭闈遠風土。」（頁 60）高適殷勤款待餞別友人，亦擔憂離別時對親人的眷戀，及至異地的陌生感，可謂心思細膩設想周到。又如〈哭單父梁九少府〉詩云：

> 開篋淚沾臆，見君前日書，夜臺今寂寞，獨是子雲居。疇昔貪靈奇，登臨賦山水，同舟南浦下，望月西江裏。契闊多別離，綢繆到生死，九原即何處，萬事皆如此。晉山徒峨峨，斯人已冥冥，常時祿且薄，歿後家復貧。妻子在遠道，弟兄無一人！（頁 87，節）

此詩最能體現高適對友人付出的義重情深，一見遺書便涕淚交下，獨望夜臺空寂寞，人亡屋在人事已非。悲憶昔日同遊之景，如今只剩生死相別，斯人亦家貧妻遠無兄，此甚悲哀。對於友人的哀悼，心情痛楚，字字悲悲切切。除了友人，高適於宋中亦與族姪有所往來，〈又送族姪式顏〉詩云：「惜君才未遇，愛君才若此，世上五百年，吾家一千里。」（頁 104）以此可看出高適對族姪無限的厚愛和自信，又〈宋中送族姪式顏時張大夫貶括州使人召式顏遂有此作〉詩云：

> 崢嶸縉雲外，蒼茫幾千里？旅雁悲啾啾，朝昏孰云已？登臨多瘴癘，動息在風水，雖有賢主人，終為客行子。我攜一尊酒，滿酌聊勸爾。勸爾惟一言，家聲勿淪滓。（頁 102，節）

詩中對族姪即將別去，滿懷擔憂此行凶險未卜，客地生活適應與否，長輩對晚輩的關愛之情備至。耳提面命勸戒慎行亦不少，囑咐所為勿讓族人貽羞。愛護鞭策之心皆不少，可看出高適與族姪之情深。對於友人的離去高適多表不捨情感，對於親人高適除了惜別依依，更添了一份關懷和勸勉之愛。

　　高適雖自處應試不第的不遇之況，但對於友人的仕途顛頗，嘗給予慰藉和鼓勵，如〈送李少府貶峽中王少府貶長沙〉詩云：

　　嗟君此別意何如，駐馬銜杯問謫居，巫峽啼猨數行淚，衡陽歸雁幾封書。青楓江上秋天遠，白帝城邊古木疏，聖代即今多雨露，暫時分手莫躊躇。（頁 85）

友人將貶謫長沙，高適以茲餞行，不捨此行路途遼遠，囑咐切記捎信歸來，依依之情全然可見，末以皇恩浩蕩常施，此去只是暫時離別，不需躊躇不安，並以歸來之日已不遠加以安慰。又〈別王徹〉詩云：

　　載酒登平臺，贈君千里心，浮雲暗長路，落日有歸禽。離別未足悲，辛勤當自任，吾知十年後，季子多黃金。（頁136，節）

高適肯定友人賢能俱備，此次別離不需傷悲，有朝一日終究相會，且再會之時必當成就非凡位高權重。「莫愁前路無知己，天下誰人不識君」（〈別董大二首〉之二，頁193）、「頤頷尚豐盈，毛骨未合迸」（〈過崔二有別〉，頁 176）二詩，皆是高適勉勵友人身為賢達良能之人，不應頹喪失志，有朝一日必定會逢伯樂慧眼。高適天寶三載（744）於宋中與李、杜同遊梁宋，〈宋中別周梁李三子〉詩中所云李侯，聞一多疑即為李白（頁131），詩云：

　　李侯懷英雄，骯髒乃天資，方寸且無間，衣冠當在斯。俱為千里遊，忽念兩鄉辭，且見壯心在，莫嗟攜手遲。（頁130）

高適對於李白，高亢剛直、桀傲不遜的性格，欣賞至極。兩人又將前後離開梁宋至他地，[註101]方寸無間的交情更為深刻，如今雖即將分離，但吾人壯心仍在，不需傷嗟，因有朝必能攜手無間。高適對李白的知遇和珍惜，此詩最具代表性。

　　高適同友人於齊魯客遊，〈同羣公出獵海上〉詩可謂代表之作，詩云：

　　畋獵自古昔，況伊心賞俱，偶與羣公遊，曠然出平蕪。層

─────────────────

〔註101〕天寶三載（744）春夏間，李白去梁宋至齊魯，高適秋末東遊楚，杜甫仍至梁宋，四年再遊齊魯。

陰漲溟海，殺氣窮幽都，鷹隼何翩翩，馳聚相傳呼。豺狼
竄榛莽，麋鹿罹艱虞，高鳥下畢弓，困獸鬪匹夫。塵驚大
澤晦，火燎深林枯，失之有餘恨，獲者無全軀。咄彼工拙
間，恨非指蹤徒，猶懷老氏訓，感歎此歡娛。（頁 168）

此高適與李邕、杜甫等畋獵之作，〔註 102〕諸公心賞為同，出遊平蕪
曠野。首敘大海之況，海浪層層，殺氣騰騰，鷹隼風馳喧呼。獵捕過
程中，只見豺狼奔竄，麋鹿陷捕，群鳥落下，困獸仍在獵者手中垂死
掙扎。風塵四起海濱昏冥，火盛燎原，失之可惜，獲者近殘。獵者總
有優劣之別，高適詩中表露出恨不得掌握萬獸蹤跡得以捕之。此詩盡
充畋獵之歡，自恣之舉，獵況之殘，高適語氣豪壯，心舒狂誕，彷彿
萬獸皆栽其弓下，此次出遊高適必當滿載而歸。詩末還是謹記老子訓
誨，馳騁畋獵令人喪心發狂，在歡愉中不免有些慨然。《齊風》中有
〈還〉、〈盧令〉二篇，〔註 103〕反映齊地狩獵生活之詩，高適與友人
所表現的英武善射，同如齊人傳統尚武灑脫的風度精神。

　　除了與友人同遊之樂，高適與友人在齊魯的交往感情深切，往往
於離別之時，見其真情流露，〈途中寄徐錄事比以王書見贈〉詩云：

落日風雨至，秋天鴻雁初。離憂不堪比，旅館復何如？君
又幾時去，我知音信疎。空多篋中贈，長見右軍書。（頁 142）

高適掛念友人離去，卻久無音訊，秋節總讓離別帶來更多的愁緒，
落日風雨中，憂愁更難承受。又〈送郭處士往萊蕪兼寄苟山人〉詩
云：「歸見萊蕪九十翁，為論別後長相憶」（頁 148），餞別之時兼寄
友人代為問候，昔日分別已久的苟山人。此兩首詩證高適乃重情之

〔註 102〕杜甫詩〈壯遊〉云：「春歌叢臺上，冬獵青丘旁」（頁 1438）、《舊唐
　　　　書‧李邕傳》：「（天寶初）邕……馳獵自恣。」〔五代‧晉〕劉昫等
　　　　撰：《舊唐書》，冊 6，卷 190，頁 5043。
〔註 103〕〈還〉：「子之還兮，遭我乎猺之間兮，並驅從兩肩兮，揖我謂我儇
　　　　兮。子之茂兮，遭我乎猺之道兮，並驅從兩牡兮，揖我謂我好兮。
　　　　子之昌兮，遭我乎猺之陽兮，並驅從兩狼兮，揖我謂我臧兮。」、〈盧
　　　　令〉：「盧令令，其人美且仁。盧重環，其人美且鬈。盧重鋂，其人
　　　　美且偲。」〔漢〕毛亨傳、鄭元箋、〔唐〕孔穎達等正義：《十三經
　　　　注疏》，冊 2，卷 5，頁 189、198。

人，雖與友人分隔兩地，但總是長憶友情，掛記對方，珍惜知音，並不因時空的局限而磨滅情感。予以友人的鼓勵，高適亦不曾少之，〈東平留贈狄司馬〉詩云：「知君不得意，他日會鵬搏」（頁149），總是激勵失志友人奮發向上，有朝一日必會展翅高飛，實現理想。客地與友重聚，可謂喜樂至上之事，〈酬別薛三蔡大留簡韓十四主簿〉詩云：

> 迢遞辭京華，辛勤異鄉縣，登高俯滄海，迴首淚如霰，同
> 人久離別，失路還相見。（頁146，節）

高適漫遊異鄉遇故友，宛若飄飄之心，暫且找到了依附，頓時有了歸根。高適回憶昔年京城一別，良久後才於他地再見，此情激動可知，難免喜極洵淚不止。

　　雖杜甫以旅遊者的身分至齊魯，但其社交活動也有多首詩作記載。如〈題張氏隱居二首〉其二詩云：

> 之子時相見，邀人晚興留。霽潭鱣發發，春草鹿呦呦。杜
> 酒偏勞勸，張梨不外求。前村山路險，歸醉每無愁。（頁11）

此詩記與張氏醉飲之興，觥籌交舉，暢飲無愁景況。「時相見」、「晚興留」可見兩人往來密切，夜暮之時無所顧忌，依舊留飲同樂，主人盛情款曲，賓客恣意享受，「乘興杳然迷出處，對君疑是泛虛舟」（其一，頁8），賓主兩忘，交情並非一般。又〈劉九法曹鄭瑕丘石門宴集〉詩云：

> 秋水清無底，蕭然淨客心。掾曹乘逸興，鞍馬到荒林。能
> 吏逢聯璧，華筵直一金。晚來橫吹好，泓下亦龍吟。（頁12）

詩中所述開筵之盛、吹樂之悅，賓主盡歡可以想見。「芳宴此時具，哀絲千古心。主稱壽尊客，筵秩宴北林。」（〈同李太守登歷下古城員外新亭亭對鵲湖〉，頁38）酒與音樂正是杜甫與友人助興的重要媒介，宴集之樂必不可少，杜甫所遇東道主多善，公皆備受歡迎和視爲尊客。

　　〈夜宴左氏莊〉詩云：

林風纖月落，衣露靜琴張。暗水流花徑，春星帶草堂。檢
書燒燭短，看劍引杯長。(頁22，節)

此詩記述即使夜空無月，草堂春星，暗水花徑，景物仍舊引人入勝，
彈琴看劍，飲酒詠詩之興更是絲毫不減。〈陪李北海宴歷下亭〉詩云：

雲山已發興，玉珮仍當歌。修竹不受暑，交流空湧波。蘊
真愜所遇，落日將如何。貴賤具物役，從公難重過。(頁36，
節)

齊州治歷城縣，即古歷下城也，歷山在城南五里，故以受名。城南逼
山脈，而水澤瀰漫。〔註104〕此地雲山美景，竹波光影，流水交映，
杜甫與友人佐酒高歌，如此盛景酒興高昂。末言筵席總會分別，難以
再相見，情誼切切，是以同聚歡慶與別離不捨往往只在一刻間。杜甫
與友人的交往，不論是宴飲歡愉，抑或是別離相會都是杜甫很在乎的
事情，不僅要能享受別離的當下，更要能在分別之後永懷情誼。除此
之外，杜甫與友人也曾相邀騎馬，「相邀愧泥濘，騎馬到階除」(〈對
雨書懷走邀許主簿〉，頁15)即使雨後土地泥濘不堪，還是無法阻擋
兩人騎馬之興。

　　李白和杜甫曾一同去拜訪范居士，各有詩作。雖是兩人同拜訪之
事，但可以看出李杜心境上的不同。在李白的詩中，杜甫可能只是此
次同遊的陪伴者，隻字未提杜甫。相反地，在杜甫的詩中，李白卻是
此次出遊的主帶領者，〈與李十二白同尋范十隱居〉詩云：

李侯有佳句，往往似陰鏗。余亦東蒙客，憐君如弟兄。醉
眠秋共被，攜手日同行。更想幽期處，還尋北郭生。入門
高興發，侍立小童清。(頁45，節)

年齡比杜甫大十一歲的李白，對杜甫而言宛如尊敬至上的兄長，對其
才華個性都甚為欣賞。兩人飲酒醉眠，同被而寢，攜手同行，交情甚
好。李杜同尋友人隱居處，途中迫不及待心思可見。此次同遊之行，
杜甫雖未詳述兩人與友人見面之況，但此行有李白的伴隨，可想而知

〔註104〕嚴耕望：《唐代交通圖考——第六卷河南淮南區》(臺北：中研院史
　　　　語所，2003年)，頁2001。

必爲一次美好的旅行。雖李杜兩人摹寫此次同遊的切入角度不同,但對兩人而言,都是值得記憶的同行之旅。

孟郊客寓汴州期間,受到了許多友人的幫助和提拔,也結交了許多知心友人,當孟郊將離開汴州時,寫有詩〈與韓愈李翺張籍話別〉:

> 朱弦奏離別,華燈少光輝。物色豈知異,人心故將違。客程殊未已,歲華忽然微。秋桐故葉下,寒露新鴈飛。遠遊起重恨,送人念先歸。夜集類飢鳥,晨光失相依。馬跡遶川水,鴈書還閨闈。常恐親朋阻,獨行知慮非。(頁455)

詩中描摹以朱弦離歌,華燈灰暗,桐葉枯萎凋落,新鴈也南飛歸去,晨曦失暉,烘托出憂傷黯淡的別離情境。孟郊寫下路程將啓的無奈,客子遠去的遺憾,此行一別,山川阻隔人心,親朋音訊難聞,話別中字句可見孟郊對親友的戀戀不捨。別離時的難分難捨,更能體會出孟郊與友人在寓居汴州的期間,與友人交往的生活,必當深刻踏實,點滴刻印心頭。孟郊寓居梁宋等待汲引的兩年歲月中,受到許多友人物質和仕途上的扶持,如陸長源、韓愈、張籍、李翺等,雖最終仍未順利謀得官職即選擇離去,但在孟郊最爲失志的人生階段中,他們成爲孟郊生命中最重要的心靈夥伴。

劉長卿雖至梁宋停留的時間不到一年,但〈別陳留諸官〉一詩可知其在此地受到很好的招待,也和當地的官員建立起深刻的情誼。詩云:

> 戀此東道主,能令西上遲。徘徊暮郊別,惆悵秋風時。⋯⋯音塵儻未接,夢寐徒相思。(頁12,節)

詩中描寫離別時對於東道主的依戀,從舉步遲緩、徘徊不決的動作,即可體會劉長卿與陳劉諸官的感情濃厚。離別後深怕因距離之遠而未得音信,彼此只能在夢中互相思念,可見即使相別,劉長卿期待能持續收到好友的音訊,就算未能如願,也會掛念對方,空間的距離並不會改變劉長卿對友人的情感。

劉禹錫詩作中多次提及令狐楚〔註105〕,兩人交情並非一般。如

〔註105〕「令狐楚字殼士,自言國初十八學士德棻之裔。⋯⋯(長慶)九月,

詩〈酬令狐相公贈別〉：「幸遇甘泉尚詞賦，不知何客薦雄文」（頁1167），此詩作於大和元年（827），劉禹錫罷和州刺史，離和州返洛陽首次經汴州，時令狐楚任汴州刺史、宣武軍節度、汴宋州毫觀察等使。對於友人令狐楚的才情，劉禹錫不避諱的給予極大讚賞，期許令狐楚能自我推薦，肯定自己的才思能幹，晉升更高的職位。又〈途次大梁雪中奉天平令狐相公書問兼示新什因思曩歲從此拜辭形於短篇以申仰謝〉詩云：「共曾花下別，今獨雪中迴。紙尾得新什，眉頭還蹔開。」（頁1185）此詩作於劉禹錫自長安赴任蘇州刺史經大梁，先與友人白居易洛陽別時逢雪，後經大梁，令狐楚亦已離開汴州，獨自在大雪中更顯得伶仃寂寞。劉禹錫首次路經大梁時，異地還有友人令狐楚的相陪，四年後再次路過大梁，友人卻已不在此地，相較之下的心情更顯得落莫萬分。詩中云大雪紛飛中，遙想過往賞花之樂，如今徒留離別情境，他鄉異地的孤單寒冷，此時收到知友令狐楚的來信，宛如雪中送炭般，頓時緊縮的眉頭，得以暫且紓解，心中的溫暖油然而生。也難怪兩人友誼堅定不移，適時的關心，即時的安慰，更能撫平友人心靈上的傷感。

二、漁樵耕牧的農圃瑣事

外來詩人遠行至異地，除了自身攜帶的盤纏外，大多以知識分子的身分，憑藉己身的才氣，賺取旅費，抑或是借助親友的接濟。再者，若是長時間寓居某地，可經由實際參與漁樵耕牧之事，來維持生計，或者以此寄情生活的閒情逸致，仿陶淵明的隱居之樂。

李白不論在梁宋或齊魯，皆有實際參與農耕生活，不過對此農耕生活，並不是主要煩惱生計問題，大多是抱著閒情和歸隱的心態而從。如在梁宋而作〈書情贈蔡舍人雄〉，詩云：「閑時田畝中，搔背牧雞鵝。別離解相訪，應在武陵多。」（頁1458）論述自己或於閒暇之時，行之畎畝中，搔背癢，飼雞鵝。此種生活對李白來說，就如同世

檢校禮部尚書、汴州刺史、宣武軍節度、汴宋毫觀察等使。」〔五代·晉〕劉昫等撰：《舊唐書》，冊5，卷172，頁4459～4462。

外桃源般，對此隱居生活，頗爲喜愛。又〈答從弟幼成過西園見贈〉詩云：「上陳樵漁事，下敘農圃言」（頁 2687），此詩是李白與二弟相會西園而作，彼此聊天的內容，不外漁樵和農圃之事，可見李白於齊魯，不論捕魚、採伐、耕種等事皆有自身履行，對他而言此爲幽居之樂，而非煩惱生計的來源。李白寓居齊魯長達十五年以上，雖非自己的家鄉，但家的雛形早已存在，而此等農圃瑣事，更讓李白在其中體驗深耕於此的歸屬感。

高適客居梁宋，爲了生計必須親身農耕之事，爲農收穫豐欠，不外乎土壤養分和雨水多寡兩大因素主宰，〈別韋參軍〉詩云：

> 歸來洛陽無負郭，東過梁宋非吾土，兔苑爲農歲不登，雁池垂釣心苦。（頁 10，節）

詩中直言赴京干謁未能如願，梁宋非歸根之家亦無良田，只能屈就於梁園廢墟中農耕，因爲土壤貧瘠，農產比年欠收，苦憂心長卻無法可使。雖說高適並非於肥沃良田處耕種，但以「莫以山田薄，今春又不耕」（〈別從甥萬盈〉，頁 79）的躬耕經驗訓誡外甥，也勉勵自己，持之以恆耕稼之事。除了歲比不登外，高適的農耕生活，還是有受到上天的眷顧，〈酬龐十兵曹〉詩云：

> 許國不成名，還家有慚色，託身從畎畝，浪跡初自得，雨澤感天時，耕耘忘帝力。（頁 12，節）

自云寄身於田地中，糊口之源全賴上天，雨水豐沛時，農收必當豐碩，此時耕耘要事又與君王作爲有何關連。故亦云「鑿井耕田不我招，知君以此忘帝力」（〈送楊山人歸嵩陽〉，頁 119），耕田鑿井維持生計，行農耕之時，一切皆與君王作爲無關，只賴上天的賜予。高適言談中宣洩著在異地農耕的勞苦，也暗喻君王不識賢才，即便君王位高權重，但農耕之事仍舊不需憑藉於帝力，一切主宰於上天，諷刺君王還是有能力不及之事。高適長安不遇後，寓居梁宋，又進士未果，只能屈就自己的豪情壯志，在這貧瘠之地行農耕之事，詩中多流露出忿忿不平之氣。

孟郊貞元十三年（797）客寓汴州之際，擇青羅居爲新居所。作

〈新卜青羅幽居奉獻陸大夫〉一詩，詩中可見孟郊農耕之事和鄉居之歡：

> 黔妻住何處，仁邑無餒寒。豈誤舊羈旅，變爲新閒安。二頃有餘食，三農行可觀。籠禽得高巢，轍鮒還層瀾。翳翳桑柘墟，紛紛田里歡。兵戈忽消散，耦耕非艱難。嘉木偶良酌，芳陰庇清彈。（頁253，節）

孟郊雖以「貧士」自謂，但卻享受自食其力，自給自足的鄉野生活。從「二頃有餘食，三農行可觀」、「兵戈忽消散，耦耕非艱難」可知孟郊對於農耕之事頗有心得，雖未達豐碩之收，但卻滿足糧食之需，生活不虞匱乏。「籠禽得高巢，轍鮒還層瀾」、「翳翳桑柘墟，紛紛田里歡」、「嘉木偶良酌，芳陰庇清彈」，孟郊身爲士人，平日對農耕之事無特意鑽研，在土壤、氣候、勞力等都需兼顧多樣的影響因素下，卻能飽足自己且頗有收穫，對此孟郊相當自喜得意，也因此在農事無挫折，生活無擔憂之下，更能享受農閒之時酌飲和琴詠之樂。從陸長源寄孟郊詩中，亦可看出孟郊的農作生活。詩云：「首夏尚清和，殘芳遍丘墟。騫幬蔭窗柳，汲井滋園蔬。」〔註106〕此地穩定的氣候，充足的水源，是孟郊收穫不錯的其中主要原因。司馬遷《史記‧貨殖列傳》載：「（梁、宋）好稼穡，雖無山川之饒，能惡衣食，致其蓄藏。」〔註107〕孟郊客寓汴州，在青羅居建立起一個屬於他的農莊，不僅衣食無缺收穫有餘，更能完全的融入鄉野生活中，耕農之事對孟郊而言，可說是綽綽有餘。這些農圃瑣事也讓孟郊擁有不小的成就感，得以暫時忘卻苦候官職的不遇之況。

三、學仙問道的閒居逸事

外來詩人們遠離了京城繁囂，又無公務的纏累，遷移／旅遊至梁宋齊魯，定當想尋求有別於京華之地的閒居逸事。以此不僅可以轉換向來的生活方式，也藉此調整從他地至異地的心境起伏，找到一個適

〔註106〕華忱之、喻學才：《孟郊詩集校注》，頁229。
〔註107〕〔漢〕司馬遷：《史記》，冊4，卷129，頁3266。

應梁宋齊魯的最佳模式，開創新生活。

　　李白遭讒去京客梁園，其中如何轉換心境閒居梁宋，觀其〈書情贈蔡舍人雄〉詩云：「舟浮瀟湘月，山倒洞庭波。投汨笑古人，臨濠得天和。」（頁1458）自敘縱棹浮瀟湘，過洞庭，不認同屈原為表心志投江而喪命，願如莊子悠然觀魚於濠梁，自得天地祥和之氣，此正為李白閒居於此的心情，無所爭無所盈，也是李白在去京後，自我調適心緒的開脫方式。學仙成道一直都是李白尋求的境界，不論身在何處，總難以忘懷，〈送楊山人歸嵩山〉詩云：

> 我有萬古宅，嵩陽玉女峰。長留一片月，挂在東溪松。爾
> 去掇仙草，昌蒲花紫茸。歲晚或相訪，青天騎白龍。（頁2466）

李白謂楊山人在嵩山玉女峯有萬古之宅，長留明月掛東溪松上。你今歸嵩山，可採仙草而食，服之當與仙人同歸。想必歲晚相訪之際，爾已得道駕白龍昇青天。除了勉友人學仙成道，言語中亦透露，李白自身對仙人世界的神馳和傾心，祈友人與自己同仙人歸，在未知的世界裡依舊不寂寞。又〈謁老君廟〉詩云：

> 先君懷聖德，靈廟肅神心。草合人蹤斷，塵濃鳥跡深。流
> 沙丹竈滅，關路紫烟沉。獨傷千載後，空餘松柏林。（頁2983）

道家以老子為始祖，道教徒崇奉元始天尊和太上老君為教祖，道教徒李白對老子的尊重，從拜謁即可看出。首感懷先君為瞻仰老君聖德立廟，神靈端肅人心，儼然老君降臨。不過今日至此，遍地野草雜生，煙塵濃密，不僅人蹤稀少，連鳥跡亦深陷。觀流沙之丹竈滅，函谷紫氣沉冥，往日香火鼎盛貌不再，千年之後僅剩松柏而已。李白感喟今非昔比，老子曾謂「死而不亡者壽」〔註108〕，古廟淒涼之況，讓李白有所懷疑道無窮無盡的精神，是否真的超越時空而永久存在，對此也表露對老子的崇敬和他人表現的無奈之感。

　　李白燕居齊魯，生活悠閒充實，如〈五月東魯行答汶上翁〉詩云：「顧余不及仕，學劍來山東」（頁2614），仕途不順故客遊至齊

〔註108〕朱謙之等著：《老子釋譯──附馬王堆帛書老子》（臺北：里仁書局，1985年），三十三章，頁134。

魯，學劍是李白至山東首要完成的事。曾自言「十五好劍術，徧干諸侯」（〈與韓荊州書〉，頁4018），劍代表著李白的俠氣未減，也代表著他的精神和理想，即使不遇之況，仍懷著遠大的抱負而來。又〈魯東門汎舟二首〉之一詩云：「輕舟泛月尋溪轉，疑是山陰雪後來」（頁2784），情景相適，可知李白泛舟時的心曠神怡，輕鬆自得，甚爲享受此自在生活。李白客居齊魯，有家人的陪伴，更顯得幸福。〈南陵別兒童入京〉詩云：

> 呼童烹雞酌白酒，兒女嬉笑牽人衣。高歌取醉欲自慰，起
> 舞落日爭光輝。（頁2238，節）

此詩是李白受玉眞公主之薦，去東魯赴京前作。〔註109〕描述與家人相處的情形，食烹雞、酌白酒，兒女承歡膝下，相親嬉笑，既醉既舞，光輝無限之貌。此情此景，天倫之樂的幸福，是人生極樂。但李白心中終究放不下報家效國之志，只能暫且割捨這天倫樂，酒醉高歌，聊以自慰不捨之情。李白客寓齊魯的生活，雖有家人相伴，生活安逸，但內心蠢蠢欲動的壯志，仍舊不時的呼喚他，在兩者之間，最終李白選擇離去。

　　除此之外，著書也是李白閑居時的樂趣之一，〈早秋單父南樓酬竇公衡〉詩云：「我閉南樓著道書，幽簾清寂若仙居」（頁2619），身爲道教徒的李白，清幽寂靜的南樓對他而言好若仙居，於南樓閉門著道書，更讓李白彷彿幻化爲仙人隱世。又〈遊太山六首〉之四詩云：「清齋三千日，裂素寫道經」（頁2801），李白斷食三千日寫道經，十年之功，用心勤奮。一個「一生好入名山遊」（〈廬山謠寄盧侍御虛舟〉，頁1999）的終身旅人，一個「百年三萬六千日，一日須傾三百杯」（〈襄陽歌〉，頁975）的一生酒星，願閉門著道書，不飲酒不茹葷，可見道書中的神仙世界，正是李白極爲嚮往的。又〈奉餞高尊師如貴道士傳道籙畢歸北海〉詩云：

> 道隱不可見，靈書藏洞天。吾師四萬劫，歷世遞相傳。別

〔註109〕郁賢皓：《天上謫仙人的秘密——李白考論集》，頁240。

　　杖留青竹，行歌躡紫煙。（頁 2445，節）

此詩亦可見李白以爲道隱晦不見，可見藏於《靈書》〔註110〕中。此詩因高師傳道籙歸北海而作，敘其師已歷四萬世之劫，故得此《靈書》，傳籙已畢，持竹杖乘紫煙歸去。李白也祈望自己有朝一日亦能竹杖化龍而去，對道的追尋和成仙的盼望，日趨強烈。與其說遊仙是爲了尋道，不如說是爲了尋己，因爲尋道成仙者不是別人，正是自己。與儒家、道家相比，道教表現出更爲強烈的自我意識和個性色彩。〔註111〕李白正是屬於這種不受拘束，性格放蕩不羈的人，思想在儒道互補中，自我意識更能凸顯。李白於齊魯，曾與友人隱居徂徠山，宋祁《新唐書・李白傳》載：「客任城，與孔巢父、韓準、裴政、張叔明、陶沔居徂徠山，日沉飲，號『竹溪六逸』。」〔註112〕李白有詩記友人陶沔築臺，〈登單父陶少府半月臺〉詩云：

　　陶公有逸興，不與常人俱。築臺像半月，迥向高城隅。置
　　酒望白雲，商飆起寒梧。秋山入遠海，桑柘羅平蕪。水色
　　淥且明，令人思鏡湖。（頁 2950，節）

詹瑛案陶少府即竹溪六逸之一的陶沔。（頁 2950）《嘉慶重修一統志・曹州府》：「半月臺，在單縣東舊城東。唐少府陶沔所築。」〔註113〕李白讚陶沔超然邁倫，不似常人。對其所建築臺，述外觀像半月，遠至高城四隅。至臺上觀雲飲酒，秋風吹寒梧，遠觀景色，秋山入遠海，平蕪之處滿桑柘，望去水色青綠，無波明亮。隱居的同好，登臺的美景，對李白而言都是閒情逸致的主要來源。

　　宇文所安曾在《追憶：中國古典文學中的往事再現》一書中，解

〔註110〕「靈書紫文經曰靈書紫文上經，刻以紫玉爲簡，青金爲文。」〔宋〕李昉等撰：《太平御覽》（臺北：新興書局，1959 年），冊 9，卷 676，頁 2979。
〔註111〕陳炎、李紅春：《儒釋道背景下的唐代詩歌》（北京：昆崙出版社，2003 年），頁 75。
〔註112〕〔宋〕宋祁等撰：《新唐書》，冊 5，卷 127，頁 5762。
〔註113〕商務印書館編纂：《索引本嘉慶重修一統志》（臺北：臺灣商務印書館股份有限公司，1966 年），冊 4，卷 181，頁 2297。

析沈復的《浮生六記》中〈閒情記趣〉一文時云：

> 幻象總是要被揭穿的，他如此堅持不懈地聲稱它的現實
> 性，實際上正是因為他心底裡已經意識到它是幻象。想要
> 逃入極小世界中去的意願，常常需要仰賴人為的功夫來掩
> 飾構建物的接縫，來遮蓋每一處會使他想到他眼中的景象
> 不過是出於虛幻的地方。〔註114〕

他認為沈復的〈閒情記趣〉一文中，將蚊子想像成仙鶴（小蟲變成超
然物外的鳥），但這僅僅的想像並不能夠接近真實，還需要搭配帳子
和噴煙，使它們更符合他願望的景象。如同這樣除了發揮自己的想像
力外，還更進一步描繪出符合當下景象的作品，李白〈夢遊天姥吟留
別〉一詩亦是。李白此詩敘自己夢遊天姥吟別東魯諸公，詩云：

> 我欲因之夢吳越，一夜飛度鏡湖月。湖月照我影，送我至
> 剡溪。謝公宿處今尚在，淥水蕩漾清猿啼。腳著謝公屐，
> 身登青雲梯。半壁見海日，空中聞天雞。千巖萬轉路不定，
> 迷花倚石忽已暝。熊咆龍吟殷巖泉，慄深林兮驚層巔。雲
> 青青兮欲雨，水澹澹兮生煙。列缺霹靂，丘巒崩摧，洞天
> 石扇，訇然中開。青冥浩蕩不見底，日月照耀金銀臺。霓
> 為衣兮鳳為馬，雲之君兮紛紛而來下。虎鼓瑟兮鸞回車，
> 仙之人兮列如麻。忽魂悸以魄動，怳驚起而長嗟。惟覺時
> 之枕席，失向來之煙霞。（頁2101，節）

李賢《大明一統志》載：「天姥峯，在天台縣西北，與天台山相對，
其峯孤峭，下臨嵊縣，仰望如在天表。」〔註115〕遭唐玄宗賜金放還
的李白，只能以如夢消解權貴記憶，消解世間行樂，甚至消解洞天煙
霞，才能夠肆行無礙、自在行遊。〔註116〕天姥之勝是李白欲遊之處，
因在現實的空間中無法到達，故寄託於夢寐。雖在夢境中，但天姥峯

〔註114〕〔美〕宇文所安著、鄭學勤譯：《追憶：中國古典文學中的往事再
　　　　現》（臺北：聯經出版事業股份有限公司，2006年），頁150。

〔註115〕〔明〕李賢等撰：《大明一統志》，冊6，卷47，頁3096～3097。

〔註116〕廖師美玉：《回車──中古詩人的生命印記》（臺北：里仁書局，2007
　　　　年），頁297。

之景，在李白的夢中卻建構的極爲完整。從飛度鏡湖，湖中月影送其至剡溪，見謝公留宿處，水流猿啼，著謝公之屐，登青雲之梯，見海日之昇，聞雞鳴報曉，千巖萬壑崎嶇不平，倚石賞花近冥。熊咆龍吟震宕山谷，雲氣密欲雨，水波盪漾生煙，巒山裂缺，彷彿雷電相交。石門洞開，青天廣博不見底，日月照耀仙臺，群仙以霓爲衣，以鳳爲馬，雲中仙君皆來聚會，班班如麻。這是李白夢中的景象，如此眞實清晰，是李白極欲逃離現實欲往之地，潛意識中的李白，早知夢境只是虛假幻化，但爲說服自己故以鉅細靡遺的仙境來建構夢境，於此他才能眞正消解現實中的不遇之況和世間的糾葛牽絆，得到眞正的心境解脫。現實生活中無法如願，夢寐之間仍尋仙境，故云道教是李白政治失敗的精神療養院，人身安全的避風港，自由理想的太虛幻境，生命和物慾得以實現的理想國。〔註117〕因爲只有在尋道覓仙中，李白才能眞正感受自己，實在地擁有自己。

高適於宋中，除了忙碌的爲農之事，安閒幽居也是生活的一部分。〈苦雪〉四首之二詩云：「余故非斯人，爲性兼懶惰，賴茲罇中酒，終日聊自過。」（頁70）高適自謙不像他人天資聰穎和賢能孝廉，因爲生性懶惰，終日只需杯酒相伴即可，不高談抱負大才，不追求人生理想。看似悠閒之舉，但間接透露著高適怨君不識才，對仕途失意之感。除了杯酒度日，高適對方士和仙人之事頗感興趣，〈遇沖和先生〉詩云：

> 沖和生何代，或謂遊東溟，三命謁金殿，一言拜銀青。自云多方術，往往通神靈，萬乘親問道，六宮無敢聽。昔去限霄漢，今來覩儀形，頭戴鶡鳥冠，手搖白鶴翎。終日飲醇酒，不醉復不醒，猶憶雞鳴山，每誦西昇經。（頁89）

高適昔聞沖和先生曾爲方士遊東海，知占卜，又善醫術，更能通鬼神，今日見之，其頭戴鶡鳥冠，手搖鶴羽扇，終日飲酒，似醉似醒，方士之貌果然不類常人。又〈玉眞公主歌〉詩云：

〔註117〕葛景春：《李白與中國傳統文化》，頁159。

　　常言龍德本天仙，誰謂仙人每學仙，更道玄元指李日，多
　　於王母種桃年。仙宮仙府有眞仙，天寶天仙祕莫傳，爲問
　　軒皇三百歲，何如大道一千年！（頁117）

高適以此詩贊玉眞公主學道，也相信老子所謂的天道，肯定眞仙之
存，天仙之祕，末更以天道已千年，軒轅黃帝不過三百年相較。從以
上兩首詩看來，高適對於神仙求道、鬼神法術之事，多給予正面的評
價，並未斥責虛妄不實，反觀對此等事興致勃勃。李肇《唐國史補》
云：「長安風俗，自貞元侈於遊宴，其後或侈於書法圖畫，或侈於博
奕，或侈於卜祝，或侈於服食，各有所蔽也。」〔註 118〕唐代丹鼎興
盛，煉丹已從昔日在深山野嶺祕密進行，更發展到在道觀、顯官達貴
邸宅、乃至皇宮等地皆隨處有之，而從事者，則上自帝王官吏，下至
文士庶民，全國四處都瀰漫著服食的風習。〔註 119〕此風氣在唐代的
盛況，舉足輕重的影響了士人的思想和文學作品，如李白雖自幼受儒
家教育的薰陶，但亦成爲道教徒，又高適雖以儒家思想爲主，但佛道
理念也深化其心，也可說是在仕途之旅外的另一歸依，藉此抒發了現
實世界的挫折，以答超脫的精神世界。

第四節　離開梁宋齊魯的失落感

　　外來詩人以依親、客寓、漫遊、謀職、途經等不同方式至梁宋齊
魯，有許多外在條件以及內在因素滿足他們從他地至此。異地生活的
外來詩人們，在梁宋齊魯找尋到了有別於故鄉的歸屬感，有了讓內心
願意繼續留下的正面動力，但在其中也有許多負面的原因，影響力足
以催促著詩人們的離去。筆者經由整理文本，歸納出遠客的孤獨、返
鄉的渴望、京城的召喚以及生活的困頓四大主因，是讓外來詩人們對
於梁宋齊魯之地產生失落感，最終還是決定離開此地的原因。以下筆

〔註118〕〔唐〕李肇：《唐國史補》（臺北：世界書局，1968 年），卷下，頁
　　　　60～61。
〔註119〕廖芮茵：《唐代服食養生研究》（臺北：臺灣學生書局有限公司，2004
　　　　年），頁 385。

者根據詩人以及作品，逐一分析詩人們離開梁宋齊魯的因素。

一、遠客異鄉的孤獨感

　　遠客異鄉的孤獨滋味，有如椎心蝕骨的折磨，總是旅人必經的過程，也占據了長期旅程的心靈空間。即便再如此適應異鄉的生活情態，但為客的身分依舊仍殘留著些許的羈絆，不易完全的落地生根，陌生與熟悉感中，依然存在客居異鄉的無形隔閡──孤獨感。

　　駱賓王客居齊魯，詠物喻情詩作頗多，除了抒發「蓋陰連鳳闕，陣影翼龍城。誰知時不遇，空傷留滯情。」（〈秋晨同淄州毛司馬九詠〉詠〈秋雲〉，頁 43）遭時不遇的感慨，也傾訴自己心靈的寂寞。〈秋晨同淄州毛司馬九詠〉中的詠〈秋蟬〉詩云：「自憐疏響斷，荒林夕吹寒。」（頁 45）駱賓王以蟬棲高而聲傳遠，闡述蟬的特性，自喻鄙棄世俗的濁汙，堅持自我的高雅超邁。世人卻無法認同此種理想，惟能自憐自寒，無人響應的孤獨，是駱賓王的心緒。詠〈秋月〉詩也有相同的感慨：

> 雲披玉繩淨，月滿鏡輪圓。裛露珠暉冷，凌霜桂影寒。漏
> 彩含疏薄，浮光漾急瀾。西園徒自賞，南飛終未安。（頁 43）

駱賓王以細密的筆法，建構秋夜之景，夜空、白露、寒霜、桂影、疏林、河中波瀾來襯托一輪明月的明淨敞亮。可惜如此佳景，只能獨自觀賞，無人伴隨，此刻駱賓王不禁猶疑，尋尋覓覓多時，何處何地才是他終歸之處，相知相契的同好又在何方？

　　李白雖寓居齊魯多年，但畢竟仍為天涯客者，內心的歸屬並不踏實，遠客的孤獨和哀愁，詩中多有顯露。「遠海動風色，吹愁落天崖」（〈早秋贈裴十七仲堪〉，頁 1277）、「桃李寒未開，幽關豈來蹊」（〈贈從弟洌〉，頁 1821），秋風動乎遠海，也吹起李白遠客浪跡天涯的絲絲憂愁，秋思勾起心中陣陣漣漪。東魯之家，來往者稀，性情豪爽好客的李白，寂寞孤單的心情可想而知。異地的寓居，必須拋棄一切熟悉的事物，行子內在的複雜心境，外在環境的考驗，即便如李白如此

放蕩不羈的俠客，零丁孤苦的心情總是多次浮現。

　　這樣的伶仃之感，每遇蕭瑟冷清的秋節，心情更是備受煎熬，高適〈秋日作〉一詩云：

　　　　端居值秋節，此日更愁辛，寂寞無一事，蒿萊通四鄰。閉
　　　　門生白髮，回首憶青春，歲月不相待，交遊隨眾人。雲霄
　　　　何處託，愚直有誰親？舉酒聊自勸，窮通信爾身。（頁81）

客居梁宋期間，獨自一人的寂寞生活，沒有鄰人的往來，無友人與之相親，唯獨自飲杯中酒消愁，聊以自我安慰。高適自敘梁宋如此落寞的生活，或許有些過於自謙，但也吐露了他深覺歲月的流逝，青春的過往，至今自己不論身與心仍舊居無定所，無法安定的落地深根，未能在官場上取得一官半職的而立之年，更讓高適心情備為焦急。又〈東平路作三首〉其三詩云：

　　　　清曠涼夜月，徘徊孤客舟，渺然風波上，獨愛前山秋。秋
　　　　至復搖落，空令行者愁。（頁152）

此詩描寫孤客高適舟中徘徊見月，草木凋謝零落，悠遠水波如月，如此秋夜之景，頓感沁涼侵心，不勝客中愁更愁。秋節的腸斷氛圍，挑起遠遊行子內心深層刻意隱藏的孤單。「我心胡鬱陶，征旅亦悲愁，縱懷濟時策，誰肯論吾謀？」（〈東平路中遇大水〉，頁 154）高適自言縱使懷有濟世良策，依然只能獨自發聲，無人相與和議，旅途的悲愁憂思，更自問豈能懷著鬱鬱久居此地。遠客的孤獨，沒有知心友人的陪伴，酒成了高適最好的傾聽者。「出門何所見，春色滿平蕪，可歎無知己，高陽一酒徒。」（〈田家春望〉，頁82）、「柳色驚心事，春風厭索居，方知一杯酒，猶勝百家書。」（〈閒居〉，頁82）詩云春色引人入勝，柳色使人驚艷，高適自謂高陽一酒徒，但卻苦無知己相伴，獨賞無趣，此刻獨飲一杯酒，或許能澆熄落寞之感，也能慰藉千里馬無伯樂賞識之憾。

　　孟郊客寓汴州，自云「四時不在家，弊服斷線多；遠客獨顦顇，春英落婆娑。」（〈汴州別韓愈〉，頁 458）寫出終年離家在外獨自的生活，衣裳無人能為其補破縫線，生活起居無人照料，容貌枯槁瘦弱，

猶如春花失顏，落色凋零貌。孟郊道出了遠客的孤獨無依，凡事皆需自身料理，寂寞的客居，無助的心情，溢於詩中。

二、渴望返鄉的漂泊感

唐人行旅詩中的家園意識，主要由兩個層面組成：一是表達在外奔波的疲憊和對家園的思戀，二是因前途未卜，身與家都沒有一個依恃點而產生惶恐與焦慮，這是一種雙重的懸浮無根之感。〔註120〕而這些曾至梁宋齊魯的詩人，屬於第一層面的有杜甫、劉長卿。屬於第二層面的有李白、高適、劉禹錫。

杜甫壯遊齊趙時，秋景讓他動了思鄉之情，「晨朝降白露，遙憶舊青氈」（〈與任城許主簿遊南池〉，頁14）。《禮記‧月令》：「涼風至，白露降，寒蟬鳴。」〔註121〕秋天的露水和寒意，金風玉露，觸景傷情，讓杜甫思念起家園的一切。行旅在外，家鄉總是旅人的精神寄託，孟秋之景興起遠遊行人的寂寥心境，此刻想家的情緒早已累積至最高點。

劉長卿東遊之時，「迴首古原上，未能辭舊鄉」，情感上無法割捨的是故鄉，雖是自行漫遊，但離開故鄉遠遊，故鄉的人事卻仍舊牽絆著遊子的心。「自非傳尺素，誰爲論中腸」（〈出豐縣界寄韓明府〉，頁4），內心對於家園的想念，也只能寄於尺牘，藉由文字來傳遞遠行之子對於故鄉的念念不忘。

李白寓居東魯，憶起昔日與友人襄陽舊遊，今時相憶，不禁感慨遭賜金放還的自己，如今依舊蹉跎。「壯志恐蹉跎，功名若雲浮。歸心結遠夢，落日懸春愁。」（〈憶襄陽舊遊贈濟陰馬少府巨〉，頁1469）慨歎日月蹉跎，至今仍一事無成，功名不就，落日帶不走滿懷的春愁，也在夢寐間興起不如歸去之意。李白在面對親密友人的同時，也傾吐了他滿滿的哀愁。

〔註120〕李德輝：《唐代交通與文學》，頁282。
〔註121〕〔漢〕鄭元注、〔唐〕賈公彥疏：《十三經注疏》，冊5，卷16，頁323。

高適客居梁宋時，因景浮思歸之情，〈寄孟五少府〉詩云：

　　秋氣落窮巷，離憂兼暮蟬，後時已如此，高興亦徒然。知君念淹泊，憶我屢周旋，征路見來雁，歸人悲遠天，平生感千里，相望在貞堅。（頁65）

詩中描述秋風蕭颯貌，面臨窮巷的困阨，離憂的愁緒，聽聞暮蟬的悲鳴，在在表現使人不堪負荷的痛楚，也寫下了高適對於自己不能及早得志的心境。雁南飛之景，讓他興起了歸去的念頭。又云「男兒貴得意，何必相知早，飄蕩與物永，蹉跎覺年老。」（〈酬裴秀才〉，頁64）長年的飄泊失志，歲月不饒人，讓高適不論生理抑或心理，皆已疲憊不堪，傷痕累累。此兩詩皆作於開元二十二年（734），高適至此已寓居梁宋近十年，回顧十年歲月的流逝，功名未就，也難怪高適想收拾漂泊之感返回故鄉。不得意之況，歸與不歸的猶豫，在高適漫遊齊魯時，也出現過此種心情，〈別崔少府〉詩云：「皆言黃綬屈，早向青雲飛，借問他鄉事，今年歸不歸？」（頁163）友人與自己皆是官場不得志，異鄉的不順遂，讓高適自問歸抑或是不歸，猶豫中不難看出其對官途的消極心態，此時投奔故鄉的比重，似乎是大於留在異鄉。又〈酬別薛三蔡大留簡韓十四主簿〉詩云：

　　始謂吾道存，終嗟客遊倦，歸心無晝夜，別事除言宴，復值涼風時，蒼茫夏雲變。（頁146，節）

高適雖自言壯志仍在，但長久的客遊無歸，時間消磨了滿腹情懷，興起倦怠之感，終日漸增思歸之情，又逢秋風蕭颯時，臨友人離去事，更讓高適愁中更愁，悲中更悲。在夏秋候變中，讓高適再度有了歸與不歸的躊躇。光陰的流逝，似乎是成為高適長久客遊心中最沉重的壓力，此詩作於距漫遊梁宋時又過了十載時光，進士仍未及第，在追逐功名中與時間競走的高適，此刻返鄉的渴望當無窮備增。

　　劉禹錫由和州返洛陽經汴州與令狐楚相會，臨行時有詩〈酬令狐相公贈別〉酬答令狐楚，此詩表露出仕途不順的感慨，壯志乏人問津的落寞，浮萍無依的窘境，思鄉的念頭頓時浮現。「越聲長苦有誰聞？老向湘山與楚雲」、「田園松菊今迷路，霄漢鴛鴻久絕群」（頁

1167），自言長期離家，無法料理家園之事，田園早已荒棄，松菊亦已蕪穢，疇昔舊友也早已晉升高官。劉禹錫面對前途茫茫的自己，想起友人的高官顯爵，如此的茫然和恐憂，陣陣的思鄉之聲油然而生。劉禹錫內心雖亟度盼望自己能早日回到故鄉，終結漂泊遠行的生活，但卻在屢遭外放的情形下，無法兌現心願。

三、京城的召喚

外來詩人們多半因不遇之況，才會自願或非自願的離開京都，另尋足以容身之地。雖身不在朝廷，卻心繫魏闕，內心始終祈望自己有朝能返回京城，爲君效力。縱然與京城相距千里之遙，但終究割捨不下的雄心壯志，將京城與詩人們彼此緊緊連繫。

李白漫遊梁宋之際，逢遭讒放還，雖距長安千里之遠，但對其神馳並未減少，「洪波浩蕩迷舊國，路遠西歸安可得」（〈梁園吟〉，頁1055），憶起舊國京都，但卻歸之不得，內心多有慨然。〈單父東樓秋夜送族弟況之秦〉一詩，李白將去朝後遊梁宋之感，寫於詩中：

> 遙望長安日，不見長安人。長安宮闕九天上，此地曾經爲近臣。一朝復一朝，白髮心不改。屈平顦顇滯江潭，亭伯流離放遼海。折翮翻飛隨轉蓬，聞弦墜虛下霜空。聖朝久棄青雲士，他日誰憐張長公。（頁2347，節）

李白抒發曾幾何時內心滿懷壯志，發下宏願即便鬢髮斑白，也不放棄官仕之路，也曾近處宮闕之內，預備一展長才，如今卻徒爾遠望，聖君終究未眷顧，遠去不得意。末以屈原（前339？～前278？）、崔駰（？～92）的政治結局，開始懷疑自己雖擁有如此才幹，但朝廷仍舊捨棄，他日又有何者會憐惜。去朝不久的李白，雖對聖朝多有不滿，但依舊無法完全忘懷魏闕，也因爲內心不斷地掙扎拉扯，才會在天平時高時低時，多有慨歎和不平之鳴。李白寓居東魯時，曾由東魯入京，對於入京的心情，〈南陵別兒童入京〉一詩，完全將其表露出來：

> 游說萬乘苦不早，著鞭跨馬涉遠道。會稽愚婦輕買臣，余亦辭家西入秦。仰天大笑出門去，我輩豈是蓬蒿人。（頁

2238，節）

即將辭別入京的李白，意氣風發，志氣昂揚。以朱買臣自喻年少有志，進取功名，即便身不在京，仍舊天生我才必有用，自獻良策，總有知音相遇。仰天大笑之舉，看出李白的十分自信，豈是終生困居草野之人的語氣，更是自負不凡。辭別入京雖有不捨之情，但喜悅之情溢於言表，可見李白對於京城的迷戀，並非可以隨意捨棄的。李白客寓東魯時，雖嘗自言隱居已無所求，但戀闕之心恆常蠢蠢欲動。「自居漆園北，久別咸陽西。風飄落日去，節變流鶯啼。」（〈贈從弟洌〉，頁1821）身雖處於東魯，但心向西京，即便時間流逝，但身在江海，心居魏闕，是李白此刻最好的心情寫照。送友人入京，更是激起李白戀主情思，心中興起狂烈地波動，「客自長安來，還歸長安去。狂風吹我心，西挂咸陽樹。」（〈金鄉送韋八之西京〉，頁2339）友人來去長安自如，自己卻入朝無期，內心的震盪不已，也覺徒然。但李白始終未放棄嚮往馳騁朝廷中，〈魯中送二從弟赴舉之西京〉詩云：

> 魯客向西笑，君門若夢中。霜凋逐臣髮，日憶明光宮。復羨二龍去，才華冠世雄。平衢聘高足，逸翰凌長風。（頁2443，節）

李白身為魯客，生活雖非不樂，但對於京都嚮往，也只能西望長安，夢寐中懷君，終究徒爾相思，距之千里，無法達至。李白羨慕二弟的赴舉西京，雖然極為肯定兩人的才華蓋世，但也難掩心中的落寞和惋惜。李白可以說是一生在行旅中生活，生活中皆在行旅，但其內心似乎早有既定的歸屬，魏闕之上才是他真正中意的停靠站。

高適寓居梁宋期間，不隱不仕的人生態度，預知了他對考取功名，一躍龍門的壯志並未放棄。「帝鄉那可忘，旅館日堪愁」（〈別孫訢〉，頁80），憶舊友望帝京，客梁宋時對居異地的發愁，對京城的吶喊掛念，心中從未減少。〈送蔡山人〉一詩，更強烈地抒發此情感：

> 東山布衣明古今，自言獨未遇知音，識者閱見一生事，到處豁然千里心。看書學劍長辛苦，近日方思謁明主，斗酒相留醉復醒，悲歌數年淚如雨。（頁72，節）

居宋州送友人入京詩，高適不免發洩其憤恨不平的情緒。自言文武兼資，竭力不懈的充實自我，可惜至今仍時命不合明主，未相遇知音。即便思京念帝，也只能在飲酒醉醒，悲歌落淚間聊以安慰。內心頻頻出現京城的召喚，高適卻苦無門可入，只能屢屢勸慰自己。高適即便已在梁宋寓居將近二十六年的歲月，才應試及第，得以獲得官職。在這漫長的歲月中，高適未曾眞正離開過梁宋，仍舊在此地等待發展長才的機會，足見其對於明主的賞識和京城渴望的執著。

四、生活的困頓

異地謀生之道，固然是生活全新的開始，實則總總的陌生，一切皆是行之不易，重重的困難可想而知。行子在旅途中，無穩定的經濟來源，雖未及斷炊之境，但多需費心運籌謀生之事。

去朝旅次梁宋的李白寫有詩〈對雪獻從兄虞城宰〉云：「昨夜梁園雪，弟寒兄不知」（頁 1472）梁園遇雪之夜，李白以兄虞城宰錦衣軒裳，來對比自己無法禦寒的短褐衣裳，以此求助於兄虞城令。可見行旅梁宋期間，李白並非每每都能衣豐食足，生計窘迫或境遇困難的情況也有發生，生活的困頓讓他不得不向外求援。除了客居梁園的生活，李白在齊魯的生活，時間長達十五年以上之久，雖非家鄉之處，但家的雛形早已具備，可說是李白的第二故鄉。在齊魯的日子，對李白來說趨於貧窘，雖有田地可耕，〔註 122〕卻是極爲狹小之地，自言「顧余乏尺土，東作誰相攜」（〈贈從弟冽〉，頁 1821）。此地居民大多以務農自己自足，〔註 123〕但李白卻連基本的耕種條件土地都無法充分擁有，也無人可以相互扶助，收穫必當不佳。除了現有自然環境的匱乏，人文條件也讓李白在魯地備受冷落，「白玉換斗粟，黃金買尺薪」（〈送魯郡劉長史遷弘農長史〉，頁 2357），魯人的不尊聖人不

〔註 122〕〈寄東魯二子〉：「我家寄東魯，誰種龜陰田？」（頁 1983）可見李白在東魯已有田地。

〔註 123〕詳參第四章第二節「外來詩人筆下的梁宋齊魯──風土民情的書寫」，另有詳細說明。

識賢者，才致使客居此地的文人生活窮困，在物質條件無法滿足下，迫使他們離開此地。此詩雖是替劉長史發不平之鳴，實也是李白在東魯的生活自況，自然條件和人文條件雙雙不足下，促使李白萌生離開此地之意。身為知識分子的李白，內心還是有屬於士人的驕傲，雖有屈伸自如的豁達性格，願意為生計求助友人，也甘願為生計從事務農工作。但對於自己只能棄筆從農，屈就於距京師千里之遠的蠻荒之地，還需勞神顧忌生計問題，更無法實現豪情壯志，讓李白即使豁達，仍參有幾許不平之氣。

小　結

外來詩人們在外部條件充足的環境下，以及個人相異的內部條件下至梁宋齊魯，在此地他們有所追尋，但也有所失落，追尋與失落的擺盪，成為他們決定去留的主要考量。

駱賓王由依親到客寓齊魯，父母在堂的歲月，讓他在齊魯毫無後顧之憂的學習。但父親逝世後，駱賓王必須為了生計，來去齊魯長安間，努力在仕途中謀職，後順利謀職，便離開齊魯上任。對於駱賓王來說，齊魯可以說是他情感歸屬的第二故鄉，在齊魯長達十二年的時間，與親朋好友的往來，都是值得回憶的點滴。但異地終究非自己的故鄉，在異鄉的孤獨滋味，卻也成為駱賓王在齊魯最大的失落之感。

李白寓居齊魯，受玉真公主推薦入京，後上書求還山遊梁宋，再歸齊魯。梁宋齊魯對於李白而言，是懷志而隱的桃花源地，也是失意待展處。李白移家山東，寓居齊魯十五年之久，異鄉生活由親朋之間的往來，漁樵、農圃瑣事，還有學仙問道等逸事繪製而成，齊魯稱為他的第二故鄉也不為過，而這些亦是李白漫遊梁宋時的生活景象。但前途未卜以及客在異鄉的漂泊之感，讓李白興起返鄉念頭，再加以生活的困頓，壯志未酬的心志，讓李白最終決定結束漫遊梁宋之行且離開齊魯。

高適開元十二年（724）便寓居梁宋，長安求試落第後，又回到

梁宋，於此將近二十六年的歲月，其中曾遊齊魯。高適客寓梁宋、漫遊齊魯之邦時，此地對他來說是暫時懷志而隱，等待尋求入仕之處。長久的異鄉生活，高適不僅建構了通達的人情網路，也忙碌於農耕之事，除此之外，安閒幽居的仙道嚮往，此等都是高適異鄉生活的描繪。但伶仃與思歸之情，京城聲聲的呼喚下，高適興起欲離開此地的失落感。最終，高適在天寶八載（749），赴長安應試中第，離開梁宋赴任。

杜甫省親齊魯，又回洛陽，從東都漫遊梁宋和齊魯，終歸洛陽至長安。對剛落第的杜甫而言，梁宋齊魯之地對他來說，是異於東都燈紅酒綠的隱居生活，也是欲實現壯志的待展處。在漫遊的期間，杜甫建立了專屬梁宋齊魯的人情脈絡，爲異鄉生活增添不少光輝。但在外奔波的疲憊和對家園的思戀，也讓杜甫浮現不小的失落感，除了亟欲待展的豪情壯志，這或許也是促使他選擇結束漫遊回到長安的原因之一。

孟郊登進士第後，爲求官客寓汴州兩年時間。梁宋之地對孟郊來說，想當然爾爲懷志而隱的暫時休憩地，期望能於此獲得援引薦舉的機會。孟郊在客寓的期間，結交了許多志同道合的友人，亦受到他們的幫忙和提攜。除此，更有了自己的新居，完全融入農耕之事和鄉野生活。但爲客的孤單寂寞，讓孟郊對梁宋之地有了些許的落寞，加以求官未成，最終仍選擇離去。

劉長卿天寶三年夏（744）應舉落第，遂東遊曹州，自曹州西歸，經汴、宋諸州，故有梁宋之遊。家道貧寠，是劉長卿下定發憤苦讀，追求功名的主要原因，唯有謀得官職，才得以改善生活家計。劉長卿東遊時，以爲齊魯是懷志而隱之地，梁宋則是他謀食營生處。劉長卿雖至梁宋停留時間不長，但在此地仍受到東道主熱情的款待。此行奔波的疲憊感，加以生計的重擔，讓劉長卿時刻惦記著故鄉。梁宋齊魯之行，對劉長卿而言並非可以無肆無憚的盡情遨遊，反而多了一份隱形的負擔。

劉禹錫罷和州刺史，離和州返洛陽經汴州，又自長安赴任蘇州刺

史經大梁，二度路經梁宋，皆因外放途中。劉禹錫路經此地，多首詩皆提及曾於梁宋任官的令狐楚，兩人交情可見一斑。仕宦之途的茫然，讓劉禹錫在窘境中浮現歸鄉的思緒。

白居易本在洛陽，為太子左庶子分司東都。為赴任過汴州，至蘇州任刺史。

外來詩人以相異的遷移／旅遊的方式、條件和路線至梁宋齊魯，在梁宋齊魯生活了或長或短的時間，對此地有所追尋和期待，歷經時日，也有了不符合心中設想的藍圖，從期待轉而落空。在這追尋與失落中，過客的身分使然，去留的擺盪興起，留下抑或是離開，成為客子最終必須做的決定。

第四章　外來詩人筆下的梁宋齊魯

前　言

　　當外來詩人具備著不同的年齡、身分、心態、方式、條件等多樣元素，同樣地踏入一個完全陌生的地域，或者離開後再度回到的原地，詩人們觀察的視角會有所不同。正如義大利作家伊塔羅‧卡爾維諾在《看不見的城市》書中所言：

> 對那些經過卻沒有進入的人而言，這座城市是一個樣子；
> 對那些深陷其中，不再離開的人，則是另一個樣子。你第
> 一次到達時，有一個城市；你離開而且永不歸來時，又有
> 另一個城市。〔註1〕

外來詩人到此地可能只是短暫的停留，抑或是長時間的客居；可能已過不惑之年，抑或是正值青壯年時期；可能是第一次到一個完全陌生的梁宋齊魯，抑或是再次到達等，這些種種的因素，都是使同樣的一個城市，在詩人們的筆下，卻呈現不一樣的梁宋齊魯最主要的原因。外來詩人們眼睛所見的這個城市並沒有多大的改變，改變的是心中那「看不見的城市」，因為心態的不同而有所取捨，所以眼睛所見的城市，自然也因此有所聚焦和模糊。戴偉華《地域文化與

〔註1〕〔義〕伊塔羅‧卡爾維諾著、王志弘譯：《看不見的城市》（臺北：時報文化出版企業有限公司，1993年），頁155。

唐代詩歌》一書有云：

> 區域文學創作中，區域的自然景物、文化景物是作家表現
> 的對象，區域也是文學家活動的範圍。因此，一個主要活
> 動在某一區域的作家，他可以將某一區域的地域特點作較
> 爲細緻深入的表現，與交通中心、城市中心和使府中心不
> 同的是，以個體活動爲中心的詩歌在詩歌藝術上比較獨
> 特。〔註2〕

在區域文學的創作中，更能看出作者與一個地域文化的交互作用，在
交互作用下所摩擦出的藝術火花，正是筆者欲探討的重心。正如人文
地理學以地方經驗爲地理學的核心關懷，讓人談論他們的地方經驗、
他們的生活，以及他們怎麼看待世界。探察其中喚起的地方感，或是
所謂地方的文字描繪（word-painting）。這種召喚性的敘述讓地理學者
得以探察場所精神（genius loci），也就是某個地方獨一無二的「精
神」。〔註3〕透過文字敘述生活的方式，刻劃地方的經驗，找到屬於地
方的單一地方感，而這就是此地域的專屬特色。因爲在區域創作中，
個體大多會針對局限內的人事物，做最細緻的觀察和體驗，作品所表
現的即是他們眼中區域內的世界。筆者將本章分爲四大主題討論：
一、自然景觀的描繪；二、風土民情的書寫；三、歷史記憶的刻畫；
四、離開梁宋齊魯的記憶，以此分析作者與梁宋齊魯地域文化的凝聚
和建構，創造和詮釋生命的意義，在不同的書寫取向中，如何呈現出
各擅勝場的文學特色，此爲本章探討的重點。

第一節　自然景觀的描繪

　　劉勰《文心雕龍・物色》載：「若乃山林皋壤，實文思之奧府，
略語則闕，詳說則繁。然屈平所以能洞鑑風騷之情者，抑亦江山之

〔註2〕戴偉華：《地域文化與唐代詩歌》，頁 99。
〔註3〕Mike Crang 著；王志弘、余佳玲、方淑惠譯：《文化地理學》，頁 59〜
　　　60。

助乎！」〔註4〕地域的自然景觀，激起詩人的文思，寫下優美的詩篇，而不同詩人筆下的體會，亦將呈現多元的視角。城市是詩人生存的主要空間，城市的特點、城市的景觀，是文人朝夕相接的深刻映象。對其表現，可能受一種經驗干擾而模糊了區域景觀及其表現，但一種對陌生自然景觀和人文風俗的好奇是對詩歌之境開拓的內在動力。〔註5〕以此可見，人文與地理的關係密不可分，所謂人文地理學主要包含書寫大地（人類——自然關係）、書寫世界（社會——空間關係），〔註6〕大自然的千變萬化，撼動著作者的心靈，於是留下永垂不朽的名作，而在此空間下，詩人深受社會條件的影響，書寫了取向下的自然景觀，人、自然、社會、空間是人文地理學研究主要的關注角度。詩人們在梁宋齊魯的空間內，親身體驗下的自然景觀，筆者分為山嶺與江湖、城市景觀兩大類別和區域分別論述之。

一、梁宋地區

　　梁宋地區優美壯觀的明皋山，歷史悠久的芒碭山，及充滿古色古香的城市風貌，汴京八景之一的梁園等，都是外來詩人擇取紀錄的梁宋地區。以下茲就梁宋地區的山嶺與江湖，以及城市景觀分別論述。

（一）山嶺與江湖

　　鳴皋，山名，又作明皋。唐李吉甫《元和郡縣圖志・河南道一》載：「明皋山，在（陸渾）縣東北十五里。」〔註7〕李白描述明皋山有兩首詩，〈鳴皋歌奉餞從翁清歸五崖山居〉詩云：

　　　昨憶鳴皋夢裏還，手弄素月清潭間，覺時枕席非碧山，……

〔註4〕〔梁〕劉勰：《文心雕龍》（臺北：明倫出版社，1970年），卷10，頁694～695。

〔註5〕戴偉華：《地域文化與唐代詩歌》，頁108。

〔註6〕Paul Cloke、Philip Crang、Mark Goodwin 編：王志弘等譯：《人文地理概論》，導論，頁6。

〔註7〕〔唐〕李吉甫：《元和郡縣圖志》，《筆記小說大觀四十五編之四十三》，卷5，頁143。

> 青松來風吹石道，綠蘿飛花覆煙草。（頁 1079，節）

此詩是李白夢中的明皋山，清澈的潭水，倒映著皎潔的明月，碧山柔軟如床，青松石道旁伴隨著綠蘿飛花，景色引人入勝，也難怪李白於夢中亦難忘。又〈鳴皋歌送岑徵君〉詩云：

> 若有人兮思鳴皋，阻積雪兮心煩勞。洪河凌兢不可以徑度，冰龍鱗兮難容舠。邈仙山之峻極兮，聞天籟之嘈嘈。霜崖縞皓以合沓兮，若長風扇海，湧滄溟之波濤。玄猿綠羆，舔崟甚危。咆柯振石，駭膽慄魄，群呼而相號。峰崢嶸以路絕，挂星辰於巖嶅。（頁 1067）

李白記敘岑徵君欲歸隱明皋山，但其除了因積雪所阻，且大海波濤洶湧，水路難渡，巖峭雪霜稠疊，山峯崢嶸陡峭，山路亦是難涉。天籟悲鳴，周圍猿羆哀嚎，野獸時常群起，咆聲震石，令人驚駭寒慄。於此述說此行如此岌岌可危，不解友人爲何仍執意歸隱於此。岑徵君如此不畏路途艱難，堅決歸隱明皋山，除了表示自己歸隱心意已決，也不難想像明皋山之景宏偉壯觀，旅者至此必當流連忘返，欲再次重遊的念頭必當浮現。

高適在宋中寓居約三十年時間，如此漫長的歲月，宋中的山川湖泊又如何栩栩如生的躍於紙上的呈現。芒碭山是高適關注的山嶺，〈宋中十首〉之二詩云：

> 朝臨孟諸上，忽見芒碭間，赤帝終已矣，白雲長不還，時清更何有？禾黍滿空山。（頁 4）

《爾雅·釋地》：「宋有孟諸。」郭璞注：「今在梁國睢陽縣東北。」[註8] 在孟諸湖澤可見芒碭山，當年高祖「斬白蛇」後攻佔下的帝國版圖，隱匿於雲氣漫佈的芒碭山，如今皆已人事全非，只剩下莊稼布滿了整片山谷。又〈和崔二少府登楚丘城作〉詩云：

> 「清晨眺原野，獨立空寥廓，雲散芒碭山，水還睢陽郭。」（頁 174）遠眺下的芒碭山雲氣飄散，只剩下空曠深遠的原

[註8]〔晉〕郭璞注、〔宋〕邢昺疏、李學勤主編：《十三經注疏》，冊 8，卷 7，頁 110～111。

野，和流水環繞著睢陽城。高適眼中的芒碭山，看似茫然卻很清晰，兩首詩同用高祖典故，但留下的並非傳說中氤氳籠罩的神秘色彩，而是事過境遷景物依舊的感慨，甚而發人省思。

〈宋中遇林慮楊十七山人因而有別〉詩是高適至林慮山訪友的作品，描述途中所見山中之景，詩云：

> 昔余涉漳水，驅車行鄴西，遙見林慮山，蒼蒼夏天倪。邂逅逢爾曹，說君彼巖棲，蘿徑垂野蔓，石房倚雲梯。秋韭何青青，藥苗數百畦，栗林臨谷口，栝樹森迴溪。（頁67，節）

李吉甫《元和郡縣圖志・河北道一》載：

> 林慮縣，……東至州一百一十里。本漢隆慮縣，屬河內郡，以隆慮山在北，因以為名。後避殤帝諱，改曰林慮，屬朝歌郡。……林慮山，在縣西二十里。山多鐵，縣有鐵官。南接太行，北連恒岳。〔註9〕

詩首兩句便道出高適至林慮山的路縣和方式，先以水陸方式涉漳水而過，後藉陸路乘車過鄴縣西。〔註10〕一過鄴縣西便可遠眺蒼鬱的林慮山，清脆的鳥鳴聲彷彿直達天際，此乃遠方之景，而在周旁的是蔓藤懸垂的松蘿，友人居住的石房旁似乎就是成仙的昇天之梯。林慮山中有秋韭千畝之廣，栗樹成林充滿狹小山谷，栝樹成森環繞著整條溪流，壯觀之景也不過如此。高適所見的林慮山，是隱居的桃花源，大自然鬼斧神工下的美景，絲絲扣扣由外而內撼動著詩人的心，也難怪將離開的他言「因聲謝岑壑，歲暮一攀躋」（頁67），如此世外仙境，即刻決定必當再次攀登。

　　天寶三年（744）劉長卿有梁宋、豐沛之遊，出豐縣〔註11〕（今

〔註9〕　〔唐〕李吉甫：《元和郡縣圖志》，《筆記小說大觀四十五編之四十三》，卷16，頁456。

〔註10〕　「濁漳水出上黨長子縣西發鳩山，……過鄴縣西。」〔北魏〕酈道元著、陳橋驛校證：《水經注校證・濁漳水》（北京：中華書局，2007年），卷10，頁254～257。

〔註11〕　「豐縣，上。東南至州一百七十五里。本漢舊縣，屬沛郡。……隋

江蘇徐州）寫有〈出豐縣界寄韓明府〉一詩，詩云：「西風收暮雨，隱隱分芒碭」（頁4），劉長卿離開豐縣至開封，置身於城內所見的是風止雲散雨收後那隱約可見的芒碭山。酈道元《水經注・獲水》引應劭曰：「（蒙）縣有碭山，山在東，出文石，秦立碭郡，蓋取山之名也。」〔註12〕又司馬遷《史記・高祖本紀》記載：

> 秦始皇帝常曰：「東南有天子氣。」於是因東遊以厭之。高祖即自疑，亡匿，隱於芒、碭山澤巖石之閒。呂后與人俱求，常得之。高祖怪問之。呂后曰：「季所居上常有雲氣，故從往常得季。」〔註13〕

芒碭山存有許多真真假假的傳說，劉邦遇姣娥後藏於此、斬蛇之事〔註14〕等，也難怪在劉長卿視角下的芒碭山，是模糊中又略顯清晰貌，除了氣候因素外，這些神話傳說也讓芒碭山籠罩在神秘色彩的文化中。

（二）城市景觀

駱賓王有〈過故宋〉一詩，因詩作沒有明確的編年，只能證實駱賓王曾過境梁且留有此詩。詩云：「舊國千年盡，荒城四望通」（頁185）這是梁城給駱賓王留下的古城意象。「舊國」、「千年」、「荒城」在在看出梁城所遺留的歷史痕跡，或許只是短暫的途經，所以直接印入眼簾的就是第一眼的城市印象。顧祖禹《讀史方輿紀要》載：「府川原平曠，水陸都會。……大梁襟帶河汴，控引淮泗，……汴洲關東

改屬徐州。」〔唐〕李吉甫：《元和郡縣圖志・河南道五》，《筆記小說大觀四十五編之四十三》，卷9，頁226。
〔註12〕〔北魏〕酈道元著、陳橋驛校證：《水經注校證》，卷23，頁560。
〔註13〕〔漢〕司馬遷：《史記》，冊1，卷8，頁348。
〔註14〕「高祖被酒，夜徑澤中，令一人行前。行前者還報曰：『前有大蛇當徑，願還。』高祖醉，曰：『壯士行，何畏！』乃前，拔劍擊斬蛇。蛇遂分為兩，徑開。行數里，醉，因臥。後人來至蛇所，有一老嫗夜哭。人問何哭，嫗曰：『人殺吾子，故哭之。』人曰：『嫗子何為見殺？』嫗曰：『吾子，白帝子也，化為蛇，當道，今為赤帝子斬之，故哭。』」〔漢〕司馬遷：《史記・高祖本紀》，冊1，卷8，頁347。

衝要，地富人繁。」〔註15〕故駱賓王詩中言「四望通」，梁城在唐代地理位置險要，通衢大道，條達輻輳，水陸交通極為發達。

　　李白眼中梁宋的城市景觀，充滿濃厚的古意，〈梁園吟〉詩云：「荒城虛照碧山月，古木盡入蒼梧雲」（頁 1055），「荒城」、「古木」是李白對城市的褐色印象，碧山月光遠映著荒城，蒼梧〔註16〕白雲飄掩大梁的古木，碧山、月光和白雲的描寫，讓古意的山城中跳脫既定的形象，反而因顏色的描寫擁有生機盎然的生命力。

　　高適在宋中城市中生活時間長久，眼底的城市景觀對他而言又是如何存在。〈酬鴻臚裴主簿雨後睢陽北樓見贈之作〉詩云：「徘徊顧霄漢，豁達俯川陸，遠水對秋城，長天向喬木。」（頁 105）高適登眺北樓之際，所見是睢陽城通達的水陸路，遙遠的溪水對著秋城，漫長的天日向著喬木。又〈宋中別周梁李三子〉詩云：「涼風吹北原，落日滿西陂，露下草初白，天長雲屢滋。」（頁 130）描寫秋風涼寒吹著原野，落日籠罩了山坡，晨露下的草初發，空中白雲每每繁多。高適對於城市中的景色變化，筆觸細膩觀察入微，總能在看似平常不過的景象中，以寫實的筆法，繪成一幅美麗的風景畫。

　　高適對睢陽東亭有春、秋二季的描寫，〈同李司倉早春宴睢陽東亭〉一詩刻劃的季節是春天，詩云：

　　　春皋宜晚景，芳樹雜流霞，鶯燕知二月，池臺稱百花。竹
　　根初帶笋，槐色正開牙，且莫催行騎，歸時有月華。（頁116）

描寫的是初春的傍晚至夜晚的景象，池臺內百花齊放，天空中鶯燕群飛，雲霞成彩，春筍冒頭，槐樹發嫩芽，早春的生命力全然可見。高適也因為不捨美景，步步流連忘返，歸時已有明月高掛伴隨。〈同韓四薛三東亭翫月〉一詩，則是描寫秋天的東亭：

〔註15〕〔清〕顧祖禹：《讀史方輿紀要》，冊 7，卷 47，頁 1966。

〔註16〕「營水出營陽冷道縣南山，西流逕九疑山下，蟠基蒼梧之野，峰秀數郡之間。羅巖九舉，各導一溪，岫壑負阻，異嶺同勢，遊者疑焉，故曰九疑山。」〔北魏〕酈道元著、陳橋驛校證：《水經注校證》，卷38，頁 891。

> 東亭何寥寥，佳境無朝昏，堦墀近洲渚，戶牖當郊原。翄
> 乃窮周旋，游時怡討論，樹陰蕩瑤瑟，月氣延清樽。(頁117，
> 節)

詩首言東亭臺階平地近洲渚，門窗外即是平坦的原野，次言月色宜人樹陰之下，難忍撫琴奏曲和小酌一番。即使是孤寂的秋夜，仍有佳境之賞，對高適而言，東亭之美無分季節和朝昏，都是值得欣賞的美景。

古城意象是高適所見的梁城，不論是「梁城多古意，攜手共悽惻，懷賢想鄒枚，登高思荊棘。」(〈酬龐十兵曹〉，頁 12) 懷想鄒陽(？～前120年)、枚乘(？～前140年)曾為梁王賓客，或是「事古悲城池，年豐愛墟落。」(〈和崔二少府登楚丘城作〉，頁174)遙憶只留下過往痕跡的歷史古城，在在顯示高適對梁城的懷舊情感。尤以詩〈古大梁行〉最為顯見，詩云：

> 古城莽蒼饒荊榛，驅馬荒城愁殺人，魏王宮觀盡禾黍，信
> 陵賓客隨灰塵。憶昨雄都舊朝市，軒車照耀歌鐘起，軍容
> 帶甲三十萬，國步連營一千里。全盛須臾那可論，高臺曲
> 池無復存，遺墟但見狐狸迹，古地空餘草木根。暮天搖落
> 傷懷抱，撫劍悲歌對秋草，俠客猶傳朱亥名，行人尚識夷
> 門道。(頁128，節)

全詩見大梁古城只剩下「荒城」、「禾黍」、「灰塵」的荒涼景象，對比昔日的興盛之況，「食客三千人」的國盛浩大〔註17〕，「地方千里」之廣〔註18〕，朝市繁華歌聲四起的鬧景，如今卻只剩古地遺墟、草木之景。在此盛衰對比之下，全盛之景化為陳迹，但俠客朱亥、侯生聲名依舊會流傳後世，並非一切皆幻化成泡沫，這是高適不遇之時，在懷古的感慨中，給予自我的安慰。在弔古中，留下了古今之嘆、盛衰之慨的滄桑感，將古城意象的歷史痕跡表露無遺。此詩也以借古諷今的手法，描述大唐帝國的統一和強盛，正走向衰微和分裂。宦官外戚掌

〔註17〕「公子為人仁而下士，士無賢不肖皆謙而禮交之，……致食客三千人。」〔漢〕司馬遷：《史記‧魏公子列傳》，冊3，卷77，頁2377。

〔註18〕「地方千里……魏，天下之疆國也。」〔漢〕司馬遷：《史記‧蘇秦列傳》，冊3，卷69，頁2254。

政，上位者迷信長生不死之說，內鬥外敵連連的危卵國勢，皇室卻仍舊揮霍沉溺聲色，逐漸將開元之治帶向天寶之亂，這樣的時代背景，彷彿今昔梁孝王的歷史重演，全詩可看出高適對此時的政治環境極為感慨。

　　劉長卿眼中的宋州城市，又將如何開展多元的面貌。〈睢陽贈李司倉〉詩云：「白露變時候，蛩聲暮啾啾。飄飄洛陽客，惆悵梁園秋。」（頁9）詩人所見的是秋天的宋州，孟秋的露水，耳邊傳來寒蟬的啾啾聲，看到的是蕭瑟的梁園，這個城市的秋貌，似乎很符合離鄉飄泊的他，正是他心中沉重的寫照，以景喻情，情景交融，詩人的情感完全投射於城市風貌中。故明胡鎮亨《唐音癸籤》引《吟譜》云：「劉長卿最得騷人之興，專主情景。」〔註19〕又〈別陳留諸官〉詩云：「上國邈千里，夷門難再期。行人望落日，歸馬嘶空陂。」（頁12）大梁之地離京師千里之遠，劉長卿至此只見行人薄暮下孤獨的望著日落，歸馬嘶叫聲掩映在夕陽下，自己則留下沉重不捨的步伐。此詩為劉長卿將離開梁地赴京時詩所作，雖〈睢陽贈李司倉〉一詩透露出飄泊至梁宋的悵惘之情，但離別之時也的確看出劉長卿對於此地，不論是人抑或是事物，已產生了歸屬和認同感，別去之時才會如此依依不捨。

　　梁宋的歷史記憶特別著重漢代，乃是當地的特色，〔註20〕尤以詩人們遊梁宋觀梁園，去梁宋憶梁園〔註21〕為最具代表。廖師美玉於《回車——中古詩人的生命印記》書中曾言：

> 不同於歷史學者有明確而堅持的著述原則，詩人的記憶則帶有濃厚的反思意味，嘗試在兩難情境中建立自己的思考脈絡，對於事實的完整性不是那麼在意，甚至以刻意遺忘宣示個人觀點，對於已消逝、不存在的往事反而悵惘不已，

〔註19〕〔明〕胡震亨：《唐音癸籤》，卷7，頁61。

〔註20〕廖宜方：《唐代的歷史記憶》，國立台灣大學歷史系博士論文，2009年7月，頁173。

〔註21〕梁園相關史事和介紹，筆者將於第四章第三節「歷史記憶的刻畫——古蹟朝聖（梁宋）」，另詳盡說明，於此不另作篇幅詳述。

抒情的意味明顯居於主導地位。〔註22〕

詩人們面對著已消逝的梁園,過往的歷史事件,又是如何在其中宣示個人的觀點,達到抒情的宗旨,甚而有何特殊的含意,以下將以詩作逐一探析。

李白選擇以寄興的手法,寄託梁園,思念梁園之人。〈淮海對雪贈傅靄〉詩云:

> 朔雪落吳天,從風渡溟渤。海樹成陽春,江沙浩明月。飄
> 颻四荒外,想像千花發。瑤草生階墀,玉塵散庭闥。興從
> 剡溪起,思繞梁山發。寄君郢中歌,曲罷心斷絕。(頁 1266)

此為李白於揚州對雪懷念梁園友人,睹雪思人,起剡溪之興,發梁園之思。雖贈曲寄情,但終究和之人寡,曲罷心絕,曲終徒留悲傷之感。謝惠連〈雪賦〉:

> 歲將暮,時既昏。寒風積,愁雲繁。梁王不悅,游於兔園。
> 迺置旨酒,命賓友。召鄒生,延枚叟。相如末至,居客之
> 右。俄而微霰零密雪下。王迺歌北風於衛詩,詠南山於周
> 雅。〔註23〕

相較此情此景,李白遙想昔日梁王對雪時分,不僅賓友在旁,門生擁簇,還有雪景相伴,歌詠聲響絡繹不絕。反觀今日獨自一人對雪懷友,以歌寄情,懷想之人遠在梁園不得相見,唯有藉梁園來傳達心中的思念。

劉長卿記憶中的梁園,是梁園修竹,〈送史九赴任寧陵兼呈單父史八時監察五兄出入臺〉詩云:「梁園修竹在,持贈結交情」(頁 63),雖梁王園苑賓客不再,但修竹園遺墟仍在,以此象徵與友人的交情,即使歷經時間、空間的流逝,也始終堅定不已。又〈同郭參謀詠崔僕射淮南節度使廳前竹〉詩云:「昔種梁王苑,今移漢將壇」(頁 307),也以梁園修竹來比喻友人,讚譽友人如修竹般高潔,即便清貧如洗,

---

〔註22〕廖師美玉:《回車──中古詩人的生命印記》,頁 289。
〔註23〕〔梁〕昭明太子撰、李善注:《昭明文選》(臺中:譜天出版社,1975
年),卷 13,頁 177。

仍舊堅持操守。以修竹多方比喻，可見梁園修竹對劉長卿而言，是梁宋中屬於值得記憶的特殊事物。除此之外，劉長卿以梁園意指睢陽，可見梁園在此地是極為重要的標地處，詩云「知到梁園下，蒼生賴此遊」（〈送勤照和尚往睢陽赴太守請〉，頁 64），此詩並非著重梁園此景，而是以梁園借代睢陽，可看出劉長卿雖不捨友人的遠去，但念及蒼生百姓，仍舊希望勤照和尚弘揚禪宗之念，開啟了劉長卿早期對禪宗的初步接觸和認識。

　　劉禹錫記憶中的梁王和梁園，雖詩中看似明言，卻皆有言外之意的借代。〈和樂天洛下雪中宴集寄汴州李尚書〉詩中的兔園，用以借指汴州，「遙想兔園今日會，瓊林滿眼映旌竿」（頁 1239），遙想曩昔梁王與賓客宴集兔園的盛況，今日劉禹錫與白居易同在洛陽雪中宴集，友人李尚書卻遠在汴州任官，相隔兩地之遠，只能託寄雪花紛飛，傳達對友人的思念。劉禹錫有多首詩以令狐楚（766？～837）比擬梁王，如詩「今日文章主，梁王不姓劉」（〈酬令狐相公早秋見寄〉，頁 1170）、「明麗碧天霞，丰茸紫綏花。香聞荀令宅，豔入孝王家。」（〈和令狐相公郡齋對紫薇花〉，頁 1162）、「曾經謝病各遊梁，今日相逢憶孝王」（〈洛中逢白監同話遊梁之樂因寄宣武令狐相公〉，頁 1055）、「白髮青衫誰比數？相憐只是有梁王」（〈酬令狐相公寄賀遷拜之什〉，頁 1168），因地緣之素，令狐楚任汴州刺史兼宣武軍節度使，故以令狐楚比擬梁王的推崇賢能、敬重文士之舉，宛如往昔梁王門下人才濟濟，賓客填門之況。又以稱揚令狐楚的德政遠播四方，照耀汴州，受到賢者的欽重，官員的讚賞，政績的輝煌燦爛，可比美梁園的規模宏大，富麗堂皇，汴州的和樂平靜，就如同梁園內的景色秀麗，笙歌鼎沸。除了以令狐楚比擬梁孝王，也以當時孝王門下之徒司馬相如自喻，劉禹錫罷和州官職與白居易返洛陽過汴州，與令狐楚相會，以此比喻自己與白居易如同司馬相因病免客遊梁，藉此宣洩非因不適用而被辭退，而是自己不滿現職而自行卸職，憤恨心情只能以此暫以傾倒。接連的仕途不順，相繼被貶，

未老先衰，此情此景也只有曾爲諸侯的梁王，能設身處地的了解他。劉禹錫將梁王和梁園的歷史事件，暗指自身政途的坎坷，君主無法同梁王般廣納賢才之人，也藉以讚賞令狐楚的執政，依此暫以抒發情緒，亦視爲標的和反思的仿效對象。

　　除了以梁園借代的手法，汴州城之景，也是劉禹錫多所記憶的。如〈令狐相公俯贈篇章斐然仰謝〉詩云：

> 鄂渚臨流別，梁園衝雪來。旅愁隨凍釋，歡意待花開。城曉鳥頻起，池春雁欲迴。（頁 1166，節）

梁園的冬雪之景，春天的融冰景象，冬春季節交替，百花含苞待放，晨雞鳴曉，鴻雁飛迴，汴城迎接春天的朝氣洋洋，全然於劉禹錫的筆下呈現。此外，汴州的白菊、竹，劉禹錫各有詩頌之：

> 家家菊盡黃，梁國獨如霜。瑩靜眞琪樹，分明對玉堂。仙人披雪氅，素女不紅妝。粉蝶來難見，麻衣拂更香。向風搖羽扇，含露滴瓊漿。高豔遮銀井，繁枝覆象牀。桂叢慚並發，梅蕊妒先芳。一入瑤華詠，從茲播樂章。（〈和令狐相公玩白菊〉，頁 1171）

> 高人必愛竹，寄興良有以。峻節可臨戎，虛心宜待士。眾芳信妍媚，威鳳難棲止。遂於鼙鼓間，移植東南美。封以梁國土，澆之浚泉水。得地色不移，凌空勢方起。新青排故葉，餘粉籠疏理。猶復隔牆藩，何因出塵滓？茲辰去前蔽，永日勞瞪視。械械林已成，熒熒玉相似。規摹起心匠，洗滌在頤指。曲直既瞭然，孤高何卓爾？垂梢覆內屛，逆箭侵前扈。妓席拂雲鬢，賓階摩珠履。抱琴恣閒玩，執卷堪斜倚。露下懸明璫，風來韻清徵。堅貞貫四候，標格殊百卉。歲晚當自知，繁華豈云比？古詩無贈竹，高唱從此始。一聽清瑤音，琤然長在耳。（〈令狐相公見示贈竹二十韻仍命繼和〉，頁 1172）

此兩首皆爲和令狐楚詩，雖未親眼所見白菊和竹，但劉禹錫依尋記憶描繪，將其刻劃地入木三分。梁園菊白如霜，花白如美玉，以雪白的鶴氅、神女的素妝，及羽扇、象牀之白，甚而桂花愧之、梅花妒之等

誇張手法來襯托菊之白，在在表現菊花白皙透底的美麗。清高之人獨
愛竹，以竹節意指人的節操，以竹中空引申待人虛心，更以風休止於
竹，來呈現竹的可貴。梁園的土壤，浚泉水源的栽種下，新竹凌空生
長，氣勢攀越墻牆的阻隔，曲直獨立，高超特出，不畏四季變化，堅
貞之性不移，成長速度之快。

　　於此不僅可以看出劉禹錫對菊和竹的筆觸細膩，也表示菊之白
透、竹之高節，都是其人生引以為欣賞和崇慕的植物，將以此為借鏡
砥礪。

　　白居易以梁王及其賓客門生，用以自喻或比擬友人，如〈雪中寄
令狐相公兼呈夢得〉詩云：

　　兔園春雪梁王會，想對金罍詠玉塵。今日相如身在此，不
　　知客右坐何人？（頁1739）

詩中所敘雪中之景，不禁讓白居易憶起伊昔梁孝王與鄒陽、枚乘、
司馬相如等文士同於梁園對雪歌詠的景況，此以梁王喻友人令狐
楚，司馬相如借指自己，可惜身在洛陽，無法陪伴友人在旁，不禁
自問此刻友人客右坐何人？又詩云「今日鄒枚俱在洛，梁園置酒召
何人」（〈洛下雪中頻與劉李二賓客宴集因寄汴州李尚書〉，頁
2331）、「梁園應有興，何不召鄒生」（〈雪朝乘興欲詣李司徒留守先
以五韻戲之〉，頁2451），以梁園借代友人遠在的汴州，自己與身在
洛陽的同好，則比喻為梁王左右文士，可惜今日梁園有興，雪景紛
飛，欲召賓客宴集，鄒陽、枚乘卻遠在洛陽，以此感惋與友人相隔
兩地，也傳遞無法與梁王和文士般，同志之人共享雪中美景及唱和
之樂。除此另有涵義之外，白居易所記憶的是梁園修竹及梁苑城美
景，〈和令狐相公新於郡內裁竹百竿拆壁開軒旦夕對玩偶題七言五
韻〉及〈板橋路〉詩云：

　　梁園修竹舊傳名，久廢年深竹不生。千畝荒涼尋未得，百
　　竿青翠種新成。牆開乍見重添興，窗靜時聞別有情。煙葉
　　蒙籠侵夜色，風枝蕭颯欲秋聲。更登樓望尤堪重，千萬人
　　家無一莖。（頁1807）

> 梁苑城西二十里，一渠春水柳千條。若為此路今重過，十
> 五年前舊板橋。（頁 1298）

春光四色，柳條拂水，追憶起往昔曾路過的梁苑城之景，美不勝收。
除此，梁園修竹盛傳美名，竹蔭蔽日，池水修竹風光優美，可惜至今
汴州人家久年深竹不生，故友人令狐楚於新郡內栽竹，便勾起白居易
的種種回憶。百竿新竹種成，不禁令人重添意興，另深情思，也讓人
憶起漢代梁王所建造梁園的奇木佳樹、碧山池水、亭台樓閣等宮苑景
觀，發思古之悠情。

　　杜甫記憶中的梁宋城市，除了與友人登遊之樂，也著墨了城市之
景，〈昔遊〉詩云：

> 昔者與高李，晚登單父臺。寒蕪際碣石，萬里風雲來。桑
> 柘葉如雨，飛藋去徘徊。清霜大澤凍，禽獸有餘哀。（頁
> 1435，節）

登臺所見從遠至近，遠有寒蕪攀碣石，雲乘風萬里而來，近則桑柘樹
立，葉落如雨，藋葉飛旋寒風間，寒霜布澤，潔白凍冷，秋天的季節，
唯獨聽見群獸不盡的悲鳴。此為杜甫親至梁宋後，回憶起秋天的城市
風貌，不盡蕭條也不盡死寂，秋霜層層覆蓋下，還殘留一絲絲的生氣。
除了對外在風景的描述，杜甫對於都會之況、人物風俗皆有記憶，〈遣
懷〉詩云：

> 昔我遊宋中，惟梁孝王都。名今陳留亞，劇則貝魏俱。……
> 白刃讎不義黃金傾有無。殺人紅塵裏，報答在斯須。（頁
> 1447，節）

宋中交通網路的四通八達，都會的完善便利，輕財任俠的風俗，皆是
杜甫記憶中的城市意象，多為正面的記憶取向，可見杜甫對此地頗有
好感，也可看出當時梁宋的發展已有相當程度的興盛。

　　除了充滿漢代歷史記憶的梁園和美好的城市風貌，離亂汴城也是
詩人們筆下所記憶的城市意象。孟郊貞元十五年（799）春離汴州，
未幾汴州亂起，陸長源被禍，韓愈從董晉喪行，免於難。唐劉昫《舊
唐書·德宗》載：

丁丑，宣武軍節度使、檢校左僕射、平章事、汴州刺史董
晉卒。乙酉，以行軍司馬陸長源檢校禮部尚書、汴州刺史、
御史大夫、宣武軍節度度支營田、汴宋亳潁觀察等使。以
常州刺史李錡爲潤州刺史、浙西觀察使及諸道鹽鐵轉運
使。是日，汴州軍亂，殺陸長源及節度判官孟叔度、丘潁，
軍人臠而食之。監軍俱文珍以宋州刺史劉逸準久爲汴之大
將，以書招之，俾靜亂。〔註24〕

宋司馬光《資治通鑑・唐紀・德宗貞元十四年》亦言：

二月，丁丑，宣武節度使董晉薨；乙酉，以其行軍司馬陸
長源爲節度使。長源性刻急，恃才傲物。判官孟叔度，輕
佻淫縱，好慢侮將士，軍中皆惡之。董晉薨，長源知留後，
揚言曰：「將士弛慢日久，當以法齊之耳！」眾皆懼。或勸
之發財以勞軍，長源曰：「我豈效河北賊，以錢買健兒求節
鉞邪！」故事，主帥薨，給軍士布以制服，長源命給其直；
叔度高鹽直，下布直，人不過得鹽三二斤。軍中怨怒，長
源亦不爲之備。是日，軍士作亂，殺長源、叔度，臠食之，
立盡。監軍俱文珍以宋州刺史劉逸準久爲宣武大將，得眾
心，密書召之；逸準引兵徑入汴州，亂眾乃定。〔註25〕

孟郊並未親身面臨這場軍亂，而是耳聞陸長源（？～799）死於難，
故有詩弔唁。〈亂離〉詩云：

天下無義劍，中原多瘡痏。哀哀陸大夫，正直神反欺。子
路已成血，嵇康今尚嗤。爲君每一慟，如劍在四肢。折羽
不復飛，逝水不復歸。直松摧高柯，弱蔓將何依。朝爲春
日歡，夕爲秋日悲。淚下無尺寸，紛紛天雨絲。積怨成疾
疹，積恨成狂癡。怨草豈有邊？恨水豈有涯？怨恨馳我心，
茫茫日何之。（頁109）

又〈汴州離亂後憶韓愈李翱〉詩云：

忠直血白刃，道路聲蒼黃。食恩三千士，一旦爲豺狼。海

〔註24〕〔五代・晉〕劉昫等撰：《舊唐書》，冊1，卷13，頁389。
〔註25〕〔宋〕司馬光撰、〔宋〕胡三省注：《新校資治通鑑》，冊12，卷235，
　　　　頁7582。

> 烏士皆直，夷門士非良。人心既不類，天道亦反常。自殺
> 與彼殺，未知何者臧？（頁 355，節）

詩中不難看出孟郊對戰爭的厭惡和痛斥，他支持孟子所謂天下無義
戰的思想，自古子路被剁成肉醬之事，稽康遭鍾會陷害死於非命，
如今忠臣正直的陸長源，亦死於非命，不得善終。此等非尋天理常
道，違反人性儒心之爲，句句用字懇切，怨斥之狂著無邊際，悲淚
之疾無可計量，力寫憤恨不平之氣。汴州兵變之事，讓孟郊失去了
摯友陸長源，汴州城已與當初客寓期期間松蔓相依內外完好的情景
不同，獨存的記憶是歷經軍變之亂的滿目瘡痍，以及痛失友人的傷
心地。

劉長卿對梁宋的城市意象，亦多爲離亂故城，〈送路少府使東京
便應制舉時梁宋失守〉詩（頁 149），雖詩中內容與睢陽之戰無關，
但詩題有提及。劉昫《舊唐書·肅宗紀》載：

> 冬十月乙巳朔，……癸丑，賊將尹子奇陷睢陽，害張巡、
> 姚闓、許遠。賊自香積之敗，悉眾保陝郡，廣平王統郭子
> 儀等進攻，與賊戰於陝西之新店，賊眾大敗，斬首十萬級，
> 橫屍三十里。〔註26〕

此戰是張巡（709～757 年）等將領率軍民抗擊安祿山叛軍的著名之
戰，在睢陽城堅守了十個月後，最終寡不敵眾，被判軍攻破，梁宋
失守。睢陽之戰後，睢陽城之況，劉長卿亦有詩描述，〈毘陵送鄒紹
先赴河南充判官〉詩云：「凋殘春草在，離亂故城多。罷戰逢時泰，
輕徭佇俗和。」（頁 254）、〈送河南元判官赴河南句當青苗稅充百官
俸錢〉詩云：「鳥雀空城在，榛蕪舊路遷。山東征戰苦，幾處有人煙。」
（頁 277）雖戰爭已然結束，卻在多年的修復期間後，仍舊草木凋
殘，杳無人煙，故城離亂，鳥獸無處覓食，滿目荒涼，徒留征戰後
的淒涼。安史亂後，河南道社會經濟遭到嚴重的破壞，人戶急劇減
少，百姓彫殘，地闊人稀。〔註27〕雖劉長卿並未親身經歷此次戰亂，

〔註26〕〔五代·晉〕劉昫等撰：《舊唐書》，冊 1，卷 10，頁 247。
〔註27〕凍國棟：《唐代人口問題研究》（武漢：武漢大學出版社，1993 年），

也未親眼目睹戰後的一切，但耳聞後發揮民胞物與之愛，希望任職的官吏能體民所苦，輕徭薄賦，減輕當地人民的痛楚，才能讓戰後的睢陽復甦興榮。

二、齊魯地區

外來詩人記錄齊魯地區的山嶺和江湖，如五嶽之首的泰山、遊覽名勝日觀峰，及山周環繞泊水的鵲山湖等，山海盛景一一入詩，古意濃厚的齊魯城市更有許多詩人費心著墨，以下茲就詩作逐一論析。

（一）山嶺與江湖

班固《漢書・地理志》載：「魯地，奎、婁之分墅也。東至東海，南有泗水，至淮，得臨淮之下相、睢陵、僮、取慮，皆魯分也。」〔註28〕泗水，源出山東兗州府泗水縣城東南五十里之陪尾山，四泉並發，遶至縣北，始合爲一，〔註29〕可謂是魯地重要支流其一，灌溉的水源。駱賓王〈送宋五之問〉詩云：「願言遊泗水，支離去二漳」，魯國的嶺地以汶河流域和泗河的中上游爲中心，〔註30〕除了點出當地重要河川，也以「霜威侵竹冷，秋爽帶池涼」（頁 43）描述此時在泗水河邊之景，秋霜布滿了寒冷和涼意。又〈在兗州餞宋五之問〉一詩云：「淮夷泗水地，梁甫汶陽東」詩中亦言及泗水，汶水又南，左會淄水，水出泰山梁父縣東。〔註31〕梁父縣內有梁父山，上古至秦漢王者封泰山必禪梁父，司馬遷《史記・封禪書》：「古者封泰山禪梁父者七十二家。」〔註32〕身在如此充滿神秘色彩的梁父山旁，

頁 175。《冊府元龜・帝王部・發號令三》載代宗永泰元年（765）四月詔中也說：「自東都至淮泗，緣汴河州縣，自經寇難，百姓彫殘，地闊人稀，多有盜賊，漕運商旅，不免艱虞。」〔宋〕王欽若等編、周勛初等校訂：《冊府元龜》，冊 1，卷 64，頁 682。

〔註28〕〔漢〕班固：《漢書》，冊 2，卷 28 上，頁 1662。

〔註29〕〔清〕顧祖禹：《讀史方輿紀要》，冊 5，卷 19，頁 864。

〔註30〕楊朝明：《魯文化史》，頁 27。

〔註31〕〔北魏〕酈道元著、陳橋驛校證：《水經注校證》，卷 24，頁 581。

〔註32〕〔漢〕司馬遷：《史記》，冊 2，卷 28，頁 1361。

駱賓王所見之景是「柳寒凋密翠，棠晚落疏紅」（頁 42），有形地凋葉花落的蕭瑟風景，伴隨著無形地離別依依的不捨情意。

司馬遷《史記‧秦始皇本紀》：「集解張晏曰：『天高不可及，於泰山上立封禪而祭之，冀近神靈也。』瓚曰：『積土爲封。謂負土於泰山上，爲壇而祭之。』」〔註33〕泰山封禪，源流遠長，〔註34〕至唐朝玄宗、高宗皆有東封泰山。司馬遷《史記‧封禪書》：「泰山上築土爲壇以祭天，報天之功，故曰封。此泰山下小山上除地，報地之功，故曰禪。」〔註35〕帝王封禪祭天、報功，除此動機之外，尋訪仙人、長生不死藥，以求神仙庇佑等，〔註36〕其神秘的傳統文化崇拜，蓬萊仙境，正是李白眼中的泰山。如〈遊太山六首〉之一，詩云：

> 四月上太山，石屏御道開。六龍過萬壑，澗谷隨縈迴。……
>
> 玉女四五人，飄颻下九垓。含笑引素手，遺我流霞杯。（節）

李白登泰山之際，想到此「御道」乃玄宗爲封禪之事，〔註37〕所經道路。司馬遷《史記》言「上暢九垓」〔註38〕，乃天有九重。仙人下凡，

〔註33〕〔漢〕司馬遷：《史記》，冊 1，卷 6，頁 242～243。

〔註34〕秦始皇、秦二世胡亥、西漢武帝劉徹、東漢光武帝劉秀、章帝劉炟、安帝劉祜、唐高宗李治、唐玄宗李隆基、宋眞宗趙恆、清聖祖康熙，都曾登上泰山進行過封禪。孫宜學：《齊魯風物記》（臺北：業強出版社，1997 年），頁 43。

〔註35〕〔漢〕司馬遷：《史記》，冊 2，卷 28，頁 1355。封禪之義有二：一爲易姓而王天下，告以受天命；二爲功成而封，以告天下太平。楊陰樓、王洪軍：《齊魯文化通史——隋唐五代卷》，頁 331。

〔註36〕「始皇南至湘山，遂登會稽，並海上，冀遇海中三神山之奇藥。」、「（漢武帝）於是天子始親祠竈，遣方士入海求蓬萊安期生之屬，而事化丹沙諸藥齊爲黃金矣。」〔漢〕司馬遷：《史記‧封禪書》，冊 2，卷 28，頁 1370、1385。

〔註37〕《舊唐書‧玄宗紀》：「開元十三年十月辛酉，東封泰山，發自東都。十一月丙戌，至兗州岱宗頓。……己丑，日南至，備法駕登山，仗衛羅列嶽下百餘里。詔行從留於谷口，上與宰臣禮官昇山。庚寅，祀昊天上帝於上壇，有司祀五帝百神于下壇。禮畢，藏玉冊於封祀壇之石〔石感〕然。後燔柴、燎發，羣臣稱萬歲，傳呼自山頂至嶽下，震動山谷。」〔五代‧晉〕劉昫等撰：《舊唐書》，冊 1，卷 8，頁 188。

〔註38〕〔漢〕司馬遷：《史記‧司馬相如列傳》，冊 4，卷 117，頁 3065。

輒飲一杯，便可長生不老。「曠然小宇宙，棄世何悠哉。」（之一）泰
山宛如乾坤妙境，仙家境界，從仙班之列，自適怡然矣。泰山封禪溯
源於對泰山的崇拜，上至帝王下至黎民，皆視泰山爲神山、聖山或仙
山，地位不僅崇高更爲神秘。又李白詩云：

> 清曉騎白鹿，直上天門山。山際逢羽人，方瞳好容顏。（之
> 二，節）
>
> 銀臺出倒景，白浪翻長鯨。安得不死藥，高飛向蓬瀛。（之
> 四，節）
>
> 仙人遊碧峯，處處笙歌發。寂聽娛清暉，玉眞連翠微。（之
> 六，頁 2791～2805，節）

身爲道教徒的李白，將泰山幻化爲道觀、仙居，且千歲白鹿、飛仙、
青春不老與長生不死藥皆在此山中。在李白的眼中，泰山是太虛幻
境，一切是如美好，笙歌鼎沸，毋老毋死，逍遙自在，終能羽化成仙，
這個世界正是李白尋道求仙的盡頭。

　　泰山之高，可達仙境，泰山之廣，集結靈氣。道的本源來自宇宙
萬物，泰山可謂萬物之始。故李白將所見之泰山，理所當然幻化爲尋
道求仙之地。李白詩中自云「十五遊神仙，仙遊未曾歇」（〈感興〉之
五，頁 3442），自少便志於仙遊，故登泰山之際，更不忘追求他求仙
學道的目的。又〈送范山人歸太山〉詩云：

> 魯客抱白雞，別余往太山。初行若片雪，杳在青崖間。高
> 高至天門，海日近可攀。雲山望不及，此去何時還？（頁
> 2480）

此詩送隱士范山人歸泰山，在李白看來去泰山如將與仙同遊，初行之
時，宛如凌空浮雲，至於青山間。高達至天門，一登至日觀，山深雲
緲，望之不及。不同於一般送別詩，友人離去之況，似如仙人羽化，
乘風歸去，飄渺無跡，泰山又成爲李白心中的人間仙境。

　　范曄《後漢書・祭祀》載：「東山名曰日觀，日觀者，雞一鳴時，
見日始欲出，長三丈所。秦觀者望見長安，吳觀者望見會稽，周觀者

望見齊。」〔註39〕泰山頂之東巖有峰曰日觀，亦名東山，因可東觀日
出之美，故名曰日觀峰。李白〈遊泰山六首〉詩云：

> 平明登日觀，舉手開雲關。精神四飛揚，如出天地間。黃
> 河從西來，窈窕入遠山。憑崖覽八極，目盡長空閒。笑我
> 晚學仙，蹉跎凋朱顏。躊躇忽不見，浩蕩難追攀。（之三）
>
> 日觀東北傾，兩崖夾雙石。海水落眼前，天光遙空碧。千
> 峯爭攢聚，萬壑絕凌歷。緬彼鶴上仙，去無雲中跡。長松
> 入霄漢，遠望不盈尺。山花異人間，五月雪中白。終當遇
> 安期，於此鍊玉液。（之五，頁 2798～2805）

詩中言黎明之際登日觀峰，遠眺黃河自西來，蜿蜒入遠山，至高峰上
宛如可攬八極之遠，目窮千里，一覽長空閒曠，神采飛揚，如出天地
之外。又言日觀峰傾於東北，兩崖高出雙石，俯瞰東海彷彿至前，日
光海水上下同碧，千岩爭奇，萬山縈繞。松高峻達青天，山花異於人
間之美，五月雪景仍未消。李白登日觀峰，不論仰望、俯瞰、遠眺、
近觀都是美中極美的仙境，一見宛如出人間之地，對於自己還蹉跎於
塵世，不能早日成仙，徒留惆悵。不過，李白卻也深信，遊此地終當
會遇仙人予長生不老藥，成仙的念頭並不因朱顏漸衰而有所動搖。雖
述登日觀峰之景，但終究不離求仙之語。

　　除了山景，李白有詩誦鵲山湖之景。《嘉慶一統志・濟南府》：「鵲
山，在歷城縣北二十里濼口鎮，亦名嶀山，……李白詩注云扁鵲煉丹
於此。」〔註40〕〈陪從祖濟南太守泛鵲山湖三首〉詩云：「初謂鵲山
近，寧知湖水遙？此行殊訪戴，自可緩歸橈。」（之一）鵲山下有湖，
雖距離之遠，不過與友人同行，便可舟船緩行，盡賞鵲山湖。「湖闊
數千里，湖光搖碧山」（之二），鵲山湖倒映鵲山，廣闊數千里，闊字
也點出所謂湖水之遙。「水入北湖去，舟從南浦迴」（之三），此兩句
點出湖在城東北，故舟船從南蒲回，也預告著泛舟之行將完結。李白

〔註39〕〔南朝宋〕范曄：《後漢書》（臺北：鼎文書局，1987 年），冊 5，志
　　　　第七，頁 3168。
〔註40〕商務印書館編纂：《索引本嘉慶重修一統志》，冊 3，卷 162，頁 1996。

略述鵲山湖大觀，和泛舟經過，實李白至鵲山湖主因並非知其美，而是因鵲山乃扁鵲煉丹之處，山下有此湖，故往之。詩云「湖西正有月，獨送李膺還。」（之二），范曄《後漢書・郭符許列傳》載：「郭泰遊洛陽，見河南尹李膺，膺大奇齊之。……林宗唯與李膺同舟而濟，眾賓望之，以爲神仙。」〔註41〕太白以李膺喻李太守，自喻林宗唯與之同舟共濟，末言「遙看鵲山轉，卻似送人來」（之三，頁 2845～2846），遙望扁鵲煉丹處，以及重塑與李膺在湖中之景。李文藻等纂《歷城縣志》記載：

> 每當陰雨之際，兩山連互，烟霧環縈，若有若無，若離若合，凭高眺望，可入畫圖。雖單椒浮黛，削壁涵青，各著靈異。〔註42〕

著名的鵲山煙雨朦朧，靈氣迴繞，增添了扁鵲煉丹，李膺泛舟如仙的神秘面貌，正符合李白嚮往的如夢似幻的仙境，故此三首詩皆不離道教神仙色彩。

　　高適對齊魯的地理和山海景色有詩著墨，如〈東平旅遊奉贈薛太守二十四韻〉詩云：

> 郡國長河遠，川源大野幽，地連堯泰嶽，山向禹青州。汶上春帆渡，秦亭晚日愁，遺墟當少昊，懸象逼奎婁。（頁 157，節）

詩首談東平郡的地理位置，長河環繞，河川源流於僻靜的綠野，土地延連泰山，山向禹州、青州。顧祖禹《讀史方輿記要》：「（東平）州襟帶河濟，……舟車四通，屹爲津要。」〔註43〕東平郡的景觀，汶水、秦亭〔註44〕、少昊帝遺墟〔註45〕、星宿皆入高適眼廉。又〈送蔡少府

〔註41〕　〔南朝宋〕范曄：《後漢書》，冊 3，卷 68，頁 2225。
〔註42〕　〔清〕胡德琳修、李文藻等纂：《〔乾隆〕歷城縣志》，《續修四庫全書》史部第 694 冊，（上海：上海古籍出版社，2002 年），卷7，頁 125。
〔註43〕　〔清〕顧祖禹：《讀史方輿紀要》，冊 6，卷 33，頁 1440。
〔註44〕　《春秋・莊公三十一年》：「築臺於秦。」注：「東平范縣西北有秦亭。」〔漢〕何休注、〔晉〕范甯集解：《十三經注疏》，冊 6，卷 10，頁 180。

赴登州推事〉詩云：

> 膠東連即墨，萊水入滄溟，……崢嶸大峴口，邐迤汶陽亭，
> 地迥雪偏白，天秋山更青。(頁 155，節)

宋祁《新唐書・地理志》載：「萊州東萊郡，縣四，掖，昌陽，膠水，
即墨。」〔註 46〕膠東包含登州、萊州（今山東煙台）之地，連接即
墨縣，萊水指膠萊河，酈道元《水經注》：「膠水出黔陬縣膠山，北
過其縣西，又北過夷安縣東，又過當利縣西，北入於海。」〔註 47〕
友人自汶陽經大峴山而往，曲折連綿山勢高峻的大峴山，元于欽《齊
乘》：「大峴山即穆陵關也，……爲齊南天險。」〔註 48〕在此天然險
要處，山更青、雪偏白必定美不勝收。北池亦是高適筆下的美景之
一，〈同李太守北池泛舟宴高平鄭太守〉詩：「雲從四岳起，水向百
城流。」(頁 167) 酈道元《水經注》：「濼水出歷城縣故城西南，……
城南對山，……其水北爲大明湖。」〔註 49〕北池即大明湖，北池之
景，崧嶽〔註 50〕雲起，水流百城，氣勢浩大。

　　高適自謂爲嵩穎客，至齊魯而有〈魯郡途中遇徐十八錄事時此君
學王書嗟別〉詩云：「誰謂嵩穎客，遂經鄒魯鄉。前臨少昊墟，始覺
東蒙長。」(頁 140) 經魯郡所見少昊遺墟，再次出現於詩中，東蒙
乃指蒙山，《論語・季氏》：「蒙山在東，故曰東蒙。」〔註 51〕又稱東

〔註 45〕「少昊是爲元囂，降居江水，有聖德，邑於窮桑以登帝位，都曲阜，
　　　　故或謂之窮桑帝。」〔晉〕皇甫謐撰、〔清〕錢熙祚校：《帝王世紀》，
　　　　百部叢書集成，(臺北：藝文印書館，1967 年)，頁 9。窮桑、曲阜
　　　　都是指後來魯國建都之地，即今之曲阜，故《左傳・定公四年》言
　　　　魯國封地爲少皞之墟。楊朝明：《魯文化史》，頁 33。
〔註 46〕〔宋〕宋祁等撰：《新唐書》，冊 2，卷 38，頁 994。
〔註 47〕〔北魏〕酈道元著、陳橋驛校證：《水經注校證》，卷 26，頁 633～
　　　　634。
〔註 48〕〔元〕于欽：《齊乘》，《四庫全書珍本四集》，(臺北：臺灣商務印書
　　　　館股份有限公司，1973 年)，卷 1，頁 6。
〔註 49〕〔北魏〕酈道元著、陳橋驛校證：《水經注校證》，卷 8，頁 209～210。
〔註 50〕《詩・大雅・嵩高》：「崧嶽，四嶽也。」〔漢〕毛亨傳、鄭元箋、〔唐〕
　　　　孔穎達等正義：《十三經注疏》，冊 2，卷 18，頁 669。
〔註 51〕〔魏〕何晏集解、〔宋〕邢昺疏、〔清〕阮元校勘、張景耀主編：《十

山、雲蒙和龜蒙，綿亙於平邑、蒙陰境內，西接泰岱，東至沂山，海拔一一五六米，僅次於泰山，為山東第二高峰，峰巒疊嶂，峭峰挺立，構成蒙山疊翠之佳景。〔註52〕孔子曰：「登東山而小魯，登泰山而小天下」，此「東山」即指「蒙山」，蒙山與五嶽之首泰山並提，可以見得其重要性，登東山而小魯，蒙山甌高，路之遙遠，險峻程度更是不容小覷。又〈送郭處士往萊蕪兼寄苟山人〉詩云：「君為東蒙客，往來東蒙畔，雲臥臨嶧陽，山行窮日觀。」（頁 148）友人至東蒙山而來，至東蒙山的邊界，首印入眼廉的是白雲覆蓋著葛嶧山，班固《漢書‧地理志》：「東海郡下邳有葛嶧山在西，古文以為嶧陽。」〔註53〕次所見為以能見日出之美而得名的東山，日觀似乎成為登高愛景者，必去的觀光勝地之一。

　　泰山，五嶽之首，古稱岱山，又稱岱宗，春秋時始稱泰山。漢應劭《風俗通義》載：

> 泰山巖巖，魯邦所瞻，尊曰岱宗。岱者，長也，萬物之始，陰陽之交代。……故為五嶽之長，王者受命，易姓改制，應天功成，封禪以告天地。〔註54〕

李吉甫《元和郡縣圖志‧河南道六》：「在（兗州乾封）縣西北三十里。」〔註55〕〈望嶽〉一詩，是杜甫眼中的泰山，詩云：

> 岱宗夫如何，齊魯青未了。造化鍾神秀，陰陽割昏曉。盪胸生曾雲，決眥入歸鳥。會當凌絕頂，一覽眾山小。（頁 3）

全詩從遠望、近望、細望至而極望（仇注，卷 1 頁 4），給人親臨泰山之上，眾覽齊魯全貌的快感。司馬遷《史紀‧貨殖傳》：「泰山之陽則魯，其陰則齊。」〔註56〕泰山在齊魯兩地居重要的地理位置，遠望

　　　　三經注疏》，冊 8，卷 16，頁 146。
〔註52〕孫宜學：《齊魯風物記》，頁 153
〔註53〕〔漢〕班固：《漢書》，冊 2，卷 28 上，頁 1588。
〔註54〕〔漢〕應劭：《風俗通義》（臺北：世界書局，1963 年），卷 10，頁 1。
〔註55〕〔唐〕李吉甫：《元和郡縣圖志》，《筆記小說大觀四十五編之四十三》，卷 10，頁 267。
〔註56〕〔漢〕司馬遷：《史記》，冊 4，卷 129，頁 3265。

連綿不絕、蔥郁茂盛的東嶽,「齊魯青未了」一句表露無遺,故劉辰翁評之「五字雄蓋一世」。〔註 57〕大自然孕育下山勢神奇秀麗,山北山南昏曉兩樣景,層層雲氣中的泰山,讓杜甫朝賞至暮,流連忘返。末兩句可謂全詩主旨,以「孔子登泰山而小天下,聖人所處愈高則所見愈下矣。」〔註 58〕之意自勉。杜甫的思想核心是儒家思想,儒道乃是杜甫一生秉持的主流。此首詩寫於杜甫青壯年時期,期許自己能不斷的突破自我,追求更高的境界,展現了泰山般的氣概和雄心。故清人浦起龍言:「杜子心胸氣魄,於斯可觀。取為壓卷,屹然作鎮。」〔註 59〕宇文所安在《盛唐詩》書中,解析此詩云:

> 旅行正是開始於「望」,結束於「覽」。在杜甫的想像性登山中,山沒有形狀,開始於寬廣的全範圍視界,一直綿延至古代的齊國和魯國,詩人只看見無邊的青翠,處於陰和陽的交接處,由其相互作用而調節。在他的眼光中,他逐漸地登上山,追隨著飛鳥,直到最後在想像中完成登山,從絕頂獲得補足的巨大視野。〔註 60〕

杜甫在想像中完成登山,想像的過程中,泰山之美收入眼底,心中的豪志壯心,也在登頂一覽眾山時刻,宛如已全然大顯身手。

(二)城市景觀

　　駱賓王眼中的齊魯城市,看到的是城市季節的轉變,〈遊兗郡逢孔君自衛來欣然相遇若舊〉:「繁花明日柳,疏藥落風梅」(頁 43)春天來臨百花盛開,梅畏春而疏落,城市中冬春季之交替,皆在詩人筆下透析。〈夏日游德州贈高四〉一詩,也對德州地理有全城俯瞰之描

〔註 57〕黃永武編:《集千家註批點補遺杜工部詩集》(臺北:大通書局,1974年),冊 1,卷 1,頁 81。

〔註 58〕〔明〕薛瑄:《讀書錄・續錄》卷 4,《文津閣四庫全書》子部第 236冊,(北京:商務印書館,2005 年),頁 604。

〔註 59〕〔清〕浦起龍:《讀杜心解》(北京:中華書局,2000 年),卷 1 之 1,頁 2。

〔註 60〕〔美〕宇文所安著、賈晉華譯:《盛唐詩》(北京:三聯書店,2004年),頁 280。

述：「日觀鄰全趙，星臨俯舊吳」（頁 16）日觀峰又名東山，位於泰山頂東側，能見日出美景因而得名。登頂之際，能俯瞰臨德州之地趙國，彷彿人身回到三國時代的吳國，在歷史的回顧裡，德州之景已全然印入駱賓王的眼裡。

齊魯城市對於李白來說，除了古意濃厚，並非風光明媚之處。詩〈沙丘城下寄杜甫〉：「我來竟何事？高臥沙丘城。城邊有古樹，日夕連秋聲。」（頁 1917）「沙丘城」在府城東，世傳商紂所築，即秦始皇崩處，〔註61〕兗州城旁多古樹，朝夕作秋聲。又詩「歇鞍憩古木，解帶挂橫枝」（〈秋日魯郡堯祠亭上宴別杜補闕范侍御〉，頁 2091）、「送別枯桑下，凋葉落半空」（〈魯城北郭曲腰桑下送張子還嵩陽〉，頁 2355），此三首詩分別爲秋、冬之作，古木（樹），枯桑、葉凋落之景，可見在此季節李白所見齊魯，文化古城古意濃密，景色卻非鮮明悅目。

明李賢《大明一統志·濟南府》：「東魯門在兗州府城東。」〔註62〕李白於東魯門泛舟，亦綴其景。〈魯東門汎舟二首〉詩云：「日落沙明天倒開，波搖石動水縈迴」（之一）、「水作青龍盤石堤，桃花夾岸魯門西」（之二，頁 2784～2786），日落光亮，照沙而明，似乎天在下者，水波搖盪石如動，流水縈迴環繞，宛如青龍盤據石堤，桃花盛開水岸，遍布魯門西。魯門之景，水光四色，生意盎然，似乎對齊魯古城意象，點綴了一些色彩。

杜甫之於齊魯的城市記憶，大多爲古意。如〈登兗州城樓〉詩云：「孤嶂秦碑在，荒城魯殿餘。從來多古意，臨眺獨躊躇。」（頁 5）以秦始皇刻石頌德之碑及魯共王所立靈光殿，兩遠久的歷史遺跡，道出古意之感。〈與李十二同尋范十隱居〉詩云：「落景聞寒杵，屯雲對古城。」（頁 45）齊州的古城，是杜甫對此城市的印象。〈登兗州城樓〉言：「浮雲連海岱，平野入青徐。」（頁 5），詳述兗州的地理位

〔註61〕〔明〕陸釴等纂修：《〔嘉靖〕山東通志》，（上海：上海書店，1990年），頁 266。

〔註62〕〔明〕李賢等撰：《大明一統志·濟南府》，冊 3，卷 23，頁 1551。

置，班固《漢書・地理志》：「海、岱惟青州。」〔註63〕約今東海與泰
山間。〈對雨書懷走邀許許主簿〉一詩，則言兗州雨景，「東嶽雲峯起，
溶溶滿太虛。震雷翻幕燕，驟雨落河魚。」（頁15）泰山層雲籠罩，
雷聲作響，驟雨落下，帷幕之燕累卵之危，滂沱大雨落打河魚，層層
遞進雨景之貌，不論視覺、聽覺皆融入詩中。〈同李太守登歷下古城
員外新亭對鵲湖〉詩，則記新亭之觀，詩云：

> 新亭結構罷，隱見清湖陰。跡籍臺觀舊，氣冥海嶽深。圓
> 荷想自昔，遺堞感至今。（頁38，節）

歷下古城，春秋時為齊國濼邑，後又稱歷下，漢初改稱濟南。據《水
經注》等載，古城原址約當明清舊城西城南城各一部。員外新亭位置
在歷下古城北城牆外。〔註64〕鵲山湖位在齊州，濼水自大明湖東北流
華不注山下，匯為鵲山湖。〔註65〕杜詩自注亭對鵲山湖，當在員外新
亭北面遠處。於亭可見南湖光，海嶽相距之遙，湖中荷花之景，昔
日城牆之貌，為新亭之觀塑造古今相交，古意新意共存之感。

　　杜甫於成都將送舍弟赴齊州時寫詩三首，除了流露出對舍弟的不
捨和關懷，更是道出了對齊州的想念，詩云：「江通一柱觀，日落望
鄉臺。客意長東北，齊州安在哉。」（〈送舍弟穎赴齊州三首〉其二，
頁1182）舍弟此行赴齊州，杜甫不禁遙望東北憶齊州，以鄉臺稱齊
州，特殊情感已在齊魯漫遊之際建立而成，雖距之遙遠，情愫卻不減
反增，無限罣礙。除對齊州的牽掛，杜甫〈又上後園山腳〉一詩，追
憶東遊山東往事，云：「昔我遊山東，憶戲東嶽陽。窮秋立日觀，矯
首望八荒。」（頁1661）詩名雖言後園山腳，但首四句憶起舊日登泰
山、臨日觀，昂首高望八方之地事，非獨咏後園。杜甫遊齊趙時，寫
有〈望嶽〉詩，此詩非親臨單望之，〈又上後園山腳〉一詩可知杜甫
嘗在秋天登泰山之頂。杜甫以遊齊趙登東嶽之往事為引，俯望中州時

〔註63〕〔漢〕班固：《漢書》，冊2，卷28上，頁1526。
〔註64〕張忠綱等著：《山東杜詩學文獻研究》（濟南：齊魯書社，2004年），
　　　　頁97～98。
〔註65〕〔明〕李賢等撰：《大明一統志》，冊3，卷22，頁1471。

安祿山強梁於范陽，干戈未定，自身晚年漂泊無所歸去，唯恐客死異鄉。反之對照昔年遊齊趙，青壯年的氣概雄心，在想像性的登泰山中，心胸氣魄可以觀之，今昔相較之下，不禁感慨萬千。故全詩情緒鋪陳起伏落差大，末更以悲慟之情收尾。

劉長卿東遊曹州歸途作〈對雨贈濟陰馬少府考城蔣少府兼獻成武五兄南華二兄〉一詩，可以看出劉長卿所記憶的齊魯城市，充滿了古意閒雅之感：

> 繁雲兼家思，彌望連濟北。日暮微雨中，州城帶秋色。蕭條主人靜，落葉飛不息。(頁5，節)

遠望雖未親見的城市，此刻似乎秋意濃帶山城，日暮映細雨飄，落葉飛人閒逸，如似一個靜中有動、動中兼靜，不急不徐的悠閒城市。這樣的景貌應當是劉長卿東遊曹州時曾見過的，在歸途中才能刻劃出如此細緻的城市想像圖，即使已離開曹州，也能過目不忘的寫下他記憶裡的齊魯城市風貌。

第二節　風土民情的書寫

班固《漢書·地理志》有云：

> 凡民函五常之性，而其剛柔緩急，音聲不同，繫水土之風氣，故謂之風；好惡取舍，動靜亡常，隨君上之情欲，故謂之俗。〔註66〕

自然條件下的差異，造成的行為模式，稱之風，文化條件下的差異，造成的規則不同，謂之俗。風俗是特定區域內，形成特有的社會模式，雖無明文規定，但歷代人民遵守的行為規範，無形中形成的制約作用。正所謂「十里不同風，百里不同俗」，因地處不同的環境限制，自然條件中造成文化間的差異，產生各區域特有的風俗習慣和生活風氣，形成區域間獨特的風土民情，正如《尚書·禹貢》所云：「在地者必有高山大川為之限隔，風氣不通，民生其間亦各異俗。」〔註67〕

〔註66〕〔漢〕班固：《漢書》，冊2，卷28下，頁1640。
〔註67〕〔漢〕孔安國傳、〔唐〕孔穎達等正義：《十三經注疏》，冊8，卷6，

異俗中的多樣性和差異性，便成爲特定區域中特殊的風土民情。本節筆者將風土民情的書寫，分爲人民之性、農村活動及風俗習慣三大類論述。

一、人民之性

俗云：「一樣米養百樣人」，每個地域有不同的文化，每個人生長背景有所不同，所表現出的人民特性當就有所差異。當接受不同文化、教育、風俗等的外來詩人至梁宋齊魯之地，又會對此地的人群呈現甚麼樣的反應？以下將以詩人作品說明。

李白移居山東，二十餘年間，不過對於當地人民的表現不甚認同。西方學者 Tim Cresswell 認爲：

> 「適合所有事物的地方，一切事物都各得其所」（a place for everything and everything in its place），……暗示了地理地方與有關規範行爲的假設之間，有很密切的關連。人群言行舉止似乎可以是「安適其位」（in-place），或是「不得其所」（out-of-place；或譯格格不入）。〔註68〕

在地者和外來者對事物的認知本就有所差異，外來者若認爲異地地方事物皆各得其所，甚表他對此地認同亦能適應，反之，便覺得異地總與自己格格不入，方枘圓鑿無法協調。站在魯人的立場，外來者李白的表現，並不符合魯人的期待，故李白詩云：「舉鞭訪前塗，獲笑汶上翁」，魯翁遇見李白，表現出嘲謔譏笑的態度，這是魯人對李白的不認同。反之，詩云：「下愚忽壯士，未足論窮通」（〈五月東魯行答汶上翁〉，頁 2614），李白反覺老翁愚昧無知，不識賢者，無法與之論窮通，這是李白對魯人的不認同。又詩〈送魯郡劉長史遷弘農長史〉：「魯國一杯水，難容橫海鱗。仲尼且不敬，況乃尋常人。」（頁 2357）李白認爲魯國地小難容能者，全因魯人不識不知不用賢人，對

頁 77。

〔註68〕Tim Cresswell 著；徐苔玲、王志弘譯：《地方：記憶、想像與認同》（臺北：群學出版有限公司，2006 年），頁 163～164。

於儒家大聖孔子尚不崇敬，更何況常人。此詩雖明謂爲友人抱不平，仍有李白在魯未受矚目備受冷淡宣洩之意。又詩〈嘲魯儒〉詩云：

　　魯叟談五經，白髮死章句。問以經濟策，茫如墜煙霧。足著遠遊履，首戴方山巾。緩步從直道，未行先起塵。秦家丞相府，不重褒衣人。君非叔孫通，與我本殊倫。時事且未達，歸耕汶水濱。（頁3609）

此詩窺見李白對單一性的魯國文化，有了歷史的反思。儒生死守章句不知變通，國家經濟政策一概不曉，身於唐人卻著漢儒的服裝，行動迂緩此相醜陋，李白給予最嚴厲的批評。末以魯地同秦朝不重儒生，魯儒又非與我同叔孫通那樣精通時務之大儒，魯儒不識時務，不通時變之行，最終只能歸耕汶水。戴偉華《地域文化與唐代詩歌》一書中，特立一小節敘文化相斥論：魯文化與李白，他認爲李白和魯文化沒有作較好的調和，從〈五月東魯行答汶上翁〉李白被老翁嘲笑，舉止想法不符合魯人習慣是其一。〈嘲魯儒〉一詩可視爲李白與魯文化衝突的直接表白，集中體現了李白對以周孔遺風洙泗遺俗爲代表的魯文化批評。李白很少在義理上抨擊儒學，正如他對孔子持寬容的姿態一樣，而是對具體魯地儒生或魯地俗人的抨擊。〔註69〕因爲行爲方式、價值標準等方面的不同，造成兩者無法有互相認同之感，除了文化相斥外，在斥責與惋惜中，李白仍舊期許魯叟尊儒孔子之道，志於學通於禮治於世，成爲能爲家國盡心盡力的知識分子。也可看出李白對歷史文化的反思，魯地偏遠文化封閉，堅持遵循傳統的守成精神，導致有此民風，魯儒不達時宜，無法相濟天下，此乃李白最爲感慨之處。

　　班固《漢書・地理志》：「（齊）其失夸奢朋黨，言與行繆，虛詐不情，急之則離散，緩之則放縱。」〔註70〕高適有〈送蔡少府赴登州推事〉詩，描述登州人民之性，詩云：

　　國小常多事，人訛屢抵刑。公才徵郡邑，詔使出郊坰，標格誰當犯，風謠信可聽。（頁155，節）

〔註69〕戴偉華：《地域文化與唐代詩歌》，頁125～130。
〔註70〕〔漢〕班固：《漢書》，冊2，卷28上，頁1661。

　　登州位處沿海偏遠地帶的小國，人民時常犯法。《漢書·地理志》
又載：

> 今去聖久遠，周公遺化銷微，孔氏庠序衰壞。……俗儉嗇
> 愛財，趨商賈，好訾毀，多巧偽。〔註71〕

高適以爲此地去聖久遠，禮失道廢，社會動亂不安，此時當寄託賢人
整治。友人即赴登州審理獄訟，高適肯定友人才能，氣度風範孰人敢
犯，必當能使登州成爲尊禮法、畏罪邪之地。

　　班固《漢書·地理志》載：

> 初太公治齊，修道術，尊賢智，賞有功，故至今其土多好
> 經術，矜功名，舒緩闊達而足智。〔註72〕

杜甫〈陪李北海宴歷下亭〉詩云：「海右此亭古，濟南名士多。」（頁
37）濟南可謂地靈人傑之處，如司馬遷《史記·儒林列傳》言：

> 伏生，濟南人也，故爲秦博士。孝文帝時，求能治尚書者，
> 天下無有，乃聞伏生能治之，欲召之。……伏生教濟南張
> 生及歐陽生。〔註73〕

杜詩自注時邑人蹇處士輩在座，蹇姓極少，在濟南尤罕，蹇處士爲何
人，據學者考證仍舊不定。〔註74〕不論爲何者，濟南名士多，文風甚
佳是可茲確立，此兩句也經清代著名的書法家何紹基題寫於歷下亭的
廊柱上。

　　班固《漢書·地理志》載：「昔堯作游成陽，舜漁雷澤，湯止于
亳，故其民猶有先王遺風，重厚多君子。」〔註75〕孟郊客寓汴州近兩
年的時間，生活於此的時間，也大略了解當地人民的性格。〈夷門雪
贈主人〉一詩，就針對「夷門豪士」有所著墨：

> 夷門貧士空吟雪，夷門豪士皆飲酒。酒聲歡閑入雪銷，雪
> 聲激切悲枯朽。（頁105，節）

〔註71〕〔漢〕班固：《漢書》，冊2，卷28上，頁1663。
〔註72〕〔漢〕班固：《漢書》，冊2，卷28上，頁1661。
〔註73〕〔漢〕司馬遷：《史記》，冊4，卷121，頁3124～3125。
〔註74〕張忠綱等著：《山東杜詩學文獻研究》，頁89。
〔註75〕〔漢〕班固：《漢書》，冊2，卷28上，頁1664。

「夷門」，戰國魏大梁城東門。〔註 76〕孟郊以「夷門貧士」自謂對比「夷門豪士」，又以「空吟雪」對比「皆飲酒」，夷門豪士廣泛而論指豪放任俠之士，〔註 77〕亦可專指陸長源手下的士兵。（頁 106）不論指何者，皆可以看出孟郊隻身的對雪長吟，反觀豪士們的縱酒狂飲，酒歡之聲大至可銷破冰雪，相較之下，孟郊文儒之生的文質彬彬舉止文雅，更能襯托出「夷門豪士」的放蕩不羈任氣縱脫，「夷門豪士」性格可見一斑。故葉澐纂《商邱縣志》引《山堂考索》云：「其俗激昂而奮厲。」〔註 78〕

二、農村活動

《詩經·豳風·七月》云：

七月流火，八月萑葦。蠶月條桑，取彼斧斨，以伐遠揚，猗彼女桑。七月鳴鵙，八月載績。載玄載黃，我朱孔陽，為公子裳。〔註 79〕

〈七月〉一詩，將齊魯寒暑往來中的農業生活，進行的生產勞動皆入詩描述，對當地的農業活動也更為了解。而這些外來詩人，又將以何種視野來觀察梁宋齊魯的農村活動，以下將進一步探討。

李白對於齊魯的農村活動，有多首詩記之，如〈五月東魯行答汶上翁〉詩云：

「五月梅始黃，蠶凋桑柘空。魯人重織作，機杼鳴簾櫳。」（頁 2614）司馬遷《史記·貨殖列傳》：「齊帶山海，膏壤千里，宜桑麻，人民多文綵布帛魚鹽。」〔註 80〕五月時分，

〔註 76〕「吾過大梁之墟，求問其所謂夷門者。夷門者，城之東門也。」〔漢〕司馬遷：《史記·魏公子列傳》，冊 3，77，頁 2385。

〔註 77〕華忱之、喻學才：《孟郊詩集校注》，頁 104。

〔註 78〕〔清〕劉德昌修、葉澐纂：《河南省商邱縣志》，卷 1，頁 112。

〔註 79〕〔漢〕毛亨傳、鄭元箋、〔唐〕孔穎達等正義：《十三經注疏》，冊 8，卷 8，頁 282。

〔註 80〕〔漢〕司馬遷：《史記》，冊 4，卷 129，頁 3265。「太公以齊地負海舄鹵，少五穀而人民寡，乃勸以女工之業，通魚鹽之利，而人物輻湊。」〔漢〕班固：《漢書·地理志》，冊 2，卷 28，頁 1660。

梅黃而桑柘空，魯人以蠶絲織物。又「魯女驚莎雞，鳴機
應秋節」（〈酬張卿夜宿南陵見贈〉，頁 2677）

夏季莎雞鳴聲急促，宛如預告著魯女紡絲秋季又將來臨，兩首詩皆點
明了織作的季節。更以「魯縞如白煙，五縑不成束」（〈送魯郡劉長史
遷弘農長史〉，頁 2357），讚賞魯縞質地細緻，潔白輕薄。故《管子‧
輕重》云：「魯梁之民俗爲綈。」〔註 81〕絲織品的平滑、光澤是魯地
紡織品的特色，手工精良，工藝水平頗高。唐代河南、河北道的絲織
產品除了在數量上居於全國之冠以外，在質量上也是如此，更是絲綢
之路的源頭和最重要的供貨地。〔註 82〕地理環境之因，織作成爲魯人
主要的經濟來源，魯女則是此工作主要的勞動力。絲織業的發達和重
要，可從李白的詩作描寫中看出。除了織作，農耕亦是魯地不可或缺
的生產活動，〈贈從弟冽〉詩云：

逢君發花萼，若與青雲齊。及此桑葉綠，春蠶起中閨。日
出撥穀鳴，田家擁鋤犁。（頁 1821，節）

花開之際正值農桑活動，桑綠蠶興，布穀催耕，把鋤犁耕隴畝，農事
開始忙碌。又〈魯東門觀刈蒲〉詩：

魯國寒事早，初霜刈渚蒲。揮鎌若轉月，拂水生連珠。此
草最可珍，何必貴龍鬚？織作玉牀席，欣承清夜娛。羅衣
能再拂，不畏素塵蕪。（頁 3525）

因爲魯地氣候的因素，初霜之際便需將蒲草提早收割，以供食用和物
用。李時珍《本草綱目》記載：

蒲叢生水際，似莞而褊，有脊而柔，二、三月苗。……亦
可煠食、蒸食及曬乾磨粉作飲食。……八、九月收葉以爲
席，亦可作扇，軟滑而溫。〔註 83〕

蒲收割後，因葉柔滑的特性，可織製成席、扇、簍等用具，對當地人

〔註 81〕 李勉：《管子今註今釋》（臺北：臺灣商務印書館股份有限公司，1988
年），下冊，頁 1229。

〔註 82〕 翁俊雄：《唐代人口與區域經濟》，頁 408～409。

〔註 83〕 〔明〕李時珍《本草綱目》（臺北：文光圖書有限公司，1955 年），
上冊，卷 19，頁 788。

民而言，蒲是多功能的作物，生活中不可缺少的。從織作、耕農、割蒲可見，魯地的生活型態仍然以當地的物產自給自足爲主，將物產善加利用後，成爲主要的生活來源。

高適對於友人宋中隱居的農村生活頗爲羨慕，對其而言是一個遠離塵囂紛擾的最佳選擇，〈宋中遇林慮楊十七山人因而有別〉詩：

> 耕耘有山田，紡績有山妻，人生苟如此，何必組與珪？誰謂遠相訪，曩情殊不迷，簷前舉醇醪，竈下烹隻雞。（頁67，節）

友人隱居於林慮山，男耕女織的樸實生活，見高適來訪，斗酒隻雞的盛情宴請，人生之樂也不過如此。此如同桃花源般，古樸無華安居樂業的生活，描繪出高適對理想世界的藍圖和嚮往。

除了隱逸生活，亦有親身勞動農耕的高適，對於當地人民的農村活動，有更切身的體會和了解。如〈苦雨寄房四昆季〉詩云：

> 惆悵憫田農，徘徊傷里閭，曾是力井稅，曷爲無斗儲？萬事切中懷，十年思上書。君門嗟緬邈，身計念居諸。（頁56，節）

高適詩中多表苦民所苦，傷農民因政府稅制政策的施行，豪強兼併破壞下，連斗米之儲也無，生活困頓。欲上書以諫君主，但也恐不得獲納。另一詩〈東平路中遇大水〉更鉅細靡遺地表現了對農民的關懷，詩云：

> 天災自古有，昏墊彌今秋，霖霪溢川原，澒洞涵田疇。指塗適汶陽，掛席經蘆洲，永望齊魯郊，白雲何悠悠？傍沿鉅野澤，大水縱橫流，蟲蛇擁獨樹，麋鹿奔行舟。稼穡隨波瀾，西成不可求，室居相枕藉，竈黽聲啾啾。乃憐穴蟻漂，益羨雲禽游，農夫無倚著，野老生殷憂。聖主當深仁，廟堂運良籌，倉廩終爾給，田租應罷收。（頁154）

劉昫《舊唐書・本紀》：「（天寶四年八月）河南、睢陽、淮陽、譙等八郡大水。」[註84] 此詩反應此次天災對農民造成的傷害。大水四處

〔註84〕〔五代・晉〕劉昫：《舊唐書》，冊1，卷9，頁219。

漫溢，蟲蛇急忙逃竄攀樹，麋鹿迫尋舟船。莊稼淹沒，秋收落空，貧苦的居民只能死相枕籍，蛙鳴啾啾未歇。穴蟻隨水漂流，此刻只羨高空飛翔之禽，農夫已無所依靠，只剩無限擔憂。高適以詩細述此場大水帶來對農民甚而動物的巨大災害，可謂於宋中憐憫農民生活的代表之作。除了以心映心的惆悵，更想爲農民喉舌，希望朝廷能施行良政，爲民開倉免收農租，減輕因天災帶給農民的傷害和給予實際的幫助。遇大水之事，高適突顯出唐代士人以天下爲己任的儒家精神，此刻安民濟時的壯志已在高適胸懷中蓄勢待發，在這兩首詩中明顯感受到高適對於下層人民的關懷。

　　酈道元《水經注》中關於黃河的記載：

> 河色黃者，眾川之流，蓋濁之也。百里一小曲，千里一曲
> 一直矣。漢大司馬張仲議曰：河水濁，清澄一石水，六斗
> 泥，而民競引河溉田，令河不通利。〔註85〕

黃河善淤、善決、善涉，決口改道在齊魯常常有之。杜甫作有〈臨邑舍弟書至苦雨黃河泛溢隄防之患簿領所憂因寄此詩用寬其意〉一詩：

> 二儀積風雨，百谷漏波濤。聞道洪河坼，遙連滄海高。職
> 司憂悄悄，郡國訴嗷嗷。舍弟卑棲邑，防川領簿曹。尺書
> 前日至，版築不時操。難假黿鼉力，空瞻烏鵲毛。燕南吹
> 畎畝，濟上沒蓬蒿。螺蚌滿近郭，蛟螭乘九皋。徐關深水
> 府，碣石小秋毫。白屋留孤樹，青天失萬艘。（頁24，節）

詩中描述水勢速增，湍急橫決，河旁之州郡皆被黃河水淹沒。其景損屋人亡，莊稼淹沒，水溢蓋畎畝，只聞百姓哀號。黃河乃山東地區河之主流，更是當地農耕主要灌溉用水，但黃河漲時，山東諸水亦漲，〔註86〕氾濫改道造成人民極大災難，故居民必須不斷抵禦和抗衡黃河泛決災害，杜甫故言隄防之事的重要性，治水政策的當急施行，職司更應肩負監督之事，將傷害減至最低。水能載舟亦能覆

〔註85〕　〔北魏〕酈道元著、陳橋驛校證：《水經注校證》，卷1，頁2～3。
〔註86〕　〔明〕陳子龍：《明經世文編》（北京：中華書局，1962年），冊6，
　　　　　卷481，頁5333。

舟，此地居民感受甚多，他們必須頑強地生存在養育亦摧殘他們的
這塊土地上。

三、風俗習慣

　　特定地域的社會傳統，人們沿襲的生活習慣，造就每一個地域獨
特的風俗，可以說是長時間來歷史累積而成的。梁宋齊魯當地的風
俗，外來詩人是以何種心態面對，筆者將針對詩人詩作內容逐一分析。

　　齊魯物產也是李白主要描繪對象，如〈尋魯城北范居士失道落蒼
耳中見范置酒摘蒼耳作〉詩：

> 酒客愛秋蔬，山盤薦霜梨。他筵不下筯，此席忘朝饑。酸
> 棗垂北郭，寒瓜蔓東蘺。（頁 2778，節）

「蒼耳」〔註87〕、「秋蔬」、「霜梨」、「酸棗」、「寒瓜」等皆是當地生
活中主要的物產。又詩〈南陵別兒童入京〉：「白酒新熟山中歸，黃
雞啄黍秋正肥」（頁 2238），秋時白酒熟、黃雞肥、禾黍成，除了自
家飼養的家禽，粟、麵類、水稻、豆類糧食、蔬菜、果品、棗、杏、
梨、茶是山東地區主要糧食。〔註88〕此地賴以為生的糧食，大多以
「五穀」作物為主，司馬遷《史記‧貨殖列傳》言：「沂、泗水以北，
宜五穀桑麻六畜。」〔註89〕這與當地的自然環境條件與經濟有密切
關係。除了糧食，李白對於「魯酒」也有多首詩述之，如「蘭陵美
酒鬱金香，玉盌盛來琥珀光」（〈客中作〉，頁 3099）、「魯酒若琥珀，
汶魚紫錦鱗」（〈酬中都小吏攜斗酒雙魚於逆旅見贈〉，頁 2672），李
吉甫《元和郡縣圖志‧河南道七》：「蘭陵縣城，在（沂州承）縣東

〔註87〕早晚酒服一錢，補煖，去風，駐顏。尤治皮膚風，令人膚革清淨。……
　　　　此物善通頂門連腦，蓋即蒼耳也。〔明〕李時珍《本草綱目》，上冊，
　　　　卷 15，頁 518。
〔註88〕楊蔭樓、王洪軍：《齊魯文化通史——隨唐五代卷》，頁 540～548。
〔註89〕〔漢〕司馬遷：《史記》，冊 4，卷 129，頁 3270。五穀一說為稻、黍、
　　　　稷、麥、菽，另一說為有麻無稻，不論何種說法，此六種作物山東
　　　　皆有種植。梁國楹、王瑞：《齊魯飲食文化》（濟南：山東文藝出版
　　　　社，2004 年），頁 17。

六十里。」〔註90〕在今山東蒼山縣蘭陵鎮，蘭陵之地有美酒，唐代，蘭陵美酒已暢銷西京長安、江寧（今南京）、錢塘（今杭州）等地。〔註91〕帶有鬱金香的濃郁香氣，金黃酒色，色澤透明，這是李白對魯酒視覺和嗅覺下的評價。不過「魯酒不可醉，齊歌空復情」（〈沙丘城下寄杜甫〉，頁1917），對李白味覺而言，魯酒酒味淡薄，無法使其酣醉，不甚愛矣。不過攜薄酒送行，卻是最好的選擇，故言「魯酒白玉壺，送行駐金羈」（〈秋日魯郡堯祠亭上宴別杜補闕范侍御〉，頁2091）。汶魚，疑即今泰山名產赤鱗魚，肉質細嫩，刺少，味道鮮美，腥味極小。有離開泰山水不能活的說法，產量很低。〔註92〕魯中特產，李白詩中一一敘述。

杜甫對於齊魯的經濟、物產、交通工具等也多有描述。〈與任城許主簿遊南池〉一詩：

> 秋水通溝洫，城隅進小船。晚涼看洗馬，森木亂鳴蟬。菱
> 熟經時雨，蒲荒八月天。（頁14，節）

「馬」、「船」皆爲齊魯生活中的主要交通工具，分別爲水陸的代步工具，齊魯湖澤廣大，南通洙、泗，北連青、齊，〔註93〕水路四通八達，不論陸路、水路交通皆爲便利。「菱」果實齊魯之人當爲糧食，李時珍《本草綱目》言：「江淮及山東人曝其實以爲米，代糧。」〔註94〕「蒲」因爲氣候的因素，至中秋而荒殘，需將蒲草提早收割，以供食用和物用，也是日常生活必備產物之一。齊魯秋季的物產，平日的交

〔註90〕〔唐〕李吉甫：《元和郡縣圖志》，《筆記小説大觀四十五編之四十三》，卷11，頁306。

〔註91〕王恩田：《齊魯文化志》（上海：上海人民出版社，1998年），頁394。

〔註92〕王恩田：《齊魯文化志》，頁144、405～406。

〔註93〕〔宋〕王欽若等編：《冊府元龜》，頁5323。

〔註94〕「芰實，廬、江間最多，皆取火燔以爲米充糧，今多蒸暴食之。頌曰：菱，處處有之。葉浮水上，花黃白色，花落而實生，漸向水中乃熟。實有二種：一種四角，一種兩角。兩角中又有嫩皮而紫色者，謂之浮菱，食之尤美。江淮及山東人曝其實以爲米，代糧。」〔明〕李時珍《本草綱目》，下冊，卷33，頁1087。

通工具，於此一一入詩。除此之外，齊魯當地的農耕及紡織生活，杜甫也有詩作記錄：「齊紈魯縞車班班，男耕女桑不相失。」（〈憶昔〉，頁1163）從詩作中可以看出齊魯當地主要的生產活動是農耕和紡織，男人與女人也分別成爲主要的勞動力。詩中也記述齊魯的絲織產品品質良好，成爲主要的商業產品，可見在唐代齊魯在絲織產業已有相當水準的發展，更成爲主要的集貨區，帶動當地的經濟發展。

第三節　歷史記憶的刻畫

　　歷史記憶讓今人了解過去，也成爲今人未來的參考基點，歷史記憶中可以是有形的古蹟，也有可能是無形的精神。如果後起的時代同時又牽涉在對更早時代的回憶中——面向遺物故跡，兩者同條共貫，那麼，就會出現有趣的疊影。正在對來自過去的典籍和遺物進行反思的、後起時代的回憶者，會在其中發現自己的影子，發現過去的某些人也正在對更遠的過去作反思。〔註95〕在追憶過往的歷史記憶中，其實也存在著今人對過去的重新反省和思考，也嘗試在記憶中找到頻率相同的自我，將歷史古人精神投射於己，藉此砥礪及肯定自我。唐代前的梁宋、齊魯歷史，不論無形的古人情結，有形的古蹟朝聖，抑或是似真似假的的神話傳說，在漫長歷史中，旅人至此地記憶的取捨，關注的古蹟和史事，崇拜的歷史人物，相傳的神話故事，不同時空中的歷史記憶如何刻印於詩人的生命中，將如何建構古今之交，過去記憶與當下生活，看似兩條平行線，又將會如何盤旋曲折，此等都是筆者於本節主要探討的議題。

一、古人情結

　　外來詩人對梁宋齊魯之地歷史名人的崇拜，宛如現今社會偶像崇拜的文化，他們身體力行的來到梁宋齊魯，並以詩作歌詠，表達

〔註95〕〔美〕宇文所安著、鄭學勤譯：《追憶：中國古典文學中的往事再現》，頁25。

對於歷史人物的推崇和愛慕，寫下對古人的感覺和信念。

（一）梁　宋

梁宋是歷史文化名城，自古便有許多名人曾於此留下永傳不朽的佳話，如莊子、孔子、宓子賤、信陵君、朱亥、侯嬴等，都是外來詩人至梁宋關注的歷史人物，以下敘述外來詩人如何表現歷史人物的風貌。

1、莊　子

莊子（約前 369～約前 286），是戰國時期重要的思想家，與老子（約前 600～約前 470 年後）並稱老莊，曾任漆園吏。司馬遷《史記‧老子韓非列傳》：「莊子者，蒙人也，名周。周嘗爲蒙漆園吏。」〔註 96〕

高適〈奉酬睢陽李太守〉一詩言：「地是蒙莊宅，城遺閼伯丘」（頁 109）點明了莊子曾於此地任漆園吏。另有一詩歌頌，〈宋中十首〉之七詩云：

> 逍遙漆園吏，冥沒不知年，世事浮雲外，閒居大道邊。古
> 來同一馬，今我亦忘筌。（頁 4）

孫灝纂《河南通志》載：「漆園在（歸德）府城南二十五里小蒙城內，莊周嘗爲漆園吏，即此地也。」〔註 97〕莊子生卒年不清，「得魚而忘筌」、「逍遙於天地之間」〔註 98〕，拋棄事物的束縛，閒居逸樂才是生命的最終追求。此詩句句直寫莊子，不論生平抑或是思想，高適皆瞭若指掌表達甚全，莊子的思想也影響了高適對於自我生命的追求，期許自己也能體會悟道而忘其羈絆的桎梏。

〔註 96〕〔漢〕司馬遷：《史記》，冊 3，卷 63，頁 2143。

〔註 97〕〔清〕田文鏡等修、孫灝等纂：《河南通志》，《文淵閣四庫全書》集部第 537 冊，（臺北：臺灣商務印書館股份有限公司，1983 年），卷 51，頁 119。

〔註 98〕〔晉〕郭象注、〔唐〕成玄英疏：《南華眞經注疏》（北京：中華書局，1998 年），《莊子‧外物》、《莊子‧讓王》，下冊，雜編，卷 9，頁 534、549。

2、孔　子

孔子（前 551 年～前 479 年），魯人（今山東曲阜），春秋末期重要的思想家和教育家，儒家學派的創始人，後世尊爲聖人、至聖。孔子創立的儒家學說，不儘成爲中國歷史上重要的文化核心，更廣及各地造成深遠的影響，形成儒家文化圈。對於孔子的景仰，李白、高適有詩讚頌。

李白以歷史人物自況，詩中孔子占比例甚高。「大聖猶不遇，小儒安足悲」（〈書懷贈南陵常贊府〉，頁 1787）、「孔聖猶聞傷鳳麟，董龍更是何雞狗」（〈答王十二寒夜獨酌有懷〉，頁 2707）、「時命或大謬，仲尼將奈何」（〈紀南陵題五松山〉，頁 3226）等多首詩，可以看出李白對孔子的尊敬，大聖在上，甘居小儒，亦自喻與孔子同爲異世同調的人，即使生不逢時，困頓不遇，但仍舊壯志不渝，遙與孔子相交相契。李白遊梁時，便以孔子圍於陳、蔡之間事自喻。〈送侯十一〉詩云：「余亦不火食，遊梁同在陳」（頁 2441），司馬遷《史記・孔子世家》記載：

> 孔子遷于蔡三歲，吳伐陳。楚救陳，軍于城父。聞孔子在陳蔡之閒，楚使人聘孔子。孔子將往拜禮，陳蔡大夫謀曰：「孔子賢者，所刺譏皆中諸侯之疾。今者久留陳蔡之閒，諸大夫所設行皆非仲尼之意。今楚，大國也，來聘孔子。孔子用於楚，則陳蔡用事大夫危矣。」於是乃相與發徒役圍孔子於野。不得行，絕糧。從者病，莫能興。孔子講誦弦歌不衰。子路慍見曰：「君子亦有窮乎？」孔子曰：「君子固窮，小人窮斯濫矣。」〔註99〕

李白以孔子即使陳蔡絕糧，窮困之際，仍不改行道志向，固己節操、志節而不動搖，來勉勵友人，亦期許自己能在不遇之況中，不失君子所爲，堅守自己的理想，有朝一日必能如同孔子千秋萬世，受後人所景仰。

〔註99〕〔漢〕司馬遷：《史記》，冊 3，卷 47，頁 1930。

　　高適於宋中時，追憶孔子曾經此地，有〈宋中十首〉之六緬懷，詩云：

　　　　出門望終古，獨立悲且歌，憶昔魯仲尼，悽悽此經過，眾
　　　　人不可向，伐樹將如何。（頁4）

又，司馬遷《史記·孔子世家》載：

　　　　孔子去曹適宋，與弟子習禮大樹下。宋司馬桓魋欲殺孔子，
　　　　拔其樹。孔子去。弟子曰：「可以速矣。」孔子曰：「天生
　　　　德於予，桓魋其如予何！」〔註100〕

高適憶昔孔子曾路經此地，宋司馬桓魋欲殺，孔子以上天賦予仁德於身，故桓魋無法得逞。高適對於此事，肯定孔子的仁德之性，撻伐桓魋之行，因此爲必當臣服於德性之尊下，無法成之。對於孔子的尊重，高適又言「宅相予偏重，家丘人莫輕」（〈別從甥萬盈〉，頁 79），雖人並非在齊魯之地，但在儒家教育的耳濡目染下，對孔子的敬重，絕不可輕忽，不僅警惕自己更是勸藉甥兒。

3、宓子賤

　　宓子賤，孔子的學生，呂不韋《呂氏春秋·察賢》記載：「宓子賤治單父，彈鳴琴，身不下堂而單父治。」〔註101〕孔子有位弟子宓子賤，任職單父時身不出公堂，只是瀟灑自如的彈琴，依舊將單父治理的有條不紊。對於宓子賤的事蹟，唐代有許多詩人同予歌頌。

　　唐岑參〈梁園歌〉詩云：

　　　　單父古來稱宓生，祇今爲政有吾兄，輶軒若過梁園道，應
　　　　傍琴臺聞政聲。〔註102〕

宓子賤鳴琴治單父，施善政用賢人，已傳爲佳話，更成爲許多士人路經此地，必要崇拜的對象。駱賓王也不例外，詩云：「綺琴朝化洽，

〔註100〕〔漢〕司馬遷：《史記》，冊3，卷47，頁 1921。
〔註101〕〔秦〕呂不韋等著、陳奇猷校釋：《呂氏春秋校釋》（臺北：華正書
　　　　局有限公司，1985 年），下冊，論部，卷21，頁 1441。
〔註102〕阮廷瑜：《岑嘉州詩校注》（臺北：國立編譯館，1980 年），卷 2，
　　　　頁 161。

祥石夜論空」（〈過故宋〉，頁 185）在密子賤鳴琴治政的背後，更隱藏了仁政的態度，愛民的用心，因爲有一把好琴，才能眞正譜出動人的美樂。而這也是駱賓王體會和欲效法的，唯有仁官才能使朝野融洽，其中也寄託了駱賓王傾慕宓子賤有機會施展政治理想，以及期許自己有朝一日也能成爲流爲美談的施政者。

李白亦曾於詩中，以宓子賤比喻官員友人，〈贈瑕丘王少府〉詩：「清風佐鳴琴，寂寞道爲貴」（頁 1292），李白稱讚友人王少府，做官清廉，兩袖清風，一生澹然無欲，以道爲貴，正如宓子賤無爲而治，不沉溺功名利祿，富貴如浮雲，其風範和高德，正是群人榜樣。可見李白對此友人，評價甚高，欣賞爲人。

高適對於宓子賤的崇拜，可由詩作數量明顯易見，於宋中的詩作中，共有五題七首詩皆提及宓子賤，其中有一組詩〈登子賤琴堂賦詩三首並序〉最爲代表，詩云：

> 宓子昔爲政，鳴琴登此臺，琴和人亦閑，千載稱其才。臨眺忽悽愴，人琴安在哉？悠悠此天壤，唯有頌聲來。（之一）
> 邦伯感遺事，慨然建琴堂，乃知靜者心，千載猶相望。入室想其人，出門何茫茫。唯見白雲合，來臨鄒魯鄉。（之二）
> 皤皤邑中老，自誇邑中理，何必昇君堂，然後知君美？開門無犬吠，早臥常晏起，昔人不忍欺，今我還復爾。（之三，頁125）

詩序自云：

> 甲申歲，適登子賤琴臺，賦詩三首，首章懷宓公之德，千祀不朽；次章美太守李公能嗣子賤之政，再造琴臺；末章多邑宰崔公能思子賤之理。

高適首言對宓子賤鳴琴統心之德流芳百世，給予最高評價。次肯定太守知仁者之心永懷宓子賤事蹟，因而建琴臺讓後人景仰。末讚賞邑宰的知人善任，對於宓子賤治術的理解。《孔子家語》云：「宓不齊，字子賤，魯人，少孔子四十九歲。仕爲單父宰，有才智，仁愛百姓不忍

欺，孔子大之。」〔註103〕孔子對於弟子宓子賤「躬敦厚，明親親，尚篤敬，施至仁，加懇誠，致忠信」，使百姓化之，單父治焉，孔子曰：「誠於此者行乎彼，宓子行此術於單父也。」〔註104〕故高適又於〈宋中十首〉之九言：

> 常愛宓子賤，鳴琴能自親，邑中靜無事，豈不由其身？何意千年後，寂寥無此人。（頁4）

宓子賤以仁者之姿行仁愛之治，利民治國的理想，讓高適感歎如此聖賢琴治，後無來者。宓子賤的單父之治，不僅士人崇敬仿效，百姓更是緬懷此德政，故言「灌壇有遺風，單父多鳴琴，誰爲久州縣，蒼生懷德音。」（〈同房侍御山園新亭與邢判官同遊〉，頁62）

高適還曾與李白、杜甫等人同登單父臺作〈同羣公秋登琴臺〉詩，云：

> 古跡使人感，琴臺空寂寥，靜然顧遺塵，千載如昨朝。臨眺自茲始，群賢久相邀，德與形神高，孰知天地遙？（頁122，節）

群賢相邀同遊琴臺，雖說琴臺遺跡空在，但宓子賤的德高至仁，卻宛如昨日事，始終永留群賢心中。又〈觀李九府脊樹宓子神祠碑〉一詩：

> 吾友吏茲邑，亦嘗懷宓公，安知夢寐間，忽與精靈通。一見興永歎，再來激深衷，賓從忽逶迤，二十四老翁。於焉建層碑，突兀長林東，作者無愧色，行人感遺風。坐令高岸盡，獨對秋山空，片石勿謂輕，斯言固難窮。龍盤色絲外，鵠顧偃波中，形勝駐群目，堅貞指蒼穹，我非王仲宣，去矣徒發蒙。（頁126）

高適描寫友人亦嘗懷宓子賤，在夢寐間彷彿與之相見，〔註105〕激情

〔註103〕陳士珂輯：《孔子家語疏證》（臺北：臺灣商務印書館股份有限公司，1971年），卷9，頁224。
〔註104〕陳士珂輯：《孔子家語疏證》，卷8，頁218。
〔註105〕《孔子家語》：「孔子謂宓子賤曰：『子治單父而眾悅，語某所以爲之者？』……曰：『……不齊也所父事者三人，所兄事者五人，所友事者十一人……此地民有賢於不齊者五人，不齊事之。』」合爲

與歡服下遂立神祠碑。此碑位高岸對秋山，供後人瞻仰遺風，碑石之堅貞如宓子賤之德，碑文之絕好群目聚焦。高適友人敬佩宓子賤的風範和德政，不僅心中懷思更是立碑供眾人景仰，讓宓子賤的鳴琴之治千古不朽。劉昫《舊唐書》高適本傳云：「累爲藩牧，政存寬簡，吏民便之」，〔註106〕此良吏之舉，其必將宓子賤視爲範典學習，宓子賤對高適從政態度影響甚深。高適所寫的〈宋中十首〉及其他在梁宋創作的詩作，述及的人物史事包括上古的關伯，春秋的宋景公、宋襄公、孔子、莊子和宓子賤以及漢高祖、梁孝王等。每首詩都和當地的地點有關，登臨懷古在高適的詩作中佔有相當的份量。〔註107〕

劉長卿對於宓子賤琴臺亦有詩云：「音容想在眼，暫若升琴堂」（〈出豐縣界寄韓明府〉，頁 4），對於宓子賤鳴琴治單父的事蹟極爲折服，來到此地彷彿宓子賤眞正置琴臺上撫琴奏曲，聲音和容貌的呈現都是那麼眞實，劉長卿似乎短暫的回到春秋時代，與宓子賤同置一時空共譜樂章。宓子賤身不下堂治單父事，已成爲士人爭相仿效的模範，更是未來爲政之途的目標。

4、信陵君、朱亥、侯嬴

信陵君（？～前 243 年），戰國時代魏國人，著名的政治家和軍事家。侯嬴（？～前 257 年），魏國的隱士，七十多歲時爲魏國大梁的守門者，後受到信陵君重用。朱亥（？～？），本隱居於市井中爲屠夫，受到侯嬴的推薦，成了信陵君的上賓。三人的事蹟皆在歷史上永留美名，故至此的詩人不禁要以筆讚譽一番。

李白對信陵君、朱亥與侯嬴三人，分別都有詩作讚頌，詩云「朱亥已擊晉，侯嬴尚隱身。時無魏公子，豈貴抱關人！」（〈送侯十一〉，頁 2441）李白此詩言魏公子識千里馬，如無慧眼識英雄，豈有朱亥擊晉、侯嬴隱身佳事傳頌，極爲肯定伯樂魏公子。又以〈俠客行〉一

二十四人。陳士珂輯：《孔子家語疏證》，卷3，頁92。

〔註106〕〔五代‧晉〕劉昫等撰：《舊唐書》，冊4，卷111，頁3331。

〔註107〕廖宜方：《唐代的歷史記憶》，頁171。

詩讚誦朱亥、侯嬴，詩云：

> 閒過信陵飲，脫劍膝前橫。將炙啖朱亥，持觴勸侯嬴。三
> 盃吐然諾，五嶽倒爲輕。……救趙揮金槌，邯鄲先震驚。
> 千秋二壯士，烜赫大梁城。縱使俠骨香，不慚世上英。（頁
> 489，節）

李白歌詠朱亥、侯生 [註108]，他們皆是任俠之客。司馬遷《史記·
魏公子列傳》載：

> （侯生曰）臣客屠者朱亥可與俱，此人力士。晉鄙聽，大
> 善；不聽，可使擊之。……於是公子請朱亥。朱亥笑曰：「臣
> 迺市井鼓刀屠者，而公子親數存之，所以不報謝者，以爲
> 小禮無所用。今公子有急，此乃臣救命之秋也。」遂與公
> 子俱。……朱亥袖四十斤鐵椎，椎殺晉鄙。」 [註109]

朱亥原隱居於市井中，經侯嬴推薦，成了信陵君的上賓，以四十斤鐵
鎚椎殺晉鄙。又《史記·魏公子列傳》記載：

> 魏安釐王二十年，秦昭王已破趙長平軍，又進兵圍邯
> 鄲。……魏王使將軍晉鄙將十萬眾救趙。秦王使使者告魏
> 王曰：「吾攻趙旦暮且下，而諸侯敢救者，已拔趙，必移兵
> 先擊之。」魏王恐，使人止晉鄙，留軍壁鄴，名爲救趙，

[註108] 「魏有隱士曰侯嬴，年七十，家貧，爲大梁夷門監者。公子聞之，
往請，欲厚遺之。不肯受，曰：『臣脩身絜行數十年，終不以監門
困故而受公子財。』公子於是乃置酒大會賓客。坐定，公子從車騎，
虛左，自迎夷門侯生。侯生攝敝衣冠，直上載公子上坐，不讓，欲
以觀公子。公子執轡愈恭。侯生又謂公子曰：『臣有客在市屠中，
願枉車騎過之。』公子引車入市，侯生下見其客朱亥，俾倪故久立，
與其客語，微察公子。公子顏色愈和。當是時，魏將相宗室賓客滿
堂，待公子舉酒。……侯生視公子色終不變，乃謝客就車。至家，
公子引侯生坐上坐，徧贊賓客，賓客皆驚。酒酣，公子起，爲壽侯
生前。侯生因謂公子曰：『今日嬴之爲公子亦足矣。嬴乃夷門抱關
者也，而公子親枉車騎，自迎嬴於眾人廣坐之中，不宜有所過，今
公子故過之。然嬴欲就公子之名，故久立公子車騎，……過客以觀
公子，公子愈恭。市人皆以嬴爲小人，而以公子爲長者能下士也。』
於是罷酒，侯生遂爲上客。」〔漢〕司馬遷：《史記·魏公子列傳》，
冊3，卷77，頁2378～2379。

[註109] 〔漢〕司馬遷：《史記》，冊3，卷77，頁2380～2381。

> 實持兩端以觀望。……公子患之，數請魏王，及賓客辯士
> 説王萬端。

> 魏王畏秦，終不聽公子。……侯生曰：……「嬴聞晉鄙之
> 兵符常在王臥內，而如姬最幸，出入王臥內，力能竊之。
> 嬴聞如姬父為人所殺，如姬資之三年，自王以下欲求報其
> 父仇，莫能得。如姬爲公子泣，公子使客斬其仇頭，敬進
> 如姬。如姬之欲爲公子死，無所辭……公子誠一開口請如
> 姬，如姬必許諾，則得虎符奪晉鄙軍，北救趙而西卻秦，
> 此五霸之伐也。」公子從其計，請如姬。如姬果盜晉鄙兵
> 符與公子。〔註110〕

侯嬴，曾助信陵君卻秦救趙，爲防事機洩露，自剄而死。兩壯士英勇
之爲，信諾之重，山嶽爲輕，千年之後，孰不識二君之名，聲名威望
大梁城，俠骨氣魄，死而無愧。李白對其重義輕生，死守危難，重信
器義之輩，俠氣精神極爲讚賞。信陵君、朱亥、侯生芳名遠播，也成
爲大梁城最具代表性的歷史人物之一。故胡曾〈夷門〉詩云：

> 六龍冉冉驟朝昏，魏國賢才杳不存。唯有侯嬴在時月，夜
> 來空自照夷門。〔註111〕

劉禹錫辭去和州刺史之務，返洛陽經汴州作〈酬令狐相公贈別〉一詩：
「海嶠新辭永嘉守，夷門重見信陵君」（頁 1167），除了借以夷門指
自己路經汴州，也同李白般肯定信陵君獨具慧眼，胸襟寬闊，才能攬
獲才士侯嬴，得以幫助自己，不同一般作者論夷門提侯嬴，反以信陵
君的角度出發論夷門。

（二）齊　魯

　　齊魯具有悠久的歷史和豐厚的文化，地靈人傑，孕育出眾多對中
華文化極具貢獻的人物。歷史上最主要的代表人物當然是創立儒家學
派的孔子及其門生，又如集智慧於一身的三國時期蜀漢重要大臣諸葛
亮，以及戰國時代齊國德才兼備的名士魯仲連。他們的豐功偉業都在

〔註110〕〔漢〕司馬遷：《史記》，冊3，卷77，頁2379～2380。
〔註111〕〔清〕聖祖輯：《全唐詩》，冊19，卷647，頁7420。

史書上留有篇幅，供後人讚賞和學習，也成爲外來詩人至齊魯相繼歌詠的人物。以下茲就詩作分別論述。

1、孔子與其門生

孔子一生奉獻給教育，相傳弟子有三千人，有教無類、因材施教的教育理念更是代代相傳，《論語》一書便是由孔子門生及再傳弟子輯錄整理而成，是儒家重要的經典，也是後代研究孔子及其思想重要的資料。魯地是孔子的出生地，儒家思想深植於此，深受儒家教育的外來詩人們，對孔子的描繪當就不少。

雖說李白道教思想甚於儒家思想，但對孔子仍極爲尊敬和懷念。如「宋人不辨玉，魯賤東家丘」（〈送薛九被讒去魯〉，頁 2341）、「仲尼且不敬，況乃尋常人」（〈送魯郡劉長史遷弘農長史〉，頁 2357），對於魯人不識孔子聖人，對其不敬輕之行爲，極爲憤慨，深表他對孔子的敬重和推崇。〈送方士趙叟之東平〉詩云：「西過獲麟臺，爲我弔孔丘。念別復懷古，潸然空淚流。」（頁 2309）李賢《大明一統志·兗州府》曰：「獲麟臺，在縣東南五十里，即西狩獲麟之所，後人於此築臺。」〔註112〕司馬遷《史記·孔子世家》：「魯哀公十四年春，狩大野。叔孫氏之車子鉏商獲獸，以爲不祥。仲尼視之，曰：『麟也』，取之。」〔註113〕李白特意託付友人至東平過獲麟臺時，爲他悼念孔子，對孔子的感念深矣。又〈早秋贈裴十七仲堪〉詩：「荊人泣美玉，魯叟悲匏瓜。功業若夢裏，撫琴發長嗟。」（頁 1277）後兩首詩，以孔子獲麟之事和匏瓜之嘆，李白援此以自況，自傷功業未成，不爲世用，就如同孔子之道未行，「繫而不食」〔註114〕、「吾道窮矣」〔註115〕，自古聖賢不遇之況，豈非吾一人以自慰。故明邵寶〈題太白圖〉云：

〔註112〕 〔明〕李賢等撰：《大明一統志》，冊3，卷23，頁1539。
〔註113〕 〔漢〕司馬遷：《史記》，冊3，卷47，頁1942。
〔註114〕 〔魏〕何晏集解、〔宋〕邢昺疏、〔清〕阮元校勘、張景耀主編：《十三經注疏·論語·陽貨》，冊8，卷17，頁155。
〔註115〕 〔漢〕司馬遷：《史記·孔子世家》，冊3，卷47，頁1942。

「豪奇自比齊東人，大雅猶懷魯中叟。」〔註116〕

　　司馬遷《史記‧太史公自序》言：「北涉汶、泗，講業齊、魯之都，觀孔子之遺風。」〔註117〕孔子遺風深植齊魯，故太史公亦曰：

> 余讀孔氏書，想見其為人。適魯，觀仲尼廟堂車服禮器，
> 諸生以時習禮其家，余祇迴留之不能去云。……孔子布衣，
> 傳十餘世，學者宗之。〔註118〕

士人至齊魯之地，對孔子的瞻仰更不可少。如高適〈魯西至東平〉詩云：「問津見魯谷，懷古傷家丘，寥落千載後，空傳褒聖侯。」（頁148）至東平之際，高適即探詢孔子出生的山洞於何處，《史記‧孔子世家》正義引干寶《三日紀》：「徵在生孔子空桑之地，今名空竇，在魯南山之空竇中。」〔註119〕想至此地緬懷孔子，即使孔子逝世千年之後，孔子的後代〔註120〕仍傳習著孔子的儒家情懷永存後世。

2、諸葛亮

　　諸葛亮（181年～234年），瑯琊陽都（今山東沂南縣）人。三國時期蜀漢重要大臣，死後諡為忠武侯，又稱諸葛武侯、武侯。杜甫有多首詩作都對諸葛亮的事蹟甚表欣賞，如〈諸葛孔明〉、〈八陣圖〉、〈武侯廟〉、〈諸葛廟〉等詩，來到諸葛亮的故鄉當不忘以詩歌詠。

　　杜甫至齊魯，懷念古人諸葛亮，〈同李太守登歷下古城員外新亭亭對鵲湖〉詩：「不阻蓬蓽輿，得兼《梁甫吟》」（頁38），《蜀志》曰：「諸葛亮好為〈梁甫吟〉。然則不起於亮矣。」李勉《琴說》曰：「〈梁甫吟〉，曾子撰。」《琴操》曰：「曾子耕泰山之下，天雨雪凍，旬月不得歸，思其父母，作〈梁山歌〉。」蔡邕《琴頌》曰：「梁甫悲吟，周公越裳。」按梁甫，山名，在泰山下。〈梁甫吟〉，蓋言人死葬此山，

〔註116〕〔明〕邵寶：《容春堂全集》卷2，《文淵閣四庫全書》集部第387冊，頁19。

〔註117〕〔漢〕司馬遷：《史記》，冊4，卷130，頁3293。

〔註118〕〔漢〕司馬遷：《史記》，冊3，卷47，頁1947。

〔註119〕〔漢〕司馬遷：《史記》，冊3，卷47，頁1906。

〔註120〕〔宋〕宋祁等撰：《新唐書‧禮樂志五》：「（武德）九年封孔子之後為褒聖侯。」，冊1，卷5，頁373。

亦葬歌也。諸葛亮〈梁甫吟〉：

> 步出齊東門，遙望蕩陰里。里中有三墓，累累正相似。問
> 是誰家墓，田疆古冶子。力能排南山，文能絕地紀。一朝
> 被讒言，二桃殺三士。誰能爲此謀？國相齊晏子。〔註121〕

梁甫吟述春秋時齊相晏嬰向景公獻計，以二桃殺公孫接、田開疆、古
冶子三壯士，令其論功領賞，欲使其自相殘殺永除隱患，後三人因而
自戕。張衡〈四愁詩〉云：「欲往從之梁甫艱。」注，泰山，東嶽也，
君有德則封於此山，願輔佐君王，致於有德，而爲小人讒邪之所阻。
梁甫，泰山下小山名。諸葛武侯好爲梁甫吟，恐取此意。〔註122〕杜
甫至歷下登亭賦詩，蓋以〈梁甫吟〉借比同賦之詩，故曰「得兼」也。
〔註123〕此外，回憶起諸葛亮，亦想以此自勉成爲有德之人，尚德性
爲其處世標的。

3、魯仲連

　　魯仲連（約前305年～245年），戰國時代齊國名士。擅於出謀
計策，口才超群，曾周遊各國。淡泊名利和高尚的節操，是留給後世
深刻的人品印象。不論是李白還是高適，都非常敬佩他不朽的精神。

　　除了至聖孔子，魯仲連亦是李白極爲佩服之人。「岂嶢廣成子，
倜儻魯仲連」（〈贈宣城宇文太守兼呈崔侍御〉，頁1756）、「所冀旄頭
滅，功成追魯連」（〈在水軍宴贈幕府諸侍御〉，頁1605）、「君草陳琳
檄，我書魯連箭」（〈江夏寄漢陽輔錄事〉，頁2043），李白詩中有多
首詩提及魯仲連，對此濟世之才，人格高尚之人，李白不免引以自況
和崇拜之。司馬遷《史記·魯仲連鄒陽列傳》：「魯仲連者，齊人也。
好奇偉俶儻之畫策，而不肯仕宦任職，好持高節。游於趙。」〔註124〕

〔註121〕〔宋〕郭茂倩：《樂府詩集·相和歌辭十六》（臺北：里仁書局，1979
　　　　年），冊1，卷41，頁605～605。

〔註122〕〔三國蜀〕諸葛亮撰、〔清〕張澍輯：《新校諸葛亮全集》（臺北：
　　　　世界書局，1964年），文集卷2，頁54。

〔註123〕〔清〕浦起龍：《讀杜心解》，卷1之1，頁4。

〔註124〕〔漢〕司馬遷：《史記》，冊3，卷83，頁2459。

〈古風〉其九云：

> 齊有倜儻生，魯連特高妙。明月出海底，一朝開光曜。卻
> 秦振英聲，後世仰末照。意輕千金贈，顧向平原笑。吾亦
> 澹蕩人，拂衣可同調。（頁66）

又言：「哭何苦而救楚？笑何誇而卻秦」（〈鳴皋歌送岑徵君〉，頁
1067），魯仲連遊歷趙國，秦軍圍困邯鄲，魯仲連與新垣衍會面勸告，
秦軍聞之兵退五十里。〔註125〕又云「我以一箭書，能取聊城功。終
然不受賞，羞與時人同。」（〈五月東魯行答汶上翁〉，頁2614），《史
記・魯仲連鄒陽列傳》記載：

> 燕將攻下聊城，聊城人或讒之燕，燕將懼誅，因保守聊城，
> 不敢歸。齊田單攻聊城歲餘，士卒多死而聊城不下。魯連
> 乃爲書，約之矢以射城中，遺燕將。〔註126〕

李白以魯仲連卻秦解圍之事，芳名遠播，平原君欲賞千金不受，以及
射書聊城，感動守將之心，以文克敵，守將自盡聊城亂兩事，以魯仲
連自況，自己亦爲澹蕩之人，不爲利所拘，不以富貴爲意，賤貴窮通
非自計。李白讚賞魯仲連倜儻高妙，不同時人而流，「蹈海寧受賞？
還山非問津」（〈送岑徵君歸鳴皋山〉，頁2478），魯仲連的辭賞而去，
潔身高尚，是李白視之典範之爲。詩〈留別魯頌〉更以泰山之高，但
依舊低於魯仲連節操，詩云：

> 誰道太山高？下卻魯連節。誰云秦軍眾？摧卻魯連舌。獨
> 立天地間，清風灑蘭雪。夫子還倜儻，攻文繼前烈。錯落
> 石上松，無爲秋霜折。贈言鏤寶刀，千歲庶不滅。（頁2096）

〔註125〕「此時魯仲連適游趙，會秦圍趙，聞魏將欲令趙尊秦爲帝，乃見平
　　　　原君……吾請爲君責而歸之。平原君曰：『勝請爲紹介而見之於先
　　　　生。』……於是新垣衍起，再拜謝曰：『始以先生爲庸人，吾乃今
　　　　日知先生爲天下之士也。吾請出，不敢復言帝秦。』秦將聞之，爲
　　　　卻軍五十里。適會魏公子無忌奪晉鄙軍以救趙，擊秦軍，秦軍遂引
　　　　而去。於是平原君欲封魯連，魯連辭讓（使）者三，終不肯受。」
　　　　〔漢〕司馬遷：《史記・魯仲連鄒陽列傳》，冊3，卷83，頁2460
　　　　～2465。
〔註126〕〔漢〕司馬遷：《史記》，冊3，卷83，頁2465。

泰山乃五嶽之首，李白以誇飾手法，讚歎魯仲連舌退秦軍，倜儻不群，卓異不凡，風情萬古可參天地，甚而泰山之高，亦無達至。故言

> 此如幽蘭之在空谷，天風飛雪，灑然過之，……此仲連之高風絕俗而太白神交千載也。〔註127〕

魯仲連的高節清風千年不衰，李白不僅折服亦視為典範，也因此與之神交心意投合，至齊地備感懷念魯仲連，留下多首相關詩作。李白不僅以孔子，亦以魯仲連自比，除了抒發不遇愁緒，也代表著李白對自我期許頗高，對自我的認定也很有信心。

高適於廣陵和賀蘭之詩〈酬河南節度使賀蘭大夫見贈之作〉，將其媲美魯仲連的義節，詩云：「隱隱摧鋒勢，光光弄印榮，魯連真義士，陸遜豈書生。」（頁288）司馬光《資治通鑑・唐紀》載：

> 至德元年冬，十月，……以賀蘭進明為河南節度使。……秋，七月，河南節度使賀蘭進明克高密、琅邪、殺賊二萬餘人。〔註128〕

高適讚賀蘭摧堅陷陣，挫敵鋒，破敵勢，不畏群敵的精神，就如同魯仲連堅持不降的操守。〔註129〕除了推崇賀蘭的豐功偉業，讚譽品性為人，也以魯仲連的美名事蹟，視為後輩應當效法學習的範典。

二、古蹟朝聖

古蹟可以說是歷史的化身，存留下來的實體，彷彿也承載著過往的歷史訊息，想與後代觀者對話。許多文人士大夫喜愛遊覽古蹟，並抒發對古蹟或古人的感受和發人省思的話語，宛如與歷史對話般，希冀可以引以為鑑，視過往成為自己的楷模或避免重蹈覆轍的

〔註127〕〔明〕姚廣孝等修：《永樂大典》18 冊，卷 2538，（臺北：世界書局，1962 年），頁 8～9。

〔註128〕〔宋〕司馬光撰、〔宋〕胡三省注：《新校資治通鑑》，冊 12，卷 219，頁 7001。

〔註129〕魯仲連的事蹟，筆者將於第四章第三節「歷史記憶的刻畫——古人情結（齊魯）」另詳盡說明，於此不多著筆墨論之。

遺憾，以歷史的力量扭轉未來。

（一）梁　宋

梁宋有許多名勝古蹟，吸引外來詩人到此地旅遊，並在詩作中記錄它們，如最具代表性梁孝王所建的梁園，生態環境優美的蓬池，還有盧門，都是詩人們關注的歷史古蹟。

1、梁　園

梁園，又名梁苑、兔園、睢園、修竹園、竹園，在今河南省商丘縣東。葛洪《西京雜記》：「梁孝王好營宮室苑囿之樂，作曜華宮，築兔園。」〔註130〕又李昉《太平御覽》載：

> 梁王有脩竹園，園中竹木，天下之選集諸方遊士，各為賦，故館有鄒枚之號。又有雁鶩池，周回四里，亦梁王所鑿。
>
> 又有清泠池，有釣臺，謂之清泠臺。〔註131〕

昔日規模宏大、富麗堂皇的梁園可以說是此地重要的遊覽景點之一，不僅有美麗迷人的雪景之貌，還有梁孝王招攬文人賢士吟詠，文化盛宴的歷史背景，成為外來詩人爭相描繪的景點之一。

駱賓王〈過故宋〉一詩云：「池文斂束水，竹影漏寒叢。園兔承行月，川烏避斷風。」（頁185）兔園唐時已成廢墟，雁池中的鶴洲、鳧渚〔註132〕生活之處，園林中的竹木草叢，兔園可乘載移動的月光，銅烏可測千里外之風，是駱賓王想像力誇飾下的兔園之景。

梁園之景、梁王之事已逝，李白於梁宋有詩作緬懷，〈攜妓登梁王棲霞山孟氏桃園中〉詩云：

> 君不見梁王池上月，昔照梁王樽酒中。梁王已去明月在，黃鸝愁醉啼春風。分明感激眼前事，莫惜醉臥桃園東。（頁2810，節）

〔註130〕〔晉〕葛洪集、成林等譯注：《西京雜記全譯》（貴陽：貴州人民出版社，1993年），卷2，頁82。

〔註131〕〔宋〕李昉等撰：《太平御覽》，冊3，卷159，頁857。

〔註132〕「（兔園中）又有雁池，池間有鶴洲鳧渚。」〔晉〕葛洪集、成林等譯注：《西京雜記全譯》，卷2，頁82。

李白遊梁王雁池，感歎池上之月昔日曾映照梁王樽酒，如今梁王已去，樽酒不在，明月卻仍高掛。景似人非中，黃鸝啼叫似訴愁怨，但李白還是在陳跡中，決定當下享樂，醉臥桃園，盡此刻歡樂。回憶往事雖有慨然，但當前美好應當珍惜，就是李白秉持的生活態度。又〈梁園吟〉詩云：

> 天長水闊厭遠涉，訪古始及平臺間。平臺爲客憂思多，對酒遂作梁園歌。……昔人豪貴信陵君，今人耕種信陵墳。……梁王宮闕今安在？枚馬先歸不相待。舞影歌聲散淥池，空餘汴水東流海。（頁1055，節）

李白長途跋涉而來至梁苑客居，身心俱疲，故將所有憂思寄作梁園歌。昔人信陵君禮賢下士，仁愛寬厚，士人爭相前往歸依門下，門下食客曾有三千多人，﹝註133﹞如今後人卻於其墳上耕種。梁王昔日築宮苑，今卻成爲廢墟遺址，枚乘和司馬相如曾客遊梁，今卻不再相待。﹝註134﹞梁王去已，賓客消亡，歌舞樂聲無餘，只剩下汴水東流入海。雖同遊梁園之詩，皆有無限慨然之感，但〈攜妓登梁王棲霞山孟氏桃園中〉一詩結尾句轉爲及時享樂把握當下，此首仍舊懷有無限的的愁思，似乎隨著汴水源源不絕，愁上加愁。雖無法斷定明確的寫作時間前後，但以此可證李白遭讒去京至梁宋後，心境中一直有自我調適，欲在客居梁宋中找到最能體現自我的生活方式。

梁孝王築梁園養士，賓客豪傑多賢之事，高適有多首詩述之，詩云：

> 梁王昔全盛，賓客復多才，悠悠一千年，陳跡唯高臺，寂

﹝註133﹞「魏公子無忌者，魏昭王子少子而魏安釐王異母弟也。昭王薨，安釐王即位，封公子爲信陵君。……當是時，諸侯以公子賢，多客，不敢加兵謀魏十餘年。」〔漢〕司馬遷：《史記·魏公子列傳》，冊3，卷77，頁2377。

﹝註134﹞《漢書·司馬相如傳》：「司馬相如字長卿，蜀郡成都人也。……會景帝不好辭賦，是時梁孝王來朝，從游說之士齊人鄒陽、淮陰枚乘、吳嚴忌夫子之徒，相如見而說之，因病免，客游梁，得與諸侯游士居，數歲，乃著子虛之賦。」〔漢〕班固：《漢書》，冊3，卷57，頁2529。

寞向秋草，悲風千里來。(〈宋中十首〉之一)

梁苑白日暮，梁山秋草時，君王不可見，修竹令人悲，九
月桑葉盡，寒風鳴樹枝。(〈宋中十首〉之四)

登高臨舊國，懷古對窮秋，落日鴻雁度，寒城砧杵愁，昔
賢不復有，行矣莫淹留。(〈宋中十首〉之五，頁4)

司馬遷《史記·梁孝王世家》記載：

孝王筑東苑，方三百餘里。廣睢陽城七十里。大治宮室，
爲複道，自宮連屬於平臺三十餘里。……招延四方豪桀，
自山以東游說之士，莫不畢至，齊人羊勝、公孫詭、鄒陽
之屬。〔註135〕

昔日梁孝王虛懷若谷，門下人才濟濟，金碧輝煌的梁園，如此盛況今
日卻只剩寂寞秋草、傷悲修竹、枯盡桑葉、遺蹟高臺。枚乘曾以梁園
修竹入賦，云「脩竹檀欒，夾池水」〔註136〕，足見修竹園景色當時
應當風光優美，與高適今日所見迥然不同。登高一望，梁孝王苑囿聲
樂不再，賓客填門情景消逝，過眼雲煙下徒留秋天的哀愁。〈酬鴻臚
裴主簿雨後睢陽北樓見贈之作〉詩云：「高樓多古今，陳事滿陵谷，
地久微子封，臺餘孝王築。」(頁105)、〈宋中別李八〉：「舊國多轉
蓬，平臺下明月」(頁68)、〈奉酬睢陽李太守〉：「孝王餘井徑，微子
故田疇」、「猿巖飛雨雪，兔苑落梧楸」(頁109)皆描寫梁孝王昔日
風光不再，只餘梁園宮苑陳事廢墟，成爲後人遊覽之處，故云「有人
家住清河源，渡河問我遊梁園」(〈贈別晉三處士〉，頁59)，今雖無
法親眼目睹，但懷古旅程卻讓旅人短暫地重回當日盛景，彷彿也曾一
同參與般。

　　劉長卿至宋州，筆下的梁園並非回想到梁孝王宮室中喧鬧的氣
氛，反之是秋天中蕭颯寂寞的梁園，詩云：「飄飄洛陽客，惆悵梁園
秋」(〈睢陽贈李司倉〉，頁9)離鄉的飄泊之感，使他無法開拓視野，

〔註135〕　〔漢〕司馬遷：《史記》，冊3，卷58，頁2083。
〔註136〕　枚乘〈梁王菟園賦〉，費振剛等輯校：《全漢賦》(北京：北京大學
　　　　　出版社，1993年)，頁29。

沒有追憶，沒有想像，劉長卿都選擇性的不去建構，只留下惆悵的梁園之秋。

2、蓬　池

蓬澤也稱蓬池，李吉甫《元和郡縣圖志》：「蓬澤在（開封）縣東北十四里，今號蓬池，左氏所謂蓬澤也。」〔註137〕班固《漢書・地理志》：「河南開封，蓬池在東北，或曰即宋之逢澤也。」〔註138〕蓬池自古便成爲士大夫文人游宴、聚會的地方，有許多作品歌詠。

唐蕭穎士〈蓬池禊飲序〉：

> 粵天寶乙未，暮春三月，河南連帥領陳留守李公，以政成務簡，方國多暇，率府郡佐吏、二三賓客，張飲於蓬池，備祓除之禮也。梁有蓬池上矣，前迤漵潁，右匯郭邑，渺瀰淪漣，盪日澄天，舟楫是臨，泛波景從。其左則遠原縈屬，崇岡傑竦，嘉卉異芳，雜樹連青，即爲臺亭，登眺斯在。（節）〔註139〕

此文紀錄梁地官員遊宴蓬池，也詳敘登眺蓬池景色。蓬池前銜接漵、潁二水，右臨近外城，水流微波曠遠，澄水映天閃耀，舟船泛波賞景。左綠野縈繞，山嶺高峻矗立，花草芳香，樹木青翠。蓬池美景，宛如神仙妙境，令人著迷。阮籍曾至蓬池，作〈詠懷〉一詩：

> 徘徊蓬池上，還顧望大梁。綠水揚洪波，曠野莽茫茫。走獸交橫馳，飛鳥相隨翔。〔註140〕（節）

阮籍所見的蓬池是一個亟具生命力的地方，不僅野獸騁馳，飛鳥群集，更是風光四色，水波浩淼之處。李白至宋城覽古，並非在開封，雖無親眼見蓬池，但仍舊憶起阮籍〈詠懷〉詩，故吟淥水揚洪波。李白〈梁園吟〉詩云：「卻憶蓬池阮公詠，因吟淥水揚洪波。」（頁1055）

〔註137〕　〔唐〕李吉甫：《元和郡縣圖志》，《筆記小說大觀四十五編之四十三》，卷7，頁158。

〔註138〕　〔漢〕班固：《漢書》，冊2，卷28上，頁1556。

〔註139〕　〔唐〕蕭穎士：《蕭茂挺文集》，《文淵閣四庫全書》集部第1072冊，頁334。

〔註140〕　〔梁〕昭明太子撰、李善注：《昭明文選》，卷23，頁312。

因無親身至蓬池登覽，故無述蓬池之景，除憶〈詠懷〉詩，想必阮籍不拘小節，瀟灑自如的形象，也讓李白深感同焉。

3、盧　門

《左傳・昭公二十一年》：「（杜注）盧門，宋東城南門。」〔註141〕高適有詩記載。

高適詩云：「盧門十年見秋草，此心惆悵誰能道」（〈贈別晉三處士〉，頁59）、「唯見盧門外，蕭條多轉蓬」（〈宋中十首〉之八，頁4）此兩首詩皆是秋天寂寥下的盧門景象，高適藉此地標傳遞悵惘悲傷的心境。此時高適於宋中已達十年，歲月漫長中，卻只見盧門，意仍未離開此地，使君賞識施展抱負，徒留日積月累下的鬱鬱憂愁。無止盡的不遇慨然，完全地投射於盧門秋景中。

（二）齊　魯

齊魯自古就是文明膏腴之地，具有悠久的歷史文化，名山勝水與古蹟名勝遍布山東，成為重要的旅遊勝地。其中秦碑和魯殿、堯祠、大庭庫是外來詩人關注的地方古蹟。

1、秦碑和魯殿

秦始皇時期所建的石碑，漢代著名的魯靈光殿，在今山東曲阜一帶，它們都是歷史的遺跡，是過往歷史存留的有形記憶，也是外來詩人朝聖的古蹟。

秦碑和魯殿是杜甫至齊魯古意山城，觸景感懷的古蹟。〈登兗州城樓〉詩：「孤嶂秦碑在，荒城魯殿餘。」（頁5）司馬遷《史記・秦始皇本紀》記載：

> 二十八年，始皇東行郡縣，上鄒嶧山。立石，與魯諸儒生議，刻石頌秦德，議封禪望祭山川之事。乃遂上泰山，立石，封，祠祀。〔註142〕

〔註141〕〔晉〕杜預注、〔唐〕孔穎達正義：《十三經注疏》，冊6，卷50，頁869。
〔註142〕〔漢〕司馬遷：《史記》，冊1，卷6，頁242。

秦始皇統一六國後，率齊魯儒生至泰山下，商議封禪之事，以明自己受命於天成為皇帝。王延壽〈魯靈光殿賦〉：「魯靈光殿者，蓋景帝程姬之子恭王餘之所立也。」〔註143〕漢時魯恭王好建宮室，後國勢衰微，宮殿大多遭毀，只餘魯靈光殿倖存。杜甫以秦碑和魯靈光殿依舊存在，但卻成孤嶂和荒城，碩果僅存的建築，勾起許多令人悵然的過去記憶，過去的風光盛世，如今卻徒留實體的建築供後人感懷。

2、堯　祠

堯，名放勳，帝嚳子，堯乃其諡。司馬遷《史記‧五帝本紀》記載：

> 帝堯者，放勳。其仁如天，其知如神。就之如日，望之如雲。富而不驕，貴而不舒。黃收純衣，彤車乘白馬。能明馴德，以親九族。九族既睦，便章百姓。百姓昭明，合和萬國。〔註144〕

堯在位期間德政善績，荐賢舉才，廣納四方意見，團結九族，邦族間和睦相處，受到百姓的愛戴，後又傳位給舜，禪讓美名永傳歷史，多地都有祠廟供人瞻仰帝堯。

李白於魯郡堯祠，寫過多首贈別詩，如〈秋日魯郡堯祠亭上宴別杜補闕范侍御〉、〈魯郡堯祠送張十四遊河北〉，不過此兩首詩單於詩名中提及堯祠，明言於堯祠送別友人，內容皆未言及。李吉甫《元和郡縣圖志‧河南道六》：「堯祠，在（瑕丘）縣東南七里，洙水之西。」〔註145〕〈魯郡堯祠送吳五之琅琊〉詩云：「堯沒三千歲，青松古廟存」（頁2327），此詩即以堯祠起詠，堯至唐已沒之久矣，青松古廟至今仍存，表後世對其德政依舊瞻仰如昔。又〈魯郡堯祠送竇明府薄華還西京〉詩云：

> 朝策犁眉騧，舉鞭力不堪。強扶愁疾向何處？角巾微服堯

〔註143〕〔梁〕昭明太子撰、李善注：《昭明文選》，卷11，頁151。

〔註144〕〔漢〕司馬遷：《史記》，冊1，卷1，頁15。

〔註145〕〔唐〕李吉甫：《元和郡縣圖志》，《筆記小說大觀四十五編之四十三》，卷10，頁265。

祠南。長楊掃地不見日，石門噴作金沙潭。笑誇故人指絕
境，山光水色青於藍。廟中往往來擊鼓，堯本無心爾何苦？
門前長跪雙石人，有女如花日歌舞。銀鞍繡轂往復迴，簸
林蹶石鳴風雷。遠煙空翠時明滅，白鷗歷亂長飛雪。紅泥
亭子赤欄干，碧流環轉青錦湍。深沈百丈洞海底，那知不
有蛟龍盤？……酒中樂酣宵向分，舉觴酹堯堯可聞。何不
令皋繇擁篲橫八極，直上青天揮浮雲。……堯祠笑殺五湖
水，至今憔悴空荷花。（頁2329，節）

魯郡東石門，也就是李白居家的石門。魯郡堯祠位於沙丘南端，距
石門不遠。〔註146〕李白首言騎馬向堯祠，後言堯祠附近的景致。此
處宛如與世隔絕處，美景佳勝，廟外門前長跪雙石人，門前行人馬
車熱絡不絕，綠樹在瀰漫遠煙中忽明忽滅，白鷗在飛雪中恣意飛翔。
碧水湍流環繞著赤紅的亭子，深不見底宛如有蛟龍盤鋸。李白除了
周圍景觀的描寫，更以廟中擊鼓本堯無心，堯祠舉杯祭堯堯不見，
來暗喻玄宗閉目塞聽，不能選賢舉能，去佞人遠奸臣。末以堯祠湖
光四色美景，如今已憔悴沒落徒留荷花，整首詩遠離送別主題，主
以堯的聖德襯托出玄宗所為令人悵然。

3、大庭庫

宋樂史《太平寰宇記・曲阜縣》載：「大庭氏庫，高二丈，在魯
城縣東一百五十步。」〔註147〕《左傳・昭公十八年》：「宋衛，陳，
鄭，皆火，梓慎登大庭氏之庫以望之，曰，宋，衛，陳，鄭也，數日
皆來告火。」杜預注：「（大庭庫）高顯，故登以望氣，參近占以審前
年之言。」孔穎達疏：「其地高顯，故梓慎登之以望氣。」〔註148〕

李白〈大庭庫〉詩云：

〔註146〕宮衍興：〈李白占籍東魯地名考〉，《李白研究論叢（第二輯）》，頁
282。

〔註147〕〔宋〕樂史：《太平寰宇記》（臺北：文海出版社，1963年），卷21，
頁186。

〔註148〕〔晉〕杜預注、〔唐〕孔穎達正義：《十三經注疏》，冊6，卷48，
頁840。

> 朝登大庭庫,雲物何蒼然?莫辨陳鄭火,空霾鄒魯烟。我
> 來尋梓慎,觀化入寥天。古木翔氣多,松風如五絃。帝圖
> 終冥沒,歎息滿山川。(頁 2947)

詩中用了梓慎登大庭庫的典故,來到鄒魯一帶,欲尋魯大夫梓慎,想
仿效其登大庭庫而望氣。此處古木若有祥瑞之氣,風吹松聲如琴聲
般,回想起少康帝業,如今也已冥沒。李白登臨大庭庫,藉以詠懷史
事,也歎息古昔之變,未能回到從前。

三、神話傳說

　　神話傳說大多是經由口頭的傳承,歷經世代的改變,從口頭文學
變成文字記載。有了文字的記載,可以發現神話傳說往往會將人物英
雄化、神仙化,暫且不論故事的真實性與否,已然成為民俗文化中的
另一種藝術表現,也可說是人類心理上的一種寄託和信念。外來詩人
記述與梁宋齊魯有關的神話傳說,以下將逐一論述。

(一)梁　宋

　　關於梁宋神話傳說的代表人物是姜太公和閼伯,一個是將真實人
物神格化的傳說,一個是有關發掘和掌管火的故事。

1、姜太公

　　姜太公(約前 1128 年~約前 1015 年),本姜姓,名尚,被尊稱
為太公望。司馬遷《史記·齊太公世家》:「太公望呂尚者,東海上
人。」〔註149〕張華《博物志》載:

> 太公為灌壇令,武王夢婦人當道夜哭,問之,曰:「吾是東
> 海神女,嫁於西海神童。今灌壇令當道,廢我行。我行必
> 有大風雨,而太公有德,吾不敢以暴風雨過,是毀君德。」
> 武王明日召太公,三日三夜,果有疾風暴雨從太公邑外過。
> 〔註150〕

〔註149〕 〔漢〕司馬遷:《史記》,冊 2,卷 32,頁 1477。
〔註150〕 〔晉〕張華撰、范寧校證:《博物志校證》(臺北:明文書局,1984
　　　　年),卷 7,頁 84。

歷史人物姜太公常出現在小說或民間傳說中，被許多人們奉爲無所不能的神仙，成爲神話傳說的主角，高適詩中便摹寫了其中一則故事。

高適詩曰：「灌壇有遺風，單父多鳴琴」（〈同房侍御山園新亭與邢判官同遊〉，頁62））武王封姜太公爲灌壇令，掌管泰山各路神仙的綱紀和興雲播雨之事。一夜，武王夢見泰山神之女哭訴，因太公恪盡職守，故不興大風大浪，使其無法達東海論及婚嫁。又因太公德高望眾，不願其名聲毀其一旦。後武王召之，就在太公離泰山之日，泰山大風疾雨。姜子牙是歷史上著名人物，人物神格化姜子牙可謂代表人物。太公灌壇之治，風不鳴條、雨不破塊，賢者在位天下太平，以此遺風與單父鳴琴之治，並讚兩人皆是有德者當道，故民無所怨、國無所傷，此行爲政者應當效法。

2、閼　伯

《左傳・昭公元年》記載：

> 昔高辛氏有二子，伯曰閼伯，季曰實沈，居於曠林，不相能也。日尋干戈，以相征討。后帝不臧，遷閼伯於商丘，主辰，商人是因，故辰爲商星。遷實沈於大夏，主參，唐人是因，以服事夏商，……及成王滅唐，而封大叔焉，故參爲晉星。〔註151〕

閼伯於商終日爲火事操勞，帶商民引火種，使商的百姓得以生火既而久不熄。《左傳・襄公九年》載：「陶唐氏之火正閼伯居商丘，祀大火，而火紀時焉。」〔註152〕閼伯死後，商民爲感念他的功德，將其葬於存火種之丘上，閼伯封號爲「商」，「商丘」地名由此而來。

高適〈宋中十首〉之十，詩云：

> 閼伯去已久，高丘臨道傍，人皆有兄弟，爾獨爲參商，終古猶如此，而今安可量？（頁4）

〔註151〕〔晉〕杜預注、〔唐〕孔穎達正義：《十三經注疏》，冊6，卷41，頁705～706。

〔註152〕〔晉〕杜預注、〔唐〕孔穎達正義：《十三經注疏》，冊6，卷30，頁525。

閼伯死後稱爲商星，實沈稱爲參星，高適感懷兩兄弟「人生不相見，動如參和商」﹝註153﹞，一落下一升起的兩星宿，永無相見的一日。〈奉酬睢陽李太守〉詩亦提及「地是蒙莊宅，城遺閼伯丘」（頁109），又〈宋中別司空叔各賦一物得商丘〉詩云：「商丘試一望，隱隱帶秋天，地與星辰在，城將大路遷。」（頁78）此兩首詩對於閼伯引火種之事和參商星宿分離，皆再次重述，閼伯傳說不論眞假，對於商丘地區確實留下了許多痕跡。

（二）齊　魯

齊魯的傳說故事，詩人描寫的是結局悲慘的秋胡妻故事，史籍上未記載秋胡妻的姓名，彷彿也決定了她一生的宿命。

秋胡戲妻原是在民間流傳的故事，漢代劉向《烈女傳》有記載，唐代有〈秋胡變文〉，至元代有石君寶的《魯大夫秋胡戲妻》雜劇作品。內容整體上大同小異，描寫魯人秋胡新婚即被徵召入伍，妻子獨自一人含辛茹苦侍奉婆婆。卻沒想到多年後，自己日夜引領期盼的丈夫，竟成了在桑園調戲自己的行子，後便羞愧投水而死。

高適詩〈秋胡行〉，描寫春秋魯人秋胡戲妻事。詩云：

妾本邯鄲未嫁時，容華倚翠人未知，一朝結髮事君子，將妾迢迢東路陲。

時逢大道無難阻，君方遊宦從陳汝，蕙樓獨臥頻度春，彩落辭君幾徂暑。

三月垂楊蠶未眠，攜籠結侶南陌邊，道逢行子不相識，贈妾黃金買少年。

妾家夫婿經離久，寸心誓與長相守，願言行路莫多情，道妾貞心在人口。

日暮蠶飢相命歸，攜籠端飾來庭闈，勞心苦力終無恨，所冀君恩那可依？

聞說行人已歸止，乃是向來贈金子，相看顏色不復言，相

﹝註153﹞ 杜甫〈贈衛八處士〉：「人生不相見，動如參與商。今夕復何夕，共此燈燭光。」（頁512）

顧懷慚有何已？

從來自隱無疑背，直爲君情也相會，如何咫尺仍有情，況
復迢迢千里外？

誓將顧恩不顧身，念君此日赴河津，莫道向來不得意，故
欲留規誡後人。

（頁142）

劉向《列女傳》載：「潔婦者，魯秋胡子妻也。」、「秋胡西仕，五年
乃歸。遇妻不識，心有淫思。妻執無二，歸而相知。恥夫無義，遂東
赴河。」〔註154〕高適以秋胡妻口吻敘述秋胡戲妻的經過，容華之年
嫁魯君，新婚時刻夫赴陳，便一人獨居數載。春蠶採桑，遇行子求非
禮欲贈金謀娶，誓守貞節，勸行子莫多留情。即使終日辛苦，卻也無
所怨悔，只望夫君早日歸來。卻料想不到，日夜期盼的夫君，竟是輕
薄之人，咫尺之距便施情他人，況乎千里之遙？往日情感毀之一旦，
不顧此身赴河津而死，以規誡後人。高適特意以秋胡妻口吻，詳述事
件經過，更能設身處地的理解秋胡妻心境和痛楚，此貞節列女故事永
爲流傳，今嘉祥縣內還存有秋胡出生地南武城遺址。

第四節　離開梁宋齊魯後的記憶

當你離開一個原本所在的空間，停留空間內發生的活動、感受、
經驗，在環境、知覺和時間的深化下，早已悄悄刻劃心頭，漸漸累積
成記憶。回憶是指人對貯存在大腦中的與自我經驗相聯繫的信息的提

〔註154〕《列女傳》：「既納之五日，去而宦於陳，五年乃歸。見路旁婦人採
桑，秋胡子悅之，下車謂曰：『……力田不如逢豐年，力桑不如見
國卿；吾有金，願以與夫人。』婦人曰：『……吾不願金。所願卿
無有外意，妾亦無淫泆之志。收子之齎與笥金。』秋胡子遂去。至
家，奉金遺母，使人喚婦至，乃嚮採桑者也。秋胡子慚。婦曰：『……
今也，乃悅路旁婦人，下子之裝，以金予之，是忘母也。忘母不孝，
好色淫泆，是污行也。污行不義。夫事親不孝，則事君不忠；處家
不義，……子改娶矣，妾亦不嫁。』遂去而東走，投河而死。」〔西
漢〕劉向著、張敬註譯：《列女傳今註今釋》（臺北：臺灣商務印書
館股份有限公司，1994年），卷5，頁190～191。

取過程。一個信息如果被頻繁地提取和使用，無疑表徵著這一信息對生命主體有著不同尋常的意義；一個人如果反復回憶自己所經歷的某一件事或與自己相關的某一形象，只能說明這一事件或形象在他記憶結構中占據著十分重要的地位。〔註155〕當人們重複回憶過往的某個信息，甚表此信息對其生命個體有特殊的意義，而一再追憶的過程，文人往往透過書畫的方式，留下美麗的記憶。宇文所安在《追憶：中國古典文學中的往事再現》一書言：

> 寫作使回憶轉變爲藝術，把回憶演化進一定的形式內。所有的回憶都會給人帶來某種痛苦，這或者是因爲被回憶的事件本身是令人痛苦的，或者是因爲想到某些甜蜜的事已經一去不復返而感到痛苦。寫作在把回憶轉變爲藝術的過程中，控制住這種痛苦，……它使人們與回憶之間有了一定的距離，使它變得美麗。〔註156〕

雖言回憶大多是令人痛苦的，但人們與回憶之間因爲距離感，曩日美麗的信息已消逝，卻能透過回憶的方式留下追憶的幸福，這些幸福就是所謂今人所見，文人將回憶轉變成藝術的成品。當詩人們離開梁宋齊魯後，對他們的生命體驗而言，哪些信息是他們擇取留下的記憶？這些揀選過的記憶，是否一再地被喚醒？又是以何種方式追憶？人們離開梁宋齊魯後，於此地建立的情感，總是在另一空間、時間牽絆著人的思緒，無自覺的多次被喚起記憶。詩人們對於梁宋齊魯情感層面的回憶，筆者於此小節分別以親情、友情、仙情、豪情、閒情、愛情六種情感，分析詩人們對梁宋齊魯始終放不下的珍貴記憶。

一、親　情

　　行旅之人離家在外，親情的牽絆往往都是讓人最痛徹心扉的，因爲有濃郁到化不開的情感，別離的牽腸掛肚更顯得痛楚。親情的

〔註155〕周曉琳、劉玉平：《中國古代作家的文化心態》（成都：巴蜀書社，2004年），頁314～315。

〔註156〕〔美〕宇文所安著、鄭學勤譯：《追憶：中國古典文學中的往事再現》，頁159。

力量是鼓舞遊子最好的動力，也是讓在外之人最椎心的想念。

　　李白離開梁宋齊魯後只寫有五篇相關詩作，其中三篇皆與東魯二子有關，可見離開齊魯之地，李白始終掛心不下的是年幼的稚子，〈寄東魯二子〉詩云：

> 吳地桑葉綠，吳蠶已三眠。我家寄東魯，誰種龜陰田？春事已不及，江行復茫然。南風吹歸心，飛墮酒樓前。樓東一株桃，枝葉拂青煙。此樹我所種，別來向三年。桃今與樓齊，我行尚未旋。嬌女字平陽，折花倚桃邊。

> 折花不見我，淚下如流泉。小兒名伯禽，與姊亦齊肩。雙行桃樹下，撫背復誰憐？念此失次第，肝腸日憂煎。裂素寫遠意，因之汶陽川。（頁 1983）

李白首要記憶的齊魯是家、是田以及親手栽種的桃樹，田園及兒女是他最掛念的，而這些都是組成一個家的基本元素。〈李翰林集序〉載：

> 白始娶於許，生一女二男，曰明曰奴，女既嫁而卒。又合於劉，劉訣。次合於魯一婦人，生子曰頗黎。終娶於宋。（頁 3）

二子所指為平陽和伯禽姐弟，〔註 157〕為農時分，無人為我耕，耕期已過，吾乃客行未回，以季節的變化，時間的飛墜，卻仍舊未回到東魯之家，只能兩地相思稚子。雖言寓居齊魯，但家的雛形早已深植李白內心，親手植栽的桃樹，與之相別的歲月，也等同於不見稚子雙行桃樹，行影相隨的景貌。淚如泉、失其第、肝腸憂的肢體表現，在在顯現父親之於孩子的想念。又〈送楊燕之東魯〉及〈送蕭三十一之魯中兼問稚子伯禽〉詩云：

> 一辭金華殿，蹭蹬長江邊。二子魯門東，別來已經年。因君此中去，不覺淚如泉。（頁 2457，節）

> 高堂倚門望伯魚，魯中正是趨庭處。我家寄在沙丘傍，三年不歸空斷腸。君行既識伯禽子，應駕小車騎白羊。（頁 2463，節）

〔註157〕松浦友久著、劉維治等譯：《李白的客寓意識及其詩思——李白評傳》，頁 103～104。

送友人歸東魯，日思夜念的仍舊是掛念不下的稚子，多年不相見，唯能淚洗面，更託友人為其問訊關心，甚而不忘是否能陪稚子玩耍，身為父親的李白，無法陪同孩子身邊，看出李白對孩子的不捨和遺憾之感。豪放不羈的李白，雖天性愛好天涯海角，但家和家人對他的影響，不難從家書語中窺見，浪人心中的親情羈絆。旅人的身分，得以讓他環遊四海，無所顧忌，反觀父親的身分，卻讓李白有了家的牽引，親情的罣礙，無法完全灑脫放手。

二、友　情

謠語言「在家靠父母，出外靠朋友」，隻身在外，人生地不熟，此時此刻朋友間的關懷和幫助，精神和物質上的雪中送炭，是行旅之人迫切需要的。患難見真情的情誼，是最難能可貴，以及永生難忘的。

高適遊齊魯時，曾與友人李九相見，至今兩人相別已將十年，卻又在今需再次送別友人，〈秦中送李九赴越〉詩云：

> 攜手望千里，於今將十年，如何每離別，心事復迤邐。適越雖有以，出關終耿然，愁霖不可向，長路或難前。（頁244，節）

每每離別之事，心中總有遲迴淒感，高適對與友人的相聚相別，眾念徘徊起落。友人此行路途長遠難行，對此總覺放心不下，忐忑不安的心情中，可以看出高適對友人的安危擔心，關懷備至。

杜甫的梁宋齊魯之遊，影響他最大的友人，莫過於李白了，回憶詩作中有多首詩皆提及李白，〈贈李白〉詩：

> 秋來相顧尚飄蓬，未就丹砂愧葛洪。痛飲狂歌空度日，飛揚跋扈為誰雄？（頁42）

杜甫與李白魯郡一別，杜甫再遊齊魯，李白歸東魯，兩人皆處於萍飄蓬轉，未官之時，詩中可見朋友相知的情誼，相挺的情義，語中諷諭甚表為李白訴以不平之鳴，惜李白才氣卻不在廟堂之高，佐君志向無處可效。〈冬日有懷李白〉一詩，是兩人分別不久，杜甫想念李白的

作品，「寂寞書齋裏，終朝獨爾思。更尋嘉樹傳，不忘〈角弓〉詩。」（頁 50）以季武不忘韓宣，〔註158〕來比喻自身不忘李白，終日寂寞獨思，道出杜甫甫別李白，濃厚的思念之情。此朝夕思量之感，兩人卻不得見面，唯有「南尋禹穴見李白，道甫問信今何如」（〈送孔巢父謝病歸游江東兼呈李白〉，頁 54），託寄友人若遇見李白，代以問候近況。除了念念不忘的心情，杜甫對於李白的才思極為崇賞，〈春日憶李白〉詩云：

> 白也詩無敵，飄然思不羣。清新庾開府，俊逸鮑參軍。渭
> 北春天樹，江東日暮雲。何時一樽酒，重與細論文。（頁 52）

以卓爾出群，當世無敵，才學足兼庾信、鮑照，至高的評價論李白，可見即使滿腹才華的杜甫，仍舊折衷佩服李白的學識。末以景喻懷，情託於景，期盼有朝能再與同聲相應的摯友李白，共享論章談詩的樂趣。對杜甫而言，尋如李白與己契合的莫逆之友，是可遇而不可求，少之又少者。故王嗣奭《杜臆》曰：

> 公向與白同行同臥論文舊矣，然於別自有悟入，因憶向所
> 與論猶粗也。……世俗之交，……即對面無一衷論，有如
> 公之篤友誼者哉？〔註159〕

又〈寄李十二白二十韻〉詩云：

> 昔年有狂客，號爾謫仙人。筆落驚風雨，詩成泣鬼神。聲
> 名從此大，汨沒一朝伸。文彩承殊渥，流傳必絕倫。龍舟
> 移棹晚，獸錦奪袍新。白日來深殿，青雲滿後塵。乞歸優
> 詔許，遇我宿心親。未負幽棲志，兼全寵辱身。劇談憐野
> 逸，嗜酒見天真。（頁 660，節）

〔註158〕《左傳·昭公二年》：「晉侯使韓宣子來聘，且告爲政，而來見禮也，觀書於大史氏，見易象與魯春秋，曰，周禮盡在魯矣，吾乃今知周公之德，與周之所以王也，公享之，季武子賦綿之卒章，韓子賦角弓，季武子拜曰，敢拜子之彌縫敝邑，寡君有望矣，武子賦節之卒章，既享，宴于季氏，有嘉樹焉，宣子譽之，武子曰，宿敢不封殖此樹以無忘角弓，遂賦甘棠。」〔晉〕杜預注、〔唐〕孔穎達正義：《十三經注疏》，冊 6，卷 42，頁 718。
〔註159〕〔明〕王嗣奭：《杜臆》（臺北：中華書局，1986 年），卷 1，頁 6。

杜甫首贊同賀知章號李白爲謫仙人，此美名甚爲匹配，更以「驚風雨」、「泣鬼神」誇飾手法讚譽李白之作，也因此詩才，李白得以供奉翰林，受賀監汲引，承明皇之知，在朝集萬寵一身。野逸的杜甫，天眞的李白，兩人契合相交，嗜酒乃二人同好。李白歸隱後，杜甫了解李白的雄心壯志，並非眞正的幽棲心志，而是在等待重返廟堂的機會。杜甫之於李白的慕意、敬意、念意、情意、惜意在回憶詩中展露無遺，兩人的意氣相合，情誼之貴，也成爲中國文學上重要的研究議題之一。除了李白，梁宋齊魯之遊還有一個重要的友人高適，杜甫云「汶上相逢年頗多，飛騰無那故人何」、「天涯春色催遲暮，別淚遥添錦水波」（〈奉寄高常侍〉，頁 1122），杜甫的回憶錄中，高適當然爾不會缺少。憶起兩人曾於開元年間相遇於齊魯，時別淚分離至今已多年，相距天涯之遠。李白、高適與杜甫三人的梁宋之遊，不僅是後代遠傳的佳話，更是杜甫結交了一生中最知心的友人，以及創造了最美好的回憶，晚年憶起昔日時光，如今卻人事巨變，杜甫心情深痛萬分，〈遣懷〉詩云：

> 拓境功未已，元和辭大爐。亂離朋友盡，合沓歲月徂。吾衰將焉託？存歿再鳴呼。蕭條益堪愧，獨在天一隅。乘黃已去矣，凡馬徒區區。不復見顏鮑，繫舟臥荊巫。臨餐吐更食，常恐違撫孤。（頁 1447，節）

杜甫在亂離死生中，自危朽邁病篤，又憶起昔時好友李白、高適俱歿，朋亡獨留的無助和痛楚，知友再也不復見的傷痛，此刻又客處異地，不論生理和心理上都受到極大的創傷。現今的亂離戰況，死生別離，回憶往昔三人同遊之興，志同之樂，甚差遠矣。李白和高適在杜甫生命過程中，想必扮演著極爲重要的角色，回憶過往中總是一再地出現，如今痛失好友的心情，猶如雁行折翼般，三人相聚之景，只能眞正地成爲回憶中的回憶。

汴州兵亂後，已離開汴州的孟郊極欲掛念友人韓愈和李翱，〈汴州離亂後憶韓愈李翱〉詩云：

會合一時哭，別離三斷腸。殘花不待風，春盡各飛揚。懼
去收不得，悲來難自防。孤門清館夜，獨臥明月床。(頁355，
節)

韓愈和李翱在孟郊客居汴州期間，兩人曾大力援手相助，結爲忘形之
交，友誼情貴也成爲歷史上的佳話。全詩可見孟郊別離友人後，斷腸
情緒，孤獨常思，描寫夜念友人的情境，甚爲慘悽愀愴。離亂汴州，
宛如洪波巨浪中的帆船，更讓孟郊擔憂友人的一切，焦慮思友之情，
詩中字字透露。

　　劉長卿東遊曹州歸來，回憶友情的作品有二首，〈對雨贈濟陰馬
少府考城蔣少府兼獻成武五兄南華二兄〉詩云：

二賢縱橫器，久滯徒勞職。笑語和風騷，雍容事文墨。吾兄
即時彥，前路‧良未測。秋水百丈清，寒松一枝直。(頁5，節)

首讚譽兩位友人爲經世之才，文墨從容，閒雅之姿，當爲時之俊士
名流，更以阮籍「秋水揚波」〔註160〕、嵇康「巖巖若孤松之獨立」
〔註161〕喻之二位學識的淵廣，嚴謹的性格，劉長卿對友人毫無保留
的加以肯定。又〈題冤句宋少府廳留別〉詩云：

宋侯人之秀，獨步南曹吏。世上無此才，天生一公器。尚
甘黃綬屈，未適青雲意。洞澈萬頃陂，昂藏千里驥。從宦
聞苦節，應物推高誼。薄俸不自資，傾家共人費。顧予倦
棲託，終日憂窮匱。開口即有求，私心豈無愧。幸逢東道
主，因報西征騎。對話堪息機，披文欲忘味。壺觴招過客，
几案無留事。綠樹映層城，蒼苔覆閒地。一言重然諾，累
夕陪宴慰。何意秋風來，颯然動歸思。留歡殊自惬，去念
能爲累。草色愁別時，槐花落行次。臨期仍把手，此會良

〔註160〕　〔唐〕房玄齡等撰：《晉書‧阮籍傳贊》：「秋水揚波，春雲斂映。」
　　　　　　（臺北：鼎文書局，1990年），冊2，卷49，頁1386。
〔註161〕　〔宋〕劉義慶撰、徐震堮校箋：《世說新語校箋‧容止》：「嵇康身
　　　　　　長七尺八寸，風姿特秀。見者歎曰：『蕭蕭肅肅，爽朗清舉。』或
　　　　　　云：『肅肅如松下風，高而徐引。』山公曰：『嵇叔夜之爲人也，巖
　　　　　　巖若孤松之獨立；其醉也，傀俄若玉山之將崩。』」（北京：中華書
　　　　　　局，1984年），下冊，卷下，頁335。

> 不易。他日瓊樹枝，相思勞夢寐。(頁7)

宋少府是劉長卿東遊結交的友人，對此人情誼深厚，全詩表露對其敬意、謝意和念意。此人為難得一世之才，器量寬宏，氣宇軒昂，卻仍屈就卑職，未任顯要官職。即便如此，依然堅苦守成，順應環境變化，壯志不渝。劉長卿憶起昔日東遊，旅途窮困竭盡，無所居處時，受到宋少府薄俸款待，有求必應的慷慨，甚表感謝之意。相聚時光，志同道合，同披文、談心、舉觴，兩人也成為知心之交。有如此非凡傑出的友人，又曾一齊度過美好的時日，不得不別之刻，只能留下夙昔歡樂，裝載著想念情思，期待夢中再相見。劉長卿於詩中吐露之於友人的情深，對其感情的付出，並非一般，初別再次回憶，留下滿懷愁思。

劉禹錫和令狐楚的友誼，並未因兩人分隔兩地而生變，頻仍的詩作往來，相繼和之的作品數量甚多。詩中更多次以梁王代稱於汴州任官的令狐楚，即可見對摯友的推崇和才能肯定，如「何事夷門請詩送，梁王文字上聲名」(〈和令狐相公送趙常盈鍊師與中貴人同拜嶽及天台投龍畢卻赴京師〉，頁 1165)、「昔年隨漢使，今日寄梁王」(〈和令狐相公謝太原李侍中寄蒲桃〉，頁 1164)，不僅以梁王的歷史美名借指令狐楚，更以此讚譽其施政仁風，歌頌其淳厚風俗，「漢家丞相重徵後，梁苑仁風一變初」(〈令狐相公見示河中楊少尹贈答兼命繼聲〉，頁 1163)，又〈客有話汴州新政書事寄令狐相公〉詩云：

> 庭前劍戟朝迎日，筆底文章夜應星。三省壁中題姓字，萬人頭上見儀形。汴州忽復承平事，正月看燈戶不扃。(頁 1161，節)

劉禹錫極為讚賞令狐楚的施政能力，才足以讓汴州城長期太平，百姓安寧和樂，除此對其長於詩文的才華，更以文曲星比喻。又言「少有一身兼將相，更能四面占文章」(〈洛中逢白監同話遊梁之樂因寄宣武令狐相公〉，頁 1055)，文武雙全，出入將相，是劉禹錫憶起身在汴州的好友令狐楚，至高的評價。除了一再地稱讚令狐楚，在長安的劉禹錫，也傳遞了想念友人的心情，〈夏日寄宣武令狐相公〉詩云：

> 長憶梁王逸興多，西園花盡興如何。近來溽暑侵亭館，應
> 覺清談勝綺羅。
>
> 境入篇章高韻發，風穿號令眾心和。承明欲詔先相報，願
> 拂朝衣逐曉珂。（頁 1172）

劉禹錫憶起令狐楚多有清閒脫俗的興致，近來盛夏之際，猜想其應當
與文士揮塵清談，棄宴飲狂歡之事，取汴州風物入詩章，清新脫俗的
寫作風格是令狐楚的特色。劉禹錫對令狐楚的了解和愛戴，非僅泛泛
之交能達，兩人的交情交態，從末句劉禹錫期望令狐楚日後也能在長
安任要職，特為著急令狐楚將進京朝見之事，關切情誼溢於言表，生
死之交亦僅此而已。

　　白居易曾與劉禹錫路過汴州，雖只是短暫的停留，不過同劉禹錫
與友人令狐楚的交誼，卻是白居易離開後記憶的情感。〈早春同劉郎
中寄宣武令狐相公〉詩云：

> 梁園不到一年強，遙想清吟對綠觴。更有何人能飲酌？新
> 添幾卷好篇章？
>
> 馬頭拂柳時迴彎，豹尾穿花暫亞槍。誰引相公開口笑？不
> 逢白監與劉郎！（頁 1737）

白居易與兩人的好交情，詩中歡愉的氛圍，自信的口吻，不難看出三
人情比石堅。短暫的相聚，酌飲舉觴，吟章對詩，三人相契相合，如
此難得時分，白居易當再次刻記回憶。

三、仙　情

　　仙人別於一般世人神秘，仙境異於一般塵世幻化，世間人群多想
擺脫俗世的所有羈絆，欲得道成仙奔往仙居，想追求另一個仙境，寄
託生命中另一種情感。

　　仙情是李白一生念念不忘追尋的，年少便志力於仙遊，自云「十
五學神仙，仙遊未曾歇」（〈感興八首〉其五，頁 3442）對於齊魯的
擇取記憶，仙情當是占重要的一塊拼圖。〈古風〉其十八詩云：

> 昔我遊齊都，登華不注峯。茲山何峻秀，綠翠如芙蓉。蕭

> 颯古仙人，了知是赤松。借予一白鹿，自挾兩青龍。含笑
> 凌倒景，欣然願相從。（頁 109）

華不注山〔註 162〕中的「仙人」、「赤松」、「白鹿」、「青龍」是李白對
齊都的記憶，全不離仙事。張照輯評《唐宋詩醇》言：

> 上憶昔日之游，下決今日之去，意正相屬。……然後決然
> 欲往，東上蓬萊，蓋倦游之餘，聊以寄意。范傳正所云「非
> 慕其輕舉，將不可求之事求之，欲耗壯心遣餘年」者也。
> 〔註 163〕

或許是李白對於在世的所求不得，寄託於仙界的幽靜祥和，極欲擺脫
世間的紛擾，追求仙人世界的神秘色彩，才讓他傾於欣然相從之念。
華不注之峰雖高峻秀發，但李白記憶的是往時遇見的赤子仙人，騎鹿
乘龍的仙事，不論是否眞實，但不難猜測李白對於仙界的嚮往，在他
的生命個體中占據極爲重要的地位。在遊、仙、酒的世界裡，李白跳
脫了時間、空間的束縛，找到了讓自我逍遙的生活方式。

杜甫送曾與李白隱居徂徠山的孔巢父歸江東詩，順傾吐遊仙之
志，〈送孔巢父謝病歸游江東兼呈李白〉詩云：

> 巢父掉頭不肯住，東將入海隨烟霧。詩卷長流天地間，釣
> 竿欲拂珊瑚樹。
> 深山大澤龍蛇遠，春寒野陰風景暮。蓬萊織女回雲車，指
> 點虛無是征路。
> 自是君身有仙骨，世人那得知其故。惜君只欲苦死留，富
> 貴何如草頭露。（頁 54，節）

孔巢父辭官東遊，遯世之志心意已決，遠避人世，隱居之迹，杜甫以
入海求神藥、海拂珊瑚樹、神山雲車等神仙事塑造其氛圍。末讚孔巢
父獨有仙骨，世人無所知者，蓬萊征路，也道出自己有志一同歸屬仙

〔註 162〕華不注山，在府城東北一十五里，一名金興山，虎牙傑立，孤峯特
　　　　起，下有華泉。〔明〕李賢等撰：《大明一統志・濟南府》，冊 3，卷
　　　　22，頁 1465。
〔註 163〕〔清〕高宗御選、張照輯評《御選唐宋詩醇》卷 1，《文淵閣四庫全
　　　　書》集部第 387 冊，頁 12。

情，享受隱士生活。又〈昔遊〉詩云：

> 昔謁華蓋君，深求洞宮腳。玉棺已上天，白日亦寂寞。暮
> 升艮岑頂，巾几猶未却。弟子四五人，入來淚俱落。余時
> 遊名山，發軔在遠壑。良覿違夙願，含悽向寥廓。林昏罷
> 幽磬，竟夜伏石閣。王喬下天壇，微月映皓鶴。晨溪響虛
> 駃，歸徑行已昨。豈辭青鞋胝，悵望金匕藥。東蒙赴舊隱，
> 尚憶同志樂。休事董先生，於今獨蕭索。（頁 1795，節）

杜甫追憶遊梁宋齊魯時，皆不離訪華蓋君及董鍊師道士之事。遊梁宋
時，曾造訪華蓋君，惜其已歿，無法學道，惆悵而歸。《葛仙公傳》：
「崑崙山，一曰玄圃臺，一曰積石瑤房，一曰閬風臺，一曰華蓋，一
曰天柱，皆仙人所居。」〔註 164〕蕭應植纂《濟源縣志》：「周王子喬
養道於華蓋山，號華蓋君。」〔註 165〕杜甫不遠千里尋仙訪道，虔誠
的心感動華蓋君遠世第子，如今無法如願見到仰慕的仙人，頓生落寞
之情。後段述說夜宿仙山，所見朦朧昏幽之景，彷彿見到仙人王子喬
駕鶴歸來之景。王子喬為神話傳說中的仙人，喜歡吹笙，隨道士入山
學神術，三十餘年後，騎鶴在緱氏山頭與家人相見。〔註 166〕杜甫迫
切求道之情，並未因華蓋君已歿而消逝，儘管手足胼胝，憶起神往的
仙界，道士煉丹處，此次尋訪仍舊頗有收獲，故決定遊齊魯時往赴道
教盛地蒙山轉尋董鍊師道士。一次訪仙未果，雖看出杜甫的失落，但
並未打擊他滿腹的仙情，也難怪梁宋齊魯的訪道，晚年在杜甫的記憶
裡占據如此重要的地位。

〔註 164〕〔宋〕李昉等撰：《太平御覽・地部三》，冊 1，卷 38，頁 301。

〔註 165〕〔清〕蕭應植纂修：《濟源縣志》（臺北：成文書局，1976 年），冊
　　　　2，卷 11，頁 401。

〔註 166〕〔西漢〕劉向著、王叔岷校箋：《列仙傳校箋・王子喬》：「王子喬
　　　　者，周靈王太子晉也。好吹笙作鳳凰鳴，遊伊、洛之間，道士浮丘
　　　　公接以上嵩高山。三十餘年後，求之於山上，見桓良，曰：『告我
　　　　家，七月七日，待我於緱氏山巓。』至時，果乘白鶴駐山頭。望之
　　　　不得到，舉手謝時人，數日而去。」（北京：中華書局，2007 年），
　　　　卷上，頁 65。

四、豪 情

　　人生歲月中經歷過年少輕狂的豪邁，也度過回首過往的滿懷壯志，激動的心情寫照並不分年紀而不同，因爲豪情宛如人生的志向，未達成就沒有消逝的一天，永存心底。

　　杜甫〈壯遊〉一詩，述吳越、齊趙、長安、還京、客巴蜀之事。關齊趙之遊詩云：

> 放蕩齊趙間，裘馬頗清狂。春歌叢臺上，冬獵青丘旁。呼鷹皂櫪林，逐獸雲雪岡。射飛曾縱鞚，引臂落鶖鶬。蘇侯據鞍喜，忽如攜葛疆。快意八九年，西歸到咸陽。(頁 1438，節)

杜甫對於齊的記憶，是「鷹」、「獸」，故黃徹云：「觀老杜〈壯遊〉……其豪氣逸韻，可以想見。」〔註 167〕「鷹」、「獸」侵略性極強，堪稱天上和陸地動物之首，但牠們都聽令於杜甫。以此喻之，可以看出杜甫在遊齊趙間，將自我的身心狀態，都已調整至巔峰，只期蓄以待發的時刻，心情果然清閒和痛快。開元二十三年（735）應試落第的挫折，一點也無打擊他的雄心壯志。即使離開了齊趙，但在此地漫遊的八九年時間，年少快意放蕩，輕狂任意無拘，盡情揮灑豪情壯志的日子，是杜甫生命際遇中值得回憶的片段。晚年回想起，更表現杜甫對自己此段生命經歷，視爲人生中極具重要性的日子，即便年老力衰，卻仍舊無法忘懷豪情奔放的過往。廖師美玉曾於〈漫遊與漂泊——杜甫行旅詩的兩種類型〉文中云：

> 杜甫在入仕前的多次漫遊，當時都未留下見聞或心情寫照，反而是在晚年的回憶中，逐步浮現且日益清晰。由此來看，「漫遊」顯然是青年的專利，以此延緩過早「入彀」的政治拘限與名韁利鎖。特別是到了晚年所記憶的年少意氣，更集中體現在不帶功利目的性的漫遊上，以更開放的態度面對陌生的環境，以更開放的態度面對陌生的環境，

〔註 167〕　〔宋〕黃徹：《䂬溪詩話》卷 8，《文津閣四庫全書》集部第 494 冊，頁 757。

因而能在故鄉／京城以外的「他鄉」有更多的反省與成長。
〔註 168〕

杜甫晚年回憶青年時期的漫遊，在回憶中嘗試重建年輕時的生命印記，回憶的力量頗能讓晚年的杜甫再次回味年少時漫遊的意氣豪情，亦可彌補晚年身心仍在夔州（今四川奉節）漂泊的蕭瑟之感。除了齊趙之遊，杜甫憶遊梁宋期間，仍有感自負之語，〈昔遊〉詩云：

> 隔河憶長眺，青歲已摧頹。不及少年日，無復故人杯。賦
> 詩獨流涕，亂世想賢才。有能市駿骨，莫恨少龍媒。（頁 1435，
> 節）

浦起龍《讀杜心解》云：「雄姿俠氣，足以助發豪情。」〔註 169〕此詩亦為杜甫晚年回憶梁宋之遊的作品，詩中不見老態龍鍾言語，反倒雖不及青年之日，舊交不再獨涕流，亂世當道無所展，仍自言為一匹駿馬，強調己身滿懷抱負，只待伯樂慧眼。句句姿態高昂，不減年少銳氣，可見回想往昔之遊，仍讓杜甫滿腹豪情，心境彷彿倒流青歲時光。

五、閒　情

　　行旅之人雖因為不同因素而走上旅程，但大多是為轉換原先的環境，而另尋可以寄託情感的他處，在尋覓的過程中，閒情雅緻的機會，可以說是讓旅者心境得以暫時緩歇的美好時刻。

　　高適昔寓於梁宋，曾與顏太守有應接往來之分，〈奉寄平原顏太守〉詩中，更聊及梁宋時的生活：「始余梁宋間，甘予麋鹿同，散髮對浮雲，浩歌追釣翁。」（頁 282）不修邊幅地縱情浮雲，大肆浩歌，盡享垂釣之樂，老翁之閒，無束之情。寓居期間，如同獸獵般拋棄規矩，捨之繩墨的束縛，閒情自如的生活，是高適不捨遺忘的記憶。

　　杜甫憶昔梁宋齊魯之遊，野逸天真之情，回憶勝事中閒情不禁流露，「醉舞梁園夜，行歌泗水春」（〈寄李十二白二十韻〉，頁 660），

〔註 168〕廖師美玉：〈漫遊與漂泊——杜甫行旅詩的兩種類型〉，頁 233～234。
〔註 169〕〔清〕浦起龍：《讀杜心解》，卷 1 之 5，頁 165。

飲酒助興，飛舞漫天，高歌吟唱，此等閒情逸興，自適自在的心情，
是杜甫難以忘卻的時光。又〈遣懷〉詩云：

> 憶與高李輩，論交入酒壚。兩公壯藻思，得我色敷腴。氣
> 酣登吹臺，懷古視平蕪。芒碭雲一去，雁鶩空相呼。(頁1447，
> 節)

杜甫與高適、李白同遊梁宋之興，三人情投意趣，登吹臺，慷慨懷
古。喜悅之情，放曠乎芒碭之雲，奔馳平蕪青原，如此閒適顏色，
舒懷意得之況，忘卻此閒情事物，何嘗容易！即便百般回味，仍舊
暢快不已。

六、愛 情

　　人生中最大的情感折磨，除了親情以外便是愛情，眞摯的情感付
出，卻未能換得兩人終身相守的結果，無法用言語形容的痛苦，再次
的回憶彷彿面臨心如刀割般的傷害。

　　白居易過汴州梁苑城，無法忘懷的是當初曾與女子橋上一別，如
今卻無所消息。〈板橋路〉詩云：「曾共玉顏橋上別，不知消息到今朝」
（頁1298），此處所指顏據學者研究，多傾向暗指湘靈，〔註170〕言此
詩所回憶的情景，應當與早期的戀情有關。白居易記憶的是，兩人曾
在橋上相見相別，如今不能相見，唯獨單方牽掛對方的消息，所記憶
中的梁苑城，多了些憂傷的情愛氛圍。如今老年路過此地，橋在卻愛
人無法相見，憶起往日的愛情，彷彿也在此刻畫下悲劇般的句點，「遙
知別後西樓上，應凭欄干獨自愁」（〈寄湘靈〉，頁784），留下無盡的
獨相思長相憶。

小 結

　　地域文學的創作中，作家通常對特定地域的人事物有較深刻的

〔註170〕呂正惠：〈長恨歌的秘密——白居易早年戀情的投影〉，《唐代文化、
　　文學研究及教學國際學術研討會》，2007年5月，頁11；謝思煒：
　　《白居易詩選》（北京：中華書局，2005年），頁167。

觀察，站在多元的視角上摹寫，以藝術的手法呈現，較易在作品中
關注到地域的特色。唐代外來詩人至梁宋齊魯，每位詩人身俱不同
的生命條件，以不同的觀察視野紀錄他們眼中的梁宋齊魯。

　　駱賓王眼中的梁宋城市，是個古色古香的地方，對梁園遺跡亦有
著墨。而齊魯之地，駱賓王關注的是城市季節的轉變，與俯瞰下的城
市全貌，以及當地重要的水文網路。

　　李白筆下所關注到的自然景觀是梁宋的明皋山，齊魯的人間仙
境泰山、日觀峰及鵲山湖之景。梁宋齊魯的城市風貌，對李白而言
是風光明媚中帶有濃厚的古意氣息。對於齊魯當地的文化，李白有
所批評和衝突。齊魯之地的農耕織作之事，多樣的物產，是李白對
於當地風土民情的書寫。在歷史的記憶中，孔子、宓子賤、信陵君、
朱亥、侯嬴、魯仲連等古人是李白主要的刻畫對象。至於古蹟的朝
聖，李白選擇了梁宋的梁園、蓬池，齊魯的堯祠、大庭庫，留有膾
炙人口的詩作。離開梁宋齊魯的李白，內心掛念的是此地的親情和
仙情。

　　高適在宋中寓居約三十年時間，芒碭山和林慮山是其關注的自
然景觀，城市風貌在高適眼中是一幅美麗的風景畫，亦是一座歷史
古都。高適對齊魯的地理和山海景色有詩著墨，蒙山、日觀山、東
平郡的景觀、汶水、秦亭、少昊帝遺墟、星宿、北池皆是高適筆下
的主角。對於當地人民之性，男耕女織的樸實生活，亦有親身勞動
農耕的高適，有深刻的摹寫。梁宋的莊子、孔子、宓子賤，齊魯的
魯仲連是高適崇敬的古人。梁宋的梁園、盧門，是高適足跡遍及的
古蹟，關於梁宋齊魯的傳說姜太公、關伯、秋胡妻都是其將神話入
詩描繪的對象首選。離開梁宋齊魯的高適，始終難以忘卻的是友情
和閒情。

　　杜甫筆下的梁宋城市，著墨交通網路的四通八達，都會的完善便
利，輕財任俠的風俗。齊魯的泰山與鵲山湖，對於杜甫共存古意新意
之感。齊魯之地對杜甫而言，可謂地靈人傑之處，當地的經濟、物產、

交通工具等詩作也多有描述，也提及黃河之於齊魯兩者生命共同體的關係。齊魯的諸葛亮、秦碑和魯殿，是杜甫對於此處的歷史記憶。離開後的杜甫，友情、仙情、豪情與閒情，是他時刻惦記的無形情感，生命中的深刻記憶。

客寓梁宋的孟郊，寫出了當地夷門豪士的放蕩不羈，任氣縱脫的性情。求官未遂離去的他，友情是他視為最珍貴的回憶，離亂汴城的城市意象，更是離開後對城市不堪回首的想像。

漫遊梁宋齊魯的劉長卿，梁宋隱約神秘的芒碭山，蕭瑟的梁園，以及滿目荒涼的離亂梁城，充滿古意閒雅之感的齊魯城市，之於梁宋宓子賤的古人情結，難以忘卻的異地友情，此等是劉長卿書寫梁宋齊魯的視角。

劉禹錫以借代之法記憶梁王和梁園，兔園用以借指汴州，以令狐楚比擬梁孝王，也以當時孝王門下之徒司馬相如自喻。梁宋的信陵君、朱亥、侯嬴是劉禹錫筆下歷史記憶的古人。途經梁宋後離開的他，之於友情這份情感，是回憶中最重要的片段。

途經梁宋的白居易，詩中以梁王及其賓客門生，用以自喻或比擬友人。短暫的停留，一生的回憶是友情的感動和愛情的缺憾。

從外來詩人筆下的梁宋齊魯中，可以看出他們所建構的地域文化，凝聚的地方特色，也表現出梁宋齊魯對他們的生命意義。由此可知，地域文化的傳播，不僅僅局限於當地人民的力量，外來者不僅帶來外來的豐富文化，為當地注入一股新的文化泉源，也將在地的文化特色，藉由文學藝術的力量傳播出去，正如同這些外來詩人的移入和移出，帶給梁宋齊魯許多的正面效應。

第五章　結　論

　　本論文主要探討唐代外來詩人筆下的梁宋齊魯，以此開拓地域
書寫的研究，外來詩人如何在詩作中立體建構梁宋齊魯的地域特
色，書寫視角的取向，以及其心境上的轉變，去留之間的選擇，為
本論文的研究主軸。以下茲就研究成果，歸納幾點如下：

一、詩人群體的交融

　　梁宋齊魯有其相異的歷史背景與文化形成，發展過程殊異的情況
下，成就各具特色的地域，梁宋地區是個政治要地，齊魯則是個文化
古都。論及唐代整體的發展下，大環境的條件差異不大，但從微觀的
角度探析，政治、經濟、社會、地理、氣候環境，梁宋齊魯之地還是
有所條件上的不同，這也是促使梁宋齊魯詩人群體特色的重要因素。
當地的詩人群體，在梁宋齊魯地域文化的薰陶下，早已形成獨樹一幟
的鮮明特色。雖梁宋齊魯當地詩人，大體而言在中國文學史上的影響
力不大，雖然詩人頗多，但詩作產量並無成正比關係，特有的詩僧群
體文化，以及家族傳承的特色，都是值得研究者關注。在地詩人書寫
在地有其心理或才學上的局限性，反而失去了能呈現在地特色的優
勢，並不善於將在地人事物當作書寫的題材，反而視這些題材為再平
常不過的現象。反觀外來詩人在有利於遷移／旅遊的環境條件下，憑
藉著完全無拘束的心理，生命經驗的豐富歷程，站在客觀的角度書寫

異地，反倒開啓了觀察梁宋齊魯的多元視角。梁宋齊魯的在地詩人數目並不少，但梁宋齊魯的地域特色，並未經由在地詩人的文化傳播進而推廣。反而是經由外來詩人的豐富詩作，提高了其他區域的人事物更進一步認識梁宋齊魯的機會。整體而言，在地詩人與外來詩人在同一地域的書寫比較下，不論是詩作數目，抑或是詩作數量，外來詩人的表現較爲上風，明顯呈現出外來詩人所開啓的觀察視角，以及在地詩人書寫的局限性和缺失。

二、追尋與失落的抉擇

從他地至梁宋齊魯，外來詩人們大多都對這個新的生活空間有所追尋和期待，如懷志而隱的滄海情、失意待展的凌雲志、情感歸屬的第二故鄉、從人謀食的營求生計等，都是外來詩人們渴望在此地找到的另一歸屬點。在梁宋齊魯的他鄉生活，親朋往來的人情網絡、漁樵耕牧的農圃瑣事、學仙問道的閒居逸事等，異鄉生活的美麗景象層層堆砌心中，幸福之感讓他們不捨離去。但最終遠客異鄉的孤獨感、渴望返鄉的漂泊感、京城的召喚、生活的困頓等失落感，打破了外來詩人對梁宋齊魯勾勒的願景，終究選擇離去。外來詩人們在梁宋齊魯的生活中，追尋與失落的天秤時高時低，身爲異鄉過客的他們，終究還是必須在去留的擺盪之間有所決定。外來詩人以不同的遷移／旅遊的方式，自身不同的條件，以及移動的路線至梁宋齊魯，在人生的旅途中都選擇了梁宋齊魯爲短暫的驛站。外來詩人對梁宋齊魯的期待和追尋皆有所不同，在不同長短時間的生活中，他們追尋在異地無法滿足的追尋，歷經時日，有所追尋必當有所失落，在追尋與失落中，從期待轉爲落空，心中設想的藍圖有了變化，便成爲他們決定去留的主要因素。

三、當下與回憶的書寫

外來詩人至梁宋齊魯，舉凡自然景觀、風土民情、歷史記憶以及即便離開梁宋齊魯後對其的回憶，都是外來詩人筆下的描寫主題。外

來詩人走進梁宋齊魯，直接印入眼簾的第一印象，秀麗的山嶺、波光瀲瀲的江湖，城市景觀都是外來詩人對自然景觀的描繪主題。除了外在的景觀印象，當地的風土民情如人民之性、農村活動、風俗習慣，外來詩人站在一個外來者的旁觀角度，有的也實際參與當地的生活方式，書寫出當地特有的文化特色。梁宋齊魯皆是歷史悠久，文化富庶的地方，歷史的痕跡處處可見，不論是對古人的崇拜、古蹟的朝聖及當地的神話傳說，都可見外來詩人筆下刻劃歷史的記憶，抒發懷古的情思。梁宋齊魯之地有其優勢條件吸引外來詩人的到來，外來詩人在此生活一段時間後，雖然終究選擇離去，但還是有許多帶不走的記憶，如親情、友情、仙情、豪情、閒情、愛情等無形的情感，這些值得回憶的過去，都是外來詩人與梁宋齊魯，人文與空間所建立的地域情感。從外來詩人筆下的梁宋齊魯中，可以看出外來詩人所建構的地域文化，凝聚的地方特色，也表現出梁宋齊魯對他們的生命意義。不論是外來詩人在梁宋齊魯之地的當下書寫，抑或是離開梁宋齊魯後的記憶書寫，都為當地注入一股新的文化泉源，也將在地的文化特色，藉由文學藝術的力量傳播出去，帶給梁宋齊魯許多正面的文化效應。

四、議題的延伸與發展

　　本論文聚焦於梁宋齊魯地域與外來詩人的詩作考察，重建地理、空間與人文的關係。筆者未來希冀能續以此為基準，開拓此方面的相關議題，從對點的範圍考究，發展至線、甚而面的地域範圍，能夠更全面的呈現地域文化與詩歌的發展脈絡。將地域文化與文學研究，不再局限一作家於某區域的創作研究，拓展至從詩歌本身來討論地域文化，以考究唐詩的寫作地點，切入探討地域與地域之間詩歌創作的差異。地域與地域之間的範圍發展，足以影響詩人創作詩歌的發展脈絡，從相較之間凸顯出相同中的相異，更能深化地域書寫的空間描述，表現出每個地域詩歌創作的意義。筆者自許能在前人的研究成果下，以及現有的文獻資料中，從貼近詩歌本身作起，重新建構地域書

寫的研究，更期盼能藉己身的研究力量，平衡強勢與弱勢文化區的差異，爲弱勢文化區發聲，更全面的探討地域文化。深化地域書寫、重新建構地域文化以及開拓書寫空間，在研究成果出爐後，如何更進一步的開展，是本計畫未來的前瞻。

　　本論文的完成，雖是一個論題的結束，但也是多個角度的重新開展，還有許多相關的研究議題，值得研究者去深論和更進一步發展。期許自己未來能在本論文的基礎上，能更多面向的研究相關領域。

徵引書目舉要

一、古籍類

依作者年代排序，同一年代再依作者筆劃排序。

1. 〔春秋〕左丘明：《國語》（臺北：里仁書局，1981 年）。

2. 〔秦〕呂不韋等著、陳奇猷校釋：《呂氏春秋校釋》（臺北：華正書局有限公司，1985 年）。

3. 〔西漢〕劉向著、張敬註譯：《列女傳今註今釋》（臺北：臺灣商務印書館股份有限公司，1994 年）。

4. 〔西漢〕劉向著、王叔岷校箋：《列仙傳校箋》（北京：中華書局，2007 年）。

5. 〔漢〕王充著、韓復智等譯注：《論衡》（臺北：國立編譯館，2005 年）。

6. 〔漢〕司馬遷：《史記》（臺北：鼎文書局，1984 年）。

7. 〔漢〕班固：《漢書》（臺北：鼎文書局，1977 年）。

8. 〔漢〕應劭：《風俗通義》（臺北：世界書局，1963 年）。

9. 〔三國蜀〕諸葛亮撰、〔清〕張澍輯：《新校諸葛亮全集》（臺北：世界書局，1964 年）。

10. 〔晉〕皇甫謐撰、〔清〕錢熙祚校：《帝王世紀》，百部叢書集成，（臺北：藝文印書館，1967 年）。

11. 〔晉〕郭象注、〔唐〕成玄英疏：《南華真經注疏》（北京：中華書局，1998 年）。

12. 〔晉〕張華撰、范寧校證：《博物志校證》（臺北：明文書局，1984

年）。

13. 〔晉〕葛洪集、成林等譯注：《西京雜記全譯》（貴陽：貴州人民出版社，1993 年）。

14. 〔南朝宋〕范曄：《後漢書》（臺北：鼎文書局，1987 年）。

15. 〔梁〕昭明太子撰、李善注：《昭明文選》（臺中：譜天出版社，1975 年）。

16. 〔梁〕劉勰：《文心雕龍》（臺北：明倫出版社，1970 年）。

17. 〔北魏〕酈道元著、陳橋驛校證：《水經注校證》（北京：中華書局，2007 年）。

18. 〔唐〕杜佑：《通典》（杭州：浙江古籍出版社，2000 年）。

19. 〔唐〕元結：《篋中集》，《四部文明——隋唐文明卷》第 89 卷，（西安：陝西人民出版社，2007 年）。

20. 〔唐〕皮日休：《皮子文藪》（臺北：臺灣商務印書館股份有限公司，1967 年）。

21. 〔唐〕李肇：《唐國史補》（臺北：世界書局，1968 年）。

22. 〔唐〕吳兢編、葉光大等譯注：《貞觀政要》（貴陽：貴州人民出版社，1995 年）。

23. 〔唐〕李延壽：《南史》：（臺北：鼎文書局，1985 年）。

24. 〔唐〕李吉甫：《元和郡縣圖志》，《筆記小說大觀四十五編之四十三》（臺北：新興書局有限公司，1987 年）。

25. 〔唐〕李林甫等撰、陳仲夫點校：《唐六典》（北京：中華書局，1992 年）。

26. 〔唐〕房玄齡等撰：《晉書》（臺北：鼎文書局，1990 年）。

27. 〔唐〕段成式：《酉陽雜俎》，《四部叢刊初編縮本》（臺北：臺灣商務印書館股份有限公司，1965 年）。

28. 〔唐〕封演著、趙貞信校注：《封氏聞見記》（北京：中華書局，2005 年）。

29. 〔唐〕張鷟：《朝野僉載》（臺北：臺灣商務印書館股份有限公司，1966 年）。

30. 〔唐〕蕭穎士：《蕭茂挺文集》，《文淵閣四庫全書》集部第 1072 冊，（臺北：臺灣商務印書館股份有限公司，1983 年）。

31. 〔唐〕韓愈、馬其昶校注：《韓昌黎文集校注》（臺北：世界書局，1967 年）。

32. 〔五代·晉〕劉昫：《舊唐書》（北京：中華書局，1975 年）。

33. 〔宋〕王溥:《唐會要》(臺北:世界書局,1968年)。

34. 〔宋〕王讜:《唐語林》(臺北:臺灣商務印書館股份有限公司,1979年)。

35. 〔宋〕王欽若等編、周勛初等校訂:《冊府元龜》(南京:鳳凰出版社,2006年)。

36. 〔宋〕司馬光:《資治通鑑》(臺北:大明王氏出版公司,1975年)。

37. 〔宋〕宋祁等撰:《新唐書》(臺北:鼎文書局,1985年)。

38. 〔宋〕李昉等撰:《太平御覽》(臺北:新興書局,1959年)。

39. 〔宋〕李昉:《太平廣記》(臺北:文史哲出版社,1987年)。

40. 〔宋〕計有功撰、王仲鏞校箋:《唐詩紀事校箋》(北京:中華書局,2007年)。

41. 〔宋〕洪邁:《容齋五筆》,《筆記小說大觀》(揚州:廣陵書社,2007年)。

42. 〔宋〕郭茂倩:《樂府詩集》(臺北:里仁書局,1979年)。

43. 〔宋〕黃徹:《碧溪詩話》,《文津閣四庫全書》集部第494冊,(北京:商務印書館,2005年)。

44. 〔宋〕樂史:《太平寰宇記》(臺北:文海出版社,1963年)。

45. 〔宋〕劉義慶撰、徐震堮校箋:《世說新語校箋》(北京:中華書局,1984年)。

46. 〔宋〕蘇軾、嚴既澄選註:《蘇軾詩》(臺北:臺灣商務印書館股份有限公司,1986年)。

47. 〔元〕于欽:《齊乘》,《四庫全書珍本四集》,(臺北:臺灣商務印書館股份有限公司,1973年)。

48. 〔元〕辛文房:《唐才子傳》(臺北:廣文書局,1969年)。

49. 〔明〕王嗣奭:《杜臆》(臺北:中華書局,1986年)。

50. 〔明〕支大綸:《開府封志》,《四庫全書存目叢書補編》第76側,(濟南:齊魯書社,2001年)。

51. 〔明〕李賢等撰:《大明一統志》(臺北:文海出版社,1965年)。

52. 〔明〕邵寶:《容春堂全集》,《文淵閣四庫全書》集部第387冊,(臺北:臺灣商務印書館股份有限公司,1986年)。

53. 〔明〕周珽輯:《刪補唐詩選脈箋釋會通評》,《四庫全書叢目補編》第25冊,(濟南:齊魯書社,2001年)。

54. 〔明〕胡震亨:《唐音癸籤》(臺北:木鐸出版社,1982年)。

55. 〔明〕姚廣孝等修：《永樂大典》（臺北：世界書局，1962 年）。

56. 〔明〕陳子龍：《明經世文編》（北京：中華書局，1962 年）。

57. 〔明〕陸釴等纂修：《〔嘉靖〕山東通志》（上海：上海書店，1990 年）。

58. 〔明〕許學夷《詩源辯體》（北京：人民文學出版社，1998 年）。

59. 〔明〕鍾惺：《唐詩歸》，《續修四庫全書》集部第 1589 冊，（上海：上海古籍出版社，2002 年）。

60. 〔明〕薛暄：《讀書錄》，《文津閣四庫全書》子部第 236 冊，（北京：商務印書館，2005 年）。

61. 〔清〕仇兆鰲：《杜詩詳注》（臺北：里仁書局，1980 年）。

62. 〔清〕田文鏡等修、孫灝等纂：《河南通志》，《文淵閣四庫全書》集部第 537 冊，（臺北：臺灣商務印書館股份有限公司，1983 年）。

63. 〔清〕何文煥：《歷代詩話》（北京：中華書局，1981 年）。

64. 〔清〕胡德琳修、李文藻等纂：《〔乾隆〕歷城縣志》，《續修四庫全書》史部第 694 冊，（上海：上海古籍出版社，2002 年）。

65. 〔清〕翁方綱：《石洲詩話》（北京：中華書局，1985 年）。

66. 〔清〕高宗御選、張照輯評《御選唐宋詩醇》，《文淵閣四庫全書》集部第 387 冊，（臺北：臺灣商務印書館股份有限公司，1986 年）。

67. 〔清〕浦起龍：《讀杜心解》（北京：中華書局，2000 年）。

68. 〔清〕陳熙晉：《駱臨海集箋注》（臺北：世界書局，1962 年）。

69. 〔清〕聖祖輯：《全唐詩》（北京：中華書局，1960 年）。

70. 〔清〕董誥等編：《全唐文》（北京：中華書局，2001 年）。

71. 〔清〕劉德昌修、葉澐纂：《河南省商邱縣志》（臺北：成文出版社，1968 年）。

72. 〔清〕蕭應植纂修：《濟源縣志》（臺北：成文書局，1976 年）。

73. 〔清〕顧祖禹：《讀史方輿紀要》（臺北：新興書局，1956 年）。

74. 丁福保：《歷代詩話續編》（北京：中華書局，1983 年）。

75. 朱金城：《白居易集箋校》（上海：上海古籍出版社，1988 年）。

76. 阮廷瑜：《岑嘉州詩校注》（臺北：國立編譯館，1980 年）。

77. 李勉：《管子今註今釋》（臺北：臺灣商務印書館股份有限公司，1988 年）。

78. 邱燮友、李建崑：《孟郊詩集校注》（臺北：北新文豐出版股份有限公司，1997 年）。

79. 紀昀總纂：《四庫〔清〕全書總目提要‧集部二》（臺北：藝文印書

館股份有限公司，1994 年）。

80. 商務印書館編纂：《索引本嘉慶重修一統志》（臺北：臺灣商務印書館股份有限公司，1966 年）

81. 陳士珂輯：《孔子家語疏證》（臺北：臺灣商務印書館股份有限公司，1971 年）。

82. 郭紹虞：《清詩話續編》（臺北：木鐸出版社，1983 年）。

83. 陳尚君：《全唐詩補編》（北京：中華書局，1992 年）。

84. 黃永武編：《集千家註批點補遺杜工部詩集》（臺北：大通書局，1974 年）。

85. 費振剛等輯校：《全漢賦》（北京：北京大學出版社，1993 年）。

86. 詹鍈：《李白全集校注匯釋集評》（天津：百花文藝出版社，1996 年）。

87. 劉開揚：《高適詩集編年箋註》（北京：中華書局，2000 年）。

88. 藝文印書館：《十三經注疏》（臺北：藝文印書館，1978 年）。

89. 儲仲君：《劉長卿詩編年箋注》（北京：中華書局，1996 年）。

90. 瞿蛻園：《劉禹錫集箋證》（上海：上海古籍出版社，1989 年）。

二、近人相關研究論

依書目出版年排序，同一出版年再依作者筆劃排序。

1. 李善馨發行：《杜甫年譜》（臺北：學海出版社，1981 年）。

2. 曹樹銘：《李白與杜甫交往相關之詩》（臺北：台灣商務印書館股份有限公司，1982 年）。

3. 尤信雄：《孟郊研究》（臺北：文津出版社，1984 年）。

4. 左雲霖：《高適傳論》（北京：人民文學出版社，1985 年）。

5. 朱謙之等著：《老子釋譯——附馬王堆帛書老子》（臺北：里仁書局，1985 年）。

6. 周祖譔主編：《中國文學家大辭典——唐五代卷》（北京：中華書局，1985 年）。

7. 夏敬觀等著：《李太白研究》（臺北：里仁書局，1985 年）。

8. 白壽彝：《中國交通史》（臺北：臺灣商務印書館股份有限公司，1987 年）。

9. 李潤田主編：《河南省經濟地理》（北京：新華出版社，1987 年）。

10. 陳文華：《杜甫傳記唐宋資料考辨》（臺北：文史哲出版社，1987 年）。

11. 張芝：《道教徒的詩人李白及其痛苦》（臺北：長安出版社，1987 年）。

12. 王仲犖:《隋唐五代史》(上海:上海人民出版社,1988 年)。

13. Edward J.Mayo, Lance P. Jarvis 著,蔡麗伶譯:《旅遊心理學》(臺北:揚智文化事業股份有限公司,1990 年)。

14. 朱金城:《白居易年譜》(臺北:文史哲出版社,1991 年)。

15. 黃松:《齊魯文化》(瀋陽:遼寧教育出版社,1991 年)。

16. 葛景春:《李白與中國傳統文化》(臺北:群玉堂出版事業股份有限公司,1991 年)。

17. 佘正松:《高適研究》(四川:巴蜀書社,1992 年)。

18. 〔義〕伊塔羅・卡爾維諾著、王志弘譯:《看不見的城市》(臺北:時報文化出版企業有限公司,1993 年)。

19. 杜本禮、高宏照、暴拯群:《東京夢華——開封卷》(北京:中國人民大學出版社,1993 年)。

20. 凍國棟:《唐代人口問題研究》(武漢:武漢大學出版社,1993 年)。

21. 程子良、李清銀:《開封城市史》(北京:社會科學文獻出版社,1993 年)。

22. 張志烈:《初唐四傑年譜》(成都:巴蜀書社,1993 年)。

23. 莫礪鋒:《杜甫評傳》(南京:南京大學出版社,1993 年)。

24. 駱祥發:《初唐四傑研究》(北京:東方出版社,1993 年)。

25. 武金銘:《中國隋唐五代經濟史》(北京:人民出版社,1994 年)。

26. 許總:《唐詩史》(南京:江蘇教育出版社,1994 年)。

27. 王運熙等編:《謝朓與李白研究》(北京:人民文學出版社,1995 年)。

28. 翁俊雄:《唐代人口與區域經濟》(臺北:新文豐出版公司,1995 年)。

29. 章必功:《中國旅遊史》(昆明:雲南人民出版社,1995 年)。

30. 曾大興:《中國歷代文學家之地理分布》(湖北:湖北教育出版社,1995 年)。

31. 張志孚等著:《中州文化》(瀋陽:遼寧教育出版社,1995 年)。

32. 周勛初:《詩仙李白之謎》(臺北:臺灣商務印書館股份有限公司,1996 年)。

33. 郭永榕:《杜甫文學遊歷:杜少陵傳》(臺北:文史哲出版社,1996 年)。

34. 杜曉勤:《初盛唐詩歌的文化闡釋》(北京:東方出版社,1997 年)。

35. 郁賢皓:《天上謫仙人的秘密——李白考論集》(臺北:臺灣商務印書館股份有限公司,1997 年)。

36. 孫宜學：《齊魯風物記》（臺北：業強出版社，1997 年）。

37. 陳尚君：《唐代文學叢考》（北京：中國社會科學出版社，1997 年）。

38. 錢穆：《中國學術思想史論叢》（臺北：東大圖書公司，1997 年）。

39. 王子今：《中國古代行旅生活》（臺北：臺灣商務印書館股份有限公司，1998 年）。

40. 王恩田：《齊魯文化志》（上海：上海人民出版社，1998 年）。

41. 史念海：《唐代歷史地理研究》（北京：中國社會科學出版社，1998 年）。

42. 單遠慕：《中原文化志》（上海：上海人民出版社，1998 年）。

43. 傅璇琮等著：《唐五代文學編年史》（瀋陽：遼海出版社，1998 年）。

44. 松浦友久著、劉維治等譯：《李白的客寓意識及其詩思——李白評傳》（北京：中華書局，2001 年）。

45. 吳玉貴：《中國風俗通史——隋唐五代卷》（上海：上海藝文出版社，2001 年）。

46. 楊朝明：《魯文化史》（濟南：齊魯書社，2001 年）。

47. 孟祥才、胡新生：《齊魯思想文化史（先秦秦漢卷）——從地域文化到主流文化》（濟南：山東大學出版社，2002 年）。

48. 周勛初編：《李白研究》（武漢：湖北教育出版社，2002 年）。

49. 程遂營：《唐宋開封生態環境研究》（北京：中國社會科學出版社，2002 年）。

50. 葛景春：《李白研究管窺》（保定：河北大學出版社，2002 年）。

51. Mike Crang 著；王志弘、余佳玲、方淑惠譯：《文化地理學》（臺北：巨流圖書公司，2003 年）。

52. 王雙懷：《唐代歷史文化論稿》（香港：香港教育圖書公司，2003 年）。

53. 李孝聰：《唐代地域結構與運作空間》（上海：上海辭書出版社，2003 年）。

54. 李伯齊：《山東文學史論》（濟南：齊魯書社，2003 年）。

55. 李德輝：《唐代交通與文學》（湖南：長沙人民出版社，2003 年）。

56. 邱文山等著：《齊文化與先秦地域文化》（濟南：齊魯書社，2003 年）。

57. 陳炎、李紅春：《儒釋道背景下的唐代詩歌》（北京：昆崙出版社，2003 年）。

58. 聞一多：《唐詩人研究》（成都：巴蜀書社，2003 年）。

59. 嚴耕望：《唐代交通圖考——第六卷河南淮南區》（臺北：中研院史

語所，2003 年）。

60. 〔美〕宇文所安著、賈晉華譯：《盛唐詩》（北京：三聯書店，2004 年）。

61. 周曉琳、劉玉平：《中國古代作家的文化心態》（成都：巴蜀書社，2004 年）。

62. 陳元鋒：《唐代詩人與山東》（濟南：山東文藝出版社，2004 年）。

63. 張忠綱等著：《山東杜詩學文獻研究》（濟南：齊魯書社，2004 年）。

64. 張茂華等：《齊魯歷史文化名人》（濟南：山東文藝出版社，2004 年）。

65. 梁國楹、王瑞：《齊魯飲食文化》（濟南：山東文藝出版社，2004 年）。

66. 郭墨藍等著：《齊魯歷史文化大事編年》（濟南：山東文藝出版社，2004 年）。

67. 楊蔭樓、王洪軍：《齊魯文化通史──隨唐五代卷》（北京：中華書局，2004 年）。

68. 廖芮茵：《唐代服食養生研究》（臺北：臺灣學生書局有限公司，2004 年）。

69. 杜瑜：《中國經濟重心南移：唐宋間經濟發展地區》（臺北：五南圖書出版股份有限公司，2005 年）。

70. 程有爲、王天獎編：《河南通史──第二卷》（鄭州：河南人民出版社，2005 年）。

71. 謝思煒：《白居易詩選》（北京：中華書局，2005 年）。

72. Tim Cresswell 著；徐苔玲、王志弘譯：《地方：記憶、想像與認同》（臺北：群學出版有限公司，2006 年）。

73. Paul Cloke、Philip Crang、Mark Goodwin 編；王志弘等譯：《人文地理概論》（臺北：巨流圖書公司，2006 年）。

74. 〔美〕宇文所安著、鄭學勤譯：《追憶：中國古典文學中的往事再現》（臺北：聯經出版事業股份有限公司，2006 年）。

75. 郭墨藍、呂世忠：《齊文化研究》（濟南：齊魯書社，2006 年）。

76. 戴偉華：《地域文化與唐代詩歌》（北京：中華書局，2006 年）。

77. 廖師美玉：《回車──中古詩人的生命印記》（臺北：里仁書局，2007 年）。

78. 王國保：《中原文化與中國文化的形成》（上海：上海古籍出版社，2008 年）安作璋主編：《山東通史‧隋唐五代卷》（北京：人民出版社，2009 年）黃宛峰：《吳越文化與中州文化比較研究》（北京：中國社會科學出版社，2009 年）。

三、單篇論文（期刊、論文集）

依書目出版年排序，同一出版年再依作者筆劃排序。

1. 丁沖：〈李白四入東魯始末〉，《李白研究論叢（第二輯）》（四川：巴蜀書社，1990 年），頁 237～242。

2. 宮衍興：〈李白占籍東魯地名考〉，《李白研究論叢（第二輯）》（四川：巴蜀書社，1990 年），頁 280～285。

3. 劉進：〈杜詩中的鷹、馬意象〉，《杜甫研究學刊》第 3 期，1999 年，頁 27～32。

4. 鄺健行：〈杜甫、高適、李白梁宋之游疑於開元二十五、六年說〉，《杜甫研究學刊》第 2 期，2001 年，頁 59～65。

5. 王增文：〈關於李白、杜甫梁宋之游若干問題考証〉，《商丘師範學院學報》，第 18 卷第 3 期，2002 年 6 月，頁 20～23。

6. 鄺健行：〈談杜甫論李白詩和杜甫與李白間的「劃切」及「疏曠」的對待關係〉，《杜甫研究學刊》第 2 期，2002 年，頁 26～35。

7. 陳敏祥：〈桑弧蓬矢，射乎四方──試探李白的漫遊動機〉，《問學》第 6 期，2004 年 4 月，頁 107～127。

8. 呂正惠：〈長恨歌的秘密──白居易早年戀情的投影〉，《唐代文化、文學研究及教學國際學術研討會》，2007 年 5 月，頁 1～12。

9. 范新陽、顧建國：〈孟郊汴州之行論略〉，《浙江師範大學學報（社會科學版）》第 6 期，2008 年，頁 93～97。

10. 廖師美玉：〈漫遊與漂泊──杜甫行旅詩的兩種類型〉，《臺大中文學報》第 33 期，2010 年 12 月，頁 225～266。

四、學位論文

依書目出版年排序，同一出版年再依作者筆劃排序。

1. 王朝陽：《戰國秦漢時期梁宋地區經濟發展與環境條件研究》，河南大學碩士論文，2005 年 5 月。

2. 王彥明：《高適宋中三十年研究》，西藏民族學院碩士論文，2007 年 4 月。

3. 廖宜方：《唐代的歷史記憶》，國立台灣大學歷史系博士論文，2009 年 7 月。